Nina Schiffer

Deine Worte in meinem Herzen

W0203792

Die Autorin

Nina Schiffer, geboren 2001, ist noch Schülerin und lebt in der Nähe von Düsseldorf. Sie hat schon mehrere Schreibwettbewerbe gewonnen, unter anderem war sie 2017 Stipendiatin des sechsmonatigen Mentorenprogrammes des Friedrich-Bödecker-Kreises NRW. Sie wurde dabei von der Kinder- und Jugendbuchautorin Aygen-Sibel Çelik exklusiv betreut. Auf der kanadischen Plattform Wattpad hat sie viele Leser mit ihren Büchern begeistert. Sie liebt deutsche Popmusik, Schokolade und gute Bücher. Auf Instagram führt sie einen erfolgreichen Buch-Blog.

Das Buch

Seitdem ihr Bruder nach ihrem Autounfall im Koma liegt, spricht die 16-jährige Ella nicht mehr mit Fremden. Selbst bei der Polizei, die auf der Suche nach dem Unfallverursacher ist, bringt sie kein Wort über die Lippen. Doch da lernt sie im Krankenhaus Leonard kennen, dessen Mutter an Krebs erkrankt ist. Vom ersten Moment an ist sie fasziniert von dem Jungen, der sein Schicksal so leicht zu schultern scheint. Immer wieder kreuzen sich ihre Wege, und als es Leonards Mutter immer schlechter geht, wird Ella eins klar: Sie muss endlich wieder sprechen. Denn nur so kann sie Leonards Herz erreichen …

Nina Schiffer

Deine Worte in meinem Herzen

Roman

FOREVER

MIX
Papier aus verantwortungsvollen Quellen
FSC® C083411

Originalausgabe bei Forever.
Forever ist ein Digitalverlag
der Ullstein Buchverlage GmbH, Berlin September 2017
© Ullstein Buchverlage GmbH, Berlin 2017
Umschlaggestaltung: zero-media.net, München
Titelabbildung: © FinePic®
Satz: Pinkuin Satz und Datentechnik, Berlin
Druck- und Bindearbeiten: CPI books GmbH, Leck
ISBN 978-3-95818-911-9

Für Janne Schmidt und Andreas Müller,
weil die beiden auch im dunkelsten Tunnel immer
mit einem Licht für mich zur Stelle sind.

Kaltes Scheinwerferlicht erfüllt den Innenraum unseres Autos. Ein Wagen kommt unserem gefährlich nahe. Zu nahe. Ich sehe rüber zu meinem Bruder, doch Levin sieht ganz entspannt aus. Selbst wenn ich die Augen zusammenkneife, kann ich den anderen Fahrer im gleißenden Licht nur schemenhaft erkennen. Er hat bestimmt schon etwas getrunken, so unkontrolliert, wie er fährt. Im Rückspiegel kann ich erkennen, wie sein Wagen immer wieder auf unsere Spur wechselt. Mein Herz beginnt zu rasen und ein dünner Schweißfilm bildet sich auf meiner Stirn. Jetzt wird auch mein Bruder unruhig und merkt, dass der andere Wagen uns viel zu knapp folgt. Er versucht noch Gas zu geben und sich von dem Auto zu entfernen, aber er hat keine Chance. Ein kurzer Moment und es passiert. Der Wagen trifft uns mit voller Wucht von hinten. Ab diesem Augenblick geschieht alles wie in Zeitlupe. Ich habe das Gefühl, ich wäre gar nicht selbst im Auto, sondern würde nur zusehen. Mein Kopf schlägt gegen die Kopfstütze des Beifahrersitzes. Schmerz durchzuckt mich wie spitze Bogenpfeile. Unser Wagen schlittert nach vorne. Blut schießt aus meiner Nase und rinnt über meine Lippen. Ich fühle mich wie gelähmt. Das Blut fließt einfach weiter. Unser Wagen fängt an zu schlingern, Levins Fuß steht immer noch auf dem Gas. Ich ziehe die Handbremse. Das Auto muss stehenbleiben, die Bäume am Straßenrand kommen immer näher. Ein heftiger Ruck. Und stopp.

Mein Blick fliegt zu meinem Bruder. Er bewegt sich nicht.

Seine Hände liegen auf seinen Oberschenkeln. Seine eisblauen Augen sind weit geöffnet, doch er zeigt keinerlei Reaktion. Er ist tot. In das Blut, das aus meiner Nase tropft, mischen sich Tränen. Levin hat eine Platzwunde an der Stirn, aus der auch Blut rinnt. Ich muss die Polizei rufen. Und einen Rettungswagen. Doch meine Hände fühlen sich an, als hätte jemand die Verbindung zu meinen Nerven unterbrochen, ich kann mich nicht mehr bewegen. Plötzlich werde ich panisch, will hier weg, will hier raus.

Ich beginne zu schreien, ich schreie immer lauter. Hilfe! Ich muss hier raus! Ich stürze aus dem Auto. Ich übergebe mich. Mir ist so schlecht. Frische Luft. Frische Luft tut gut.

Mit einem Mal fällt mir auf, dass von dem Unfallverursacher jede Spur fehlt. Oh Gott. Vielleicht liegt er hier in irgendeinem Straßengraben und niemand findet ihn. Vielleicht ist er auch tot!

Ich muss den Notarzt rufen. Und die Polizei. Tränenüberströmt hole ich mein Handy aus meiner Hosentasche. Doch irgendwas hindert mich daran, auf den Notfallknopf zu drücken. Drei Anrufe von meiner Mutter.

»Ist alles okay bei euch, Ella? Ich geh jetzt ins Bett. Seid leise, wenn ihr reinkommt! N8 Mama.« Ich lösche die Nachricht von meinem Bildschirm. Meine Mutter wird gleich aus ihrem Schlaf hochschrecken, sich im Schlafanzug ins Auto setzen und zu uns fahren. Nein, wahrscheinlich ist sie jetzt schon wach, weil sie spürt, dass etwas nicht stimmt. Mütter merken so etwas doch immer. Denen kann man nichts vormachen. Meiner zumindest nicht.

Neben mir hält plötzlich ein Auto an. Ein älterer Mann kurbelt das Fenster herunter und sieht mich fragend an.

»Hattet ihr einen Unfall? Kann man euch helfen?«

Ich nicke stumm. Zu mehr bin ich nicht in der Lage.

»Kind, du blutest! Wir brauchen einen Arzt!«, fügt seine Frau hinzu.

Ich nicke wieder. Sie beginnt in ihrer Tasche zu kramen, und ehe ich etwas entgegnen kann, tippt sie schon auf ihrem Handy herum und ruft den Notarzt an. Ich zeige dem Mann, dass er aussteigen soll. Wir gehen zum Auto. Er hilft mir, Levin aus dem Wagen zu holen und in die stabile Seitenlage zu bringen.

»Er hat noch Puls«, stellt er fest. Das zu testen, habe ich in meiner Panik ganz vergessen. Dann nimmt er ein Taschentuch heraus und drückt es auf seine Wunde. Mir gibt er auch eins. Levin lebt.

Nach kurzer Zeit kommt seine Frau zu uns. »Die Polizei und der Notarzt sind unterwegs. Setz dich ruhig in den Wagen, du bist ganz unterkühlt, Kind!«, sagt die Frau. Ich schüttle den Kopf.

Ich kann nicht sprechen, obwohl ich es so gerne würde. Die Worte stecken im Hals fest und ich habe das Gefühl, ich würde dran ersticken. Wie ein Krümel in der Luftröhre, den man nicht hochwürgen kann. Für eine Sekunde denke ich an das, was gerade im Club passiert ist, und mir wird wieder schlecht. Doch ich kann dem Ehepaar jetzt nicht vor die Füße kotzen. Ich muss mich um Levin kümmern. Ich knie mich neben ihn auf den kalten Asphalt. Mir egal, was diese Frau darüber denkt.

Die Polizei trifft ein. Und auch der Notarzt. Stumm sehe ich dabei zu, wie sie Levin transportfertig machen. Ich schlucke, als ich sehe, dass sie ihm eine Sauerstoffmaske aufsetzen. Es geht alles ganz schnell, als würde man einen Film vorspulen. Doch ich sitze einfach nur hier und kann mich nicht bewegen. Das Ehepaar geht zu einem der Polizisten, um ein paar Fragen zu beantworten. Eigentlich müsste auch ich jetzt eine Aussage machen oder dem Ehepaar danken, aber ich fühle mich so schlapp. Das Taschentuch ist schon völlig durchgeblutet und ich falte es noch einmal. Plötzlich spüre ich eine warme Hand auf meiner Schulter.

»Hallo.«

Pause.

Ich sehe nicht auf. Ich möchte jetzt nicht sprechen. Ich kann nicht.

»Ich bin Michael.«

Er denkt wahrscheinlich, dass ich ihm eher vertraue, wenn

wir per Du sind. Doch das ist völliger Quatsch. Das hat ihm bisher nur noch nie jemand gesagt. Und ich werde es ihm auch nicht sagen.

»Es tut mir leid, was passiert ist. Die fahren mit deinem Bruder jetzt ins Krankenhaus.«

Pause. Keine Reaktion.

»Ist bei dir so weit alles okay?«

Ich nicke. Er setzt sich zu mir auf den Boden.

»Deine Nase?«, fragt er. »Blutet die stark? Vielleicht sollte da auch noch einmal ein Arzt drübergucken.« Michael sieht mich besorgt an. Das erkenne ich, obwohl es fast stockdunkel ist. Ich schüttle den Kopf. Die sollen sich um meinen Bruder kümmern. Das ist jetzt wichtiger.

»Habt ihr den Unfall verursacht?«, fragt er.

Ich schüttle wieder den Kopf.

»Weißt du, ob der Unfallverursacher noch irgendwo hier ist?«

Wieder ein Kopfschütteln.

»Wie heißt du denn?«

Meine Lippen formen meinen Namen, doch es kommt kein Ton heraus. Er wartet geduldig. Wahrscheinlich weiß er genau, dass Unfallopfer nicht die gesprächigsten Menschen auf der Welt sind.

Als ihm klar wird, dass er aus mir nichts mehr herausbekommen wird, fragt er: »Hast du einen Personalausweis dabei?«

Ich nicke.

»Ist er im Auto?«

Mein Kopf bewegt sich wie von selbst zu einem Nicken.

»Gut, ich schau gleich mal.« Er nickt, als würde er im Kopf Schritt für Schritt alles abhaken, was er mit mir klären muss.

»Ist der Unfallverursacher geflüchtet?«

Ein weiteres Nicken folgt. Warum stellt dieser Polizist bloß so viele Fragen? Kann er sich nicht vorstellen, dass ich in diesem Moment meine Ruhe haben will? Kann er nicht noch ein paar Tage warten mit seiner Fragerei?

»Möchtest du dich ins Auto setzen? Hier ist es so kalt.« Ich erkenne sein Gesicht nur schemenhaft, aber er sieht aus, als würde er zittern. Ich habe immer geglaubt, Polizeijacken wären warm: für jedes Wetter geeignet.

Ich nicke und stehe auf. Levin ist jetzt nicht mehr da. Die beiden Polizisten bringen mich hoffentlich zu ihm ins Krankenhaus. Ich möchte jetzt einfach bei meinem Bruder sein und sehen, wie es ihm geht. Michael stützt mich bis zum Auto.

»Wir bringen dich gleich zu deinem Bruder ins Krankenhaus. Von dort aus können dann auch deine Eltern verständigt und alles Weitere besprochen werden.«

Wie ferngesteuert nicke ich. Ich tupfe mir noch einmal über meine Nase, dann nehme ich das Taschentuch weg. Es kommt kein Blut mehr.

»Ich soll dir von dem Ehepaar alles Gute ausrichten«, sagt der zweite Polizist und lächelt freundlich. Ich nicke.

Ich blicke mich um, würde mich gerne noch einmal persönlich bei den beiden bedanken. Doch ich sehe nur noch die Rücklichter des Autos in der dunklen Nacht.

»Der ADAC kommt gleich und holt euer Auto ab. Und die SpuSi kommt auch noch«, informiert mich Michael.

Ich nicke nur beiläufig.

Als würde jemand anderes die Macht über meinen Körper haben, setze ich mich in das Auto und lehne meinen Kopf gegen die Kopfstütze. Spätestens jetzt wird meine Mutter merken, dass etwas nicht stimmt. Levin ist noch nie zu spät nach Hause gekommen. Und vor allem heute, wo er das erste Mal mit mir feiern geht, wird er explizit darauf achten, dass wir pünktlich daheim sind. Doch heute wird er gar nicht mehr nach Hause kommen.

Kapitel 1

Ich lausche der Musik. 48 Tage. Ein Kopfhörer steckt in meinem Ohr, der andere in dem meines Bruders. Mein Blick fliegt über die Maschinen, die Levins Leben seit eineinhalb Monaten kontrollieren. Er hat keine Macht darüber, ob sie da sind oder nicht. Niemand hat das. Denn ohne sie würde er nicht mehr leben. Er liegt im Koma, seit genau 1140 Stunden. Und ich vermisse ihn, obwohl er doch irgendwie noch da ist und auch wenn mir sein Pfleger immer sagt, dass es so besser für ihn ist. Dieser Unfall hätte einfach nie passieren dürfen. Wenn dieser betrunkene Mann nicht in unser Auto hineingeschlittert wäre, würde Levin jetzt quietschlebendig neben mir sitzen. Dann müsste ich gar nicht hier sein. Wahrscheinlich würde er gerade zwischen einer Menge Müll in seinem Zimmer versinken und wir würden uns lauthals darüber streiten, wessen Musik schöner ist. Was würde ich alles dafür geben, dass er noch einmal mit mir darüber diskutiert. Selbst das vermisse ich. Ich möchte am liebsten gar nicht an diesen Abend zurückdenken, zu tief sitzen die Wunden, zu viel ist an diesem Abend kaputtgegangen.

Manchmal habe ich das Gefühl, dass diese Monitore nur ein Alibi sind. Eigentlich steckt in Levin gar kein Leben mehr. Er atmet nur noch, weil eine Maschine es für ihn übernimmt; er isst nur noch, weil er künstlich ernährt wird. Doch ich will ihn nicht aufgeben. Ich kann ihn nicht aufgeben. Es ist so mies, dass ihn so viele sofort verabschiedet haben. Es erkundigen sich keine

Freunde mehr nach ihm. Niemand meldet sich. Aber Levin lebt. Das hoffe ich zumindest.

Irgendwann wird er hören, dass ich jeden Tag hier bin und ihm Musik vorspiele. Vielleicht wird er dann ein klitzekleines Zeichen von sich geben. Das würde uns alle ein bisschen beruhigen.

Mein Blick huscht zur Tür, als diese ein Geräusch von sich gibt. Hannes, Levins Pfleger, betritt den Raum. Wie jeden Tag. Seine blauen Augen fliegen routiniert über die Bildschirme.

»Na, Ella, alles gut bei dir?«, fragt er. Er schenkt mir ein freundliches Lächeln.

Ich nicke automatisch. Er weiß, dass ich mich um meinen Bruder sorge, doch es lockert die Stimmung ein wenig auf, wenn er diese Frage stellt.

»Und meinst du, bei Levin ist auch alles in Ordnung?« Er schielt auf die Maschinen. Vielleicht, vielleicht auch nicht, wer weiß das schon. Hannes geht näher an den Monitor, der Levins Herzschlag kontrolliert. Das Herz meines Bruders scheint gleichmäßig zu schlagen, genau weiß ich das aber nicht. Er kritzelt etwas auf sein Klemmbrett.

»Später kommt noch einmal der Doktor zur Kontrolle.« Fünf Sekunden Pause. »Schauen deine Eltern heute vorbei?«

Ich schüttle den Kopf. Hannes hat gelernt, mir nur Fragen zu stellen, die ich mit Ja oder Nein beantworten kann. Mit einem Nicken oder einem Kopfschütteln. Es hat gedauert, bis er kapiert hat, wie unsere Kommunikation funktionieren soll, aber jetzt klappt es. Und ich freue mich immer, wenn ich ihn sehe, denn er gehört zu den wenigen Leuten, die meinen Bruder und mich noch nicht aufgegeben haben. Er glaubt daran, dass alles gut werden wird. Auch wenn er es nie ausspricht, ich sehe es in dem Glitzern seiner Augen. Vielleicht muss man so optimistisch sein, wenn man hier arbeitet, sonst hält man die psychischen Strapazen nicht aus.

Ich betrachte Levins dunkelblonde Haare und seine blassen Gesichtszüge. Man könnte meinen, er würde einfach nur schlafen, so regungslos liegt er da. Doch in seiner mageren, blassen Gestalt steckt so viel mehr. Ich vermisse seine blassblauen, strahlenden Augen und sein Lächeln mit den süßen Grübchen. Meine Augen fixieren das Muttermal auf seiner Wange, für das er sich immer geschämt hat, weil er es uncool fand, aber meine Mutter hat es immer gemocht. Wie Mütter halt so sind. Hannes steht neben mir und sieht ihn auch an. Er atmet laut, aber irgendwie beruhigt mich das. Und aus dem Augenwinkel kann ich sehen, dass er lächelt. Dieser Mann sprüht vor Optimismus.

Als der Moment richtig ist, wendet er seinen Blick ab und geht zur Tür. »Ich wünsche dir noch einen schönen Tag, bis später mal!«

Ich nicke nur abwesend. Er verlässt den Raum.

Die Vögel zwitschern vor dem Fenster. Mein Blick wandert den zierlichen Körper meines Bruders entlang. Er darf nicht sterben. Sonst werde ich ganz alleine sein.

Ich lausche dem Lied, das seine Lieblingsband trällert, und muss dabei an unsere Kindheit denken. An die Tage, an denen Levin und ich lachend durch den Garten getobt sind. Damals ist alles so unbeschwert gewesen. Ich hätte nie gedacht, dass ich eines Tages an Levins Bett sitzen würde, in einem kahlen Krankenhaus, umgeben von bangenden Angehörigen und gestressten Ärzten.

Die Zeit verrinnt so schnell, vierundzwanzig Stunden klingen nach so viel und sind doch so wenig. Es lohnt sich fast gar nicht aufzustehen, weil die Stunden nach einem Wimpernschlag schon wieder vorbei sind. Doch es gibt auch Tage, da erlebt man so viel, dass man gar keine Zeit hat, alles zu erzählen. Das Leben ist eine Achterbahn: Man glaubt zu wissen, was auf einen zukommt, aber wenn man erst einmal unterwegs ist, wird man doch immer wieder überrascht. Manchmal, da ist das Leben so paradox, dass etwas Schönes passiert, das gleichzeitig so tieftraurig ist, dass man losweinen könnte. Zum Beispiel am Ende deiner Schulzeit. Du freust dich auf das, was kommt, aber dein

Herz hängt noch an der Stimme deiner Lieblingslehrerin und der Farbe der Wände in eurem Klassenzimmer.

Du rennst einen Wettlauf gegen die Zeit, dein Leben lang. Du weißt nie, wann du im Ziel ankommen wirst, du weißt nur eins: Im Ziel wirst du sterben. Dann ist alles vorbei und du wirst nie wieder die Chance bekommen, das nachzuholen, was du versäumt hast. Vielleicht hätte Levin sein Leben intensiver gelebt, wenn er gewusst hätte, dass er mit achtzehn im Koma liegen würde. Niemand hat damit gerechnet. *Mir passiert so etwas nicht, so etwas passiert immer nur den anderen.* Doch irgendjemand muss »die anderen« sein. Und das vergessen wir viel zu oft. Bis wir es eines Tages selber sind.

Meine Gedanken werden durch das Piepen meines Handys unterbrochen. Ich gucke mir die SMS nicht an. Wahrscheinlich ist das sowieso nur eine unnötige Nachricht, die dazu dient, Langeweile zu bekämpfen. Die meisten meiner Klassenkameraden haben verlernt, richtig zu leben, und vergeuden ihre Zeit mit WhatsApp und Facebook. Wir sind zu einer verschwenderischen Gesellschaft geworden. Nichts hält für immer. Das merkt man spätestens, wenn man an einem Bett sitzt und jemanden vor sich liegen hat, der verlernt hat, wie das Atmen funktioniert. Vielleicht wird Levin sterben. Vielleicht werden uns die Ärzte bald ans Herz legen, dass es besser wäre, wenn wir die Maschinen abstellen lassen. Er wird von uns gehen. Einfach sterben und von dieser Welt verschwinden, als hätte es ihn nie gegeben. Wie eine Seifenblase, die zerplatzt und danach nicht mehr existiert. Nach kürzester Zeit verwischen auch die letzten Wassersprenkel und nichts erinnert mehr an die wunderschöne Blase aus Seife.

Ich wünschte, Levin würde wenigstens noch von alleine atmen können. Ich würde ihn waschen und füttern, doch es tut so weh, dass er von Maschinen am Leben gehalten werden muss. Aber ich bringe es nicht übers Herz, ihn gehen zu lassen. Dann hätte ich das letzte Fünkchen Leben aus ihm herausgerissen, das noch in ihm schwirrt. Meine Eltern würden ihren Sohn auch nicht einfach so aufgeben. Sie kommen ihn zwar nicht täglich besuchen, aber das auch nur, weil es ihnen weh tut, ihn so zu sehen. Still und heimlich trauern sie sehr um ihn.

Jeden Tag komme ich nach der Schule und leiste Levin Gesellschaft. Vielleicht kämpfe ich einen Kampf, der schon längst verloren ist. Doch das weiß ich erst am Ende, wenn einer von uns k. o. am Boden liegt. Also muss ich weiterkämpfen und alles geben. Für Levin.

Ich lehne mich zurück und betrachte die Linien, die mir zeigen sollen, dass Levins Herz noch schlägt. Diese Maschine ist die einzige Konstante, bei der sich zum Glück nichts verändert. Manchmal ist es eben auch vorteilhaft, wenn die Uhr des Lebens stehenbleibt, und eigentlich sollte mich dieser Anblick beruhigen. Er liegt im Koma, damit sich sein Gehirn von dem Unfall erholen kann. Vielleicht braucht sein Kopf noch einige Zeit, um sich von dem Schädel-Hirn-Trauma zu erholen, aber er lebt. Das ist es, was zählt, auch wenn es Momente gibt, in denen sich dieses Bild nicht wirklich glaubhaft in meinem Kopf einprägen will. Meine Eltern haben gesagt, dass es sein kann, dass Levin es nicht schafft, sich zu regenerieren, und dass sie dann die Maschinen abstellen müssen. Doch das würde ich nicht verkraften.

Ich konzentriere mich wieder auf die Stimmen des Sängers. Früher hat Levin diese Rockband geliebt. Immer, wenn ich in sein Zimmer gekommen bin, lief diese Band. Ich habe seine Stimme verabscheut. Sie klingt viel zu laut und zu schrill, ich bin eher eine Freundin der leisen Töne. Doch jetzt, wo mein Bruder im Koma liegt, wünsche ich mir nichts sehnlicher, als noch ein einziges Mal sein Zimmer zu betreten und dieses Lied zu hören, während er verschlafen auf dem Bett liegt und ganz in die Musik versunken ist. Mir entweicht ein bitteres Lachen, obwohl niemand im Raum ist. Zumindest niemand, der in der Lage dazu ist, die Geräusche, die ich von mir gebe, wahrzunehmen. Ich komme in sein Zimmer. Er liegt im Bett. Irgendwie ist er auch verschlafen. Und doch erinnert rein gar nichts mehr an den Levin von früher, der sein Leben so lebt, wie er gerade Lust drauf hat. Er atmet nicht mehr. Er schläft auch nicht. Das könnte er ja auch zu Hause machen. Er muss irgendwo zwischen Tod und Schlaf schweben, in einer Welt, die nur er kennt. Vielleicht ist diese Welt ein toller Strand mit türkisblauem Wasser und vielen Drinks. Vielleicht hat Levin in dieser Welt gerade den Spaß seines Lebens, und das ist der Grund, warum Hannes immer sagt, dass es besser für ihn ist, wenn er noch ein bisschen im Koma liegen bleibt. Ich weiß nicht, was es bedeutet, im Koma zu liegen. Er ist nicht tot und er schläft auch nicht. Er lebt irgendwo dazwischen und niemand weiß, wo.

Ich erinnere mich an unseren letzten Sommerurlaub mit der ganzen Familie. Der Sand hat sich angefühlt, als würde ich eine heiße Herdplatte anfassen, weil die Sonne ihn so sehr erhitzt hatte. Das Wasser war so warm wie in einer Badewanne und ich musste ständig aufpassen, dass ich mir keinen Sonnenbrand hole. Immer wieder sind die jungen Kellner bei uns vorbeigekommen und haben uns Getränke angeboten. Der Urlaub war toll. Levin hat sich immer gewünscht, dass wir diese Reise nächstes Jahr wiederholen. Vielleicht ist er jetzt ja genau dort. Dann wird er bestimmt viel zu erzählen haben, wenn er nach Hause kommt. Aber vielleicht ist er auch einfach an einem Ort, den niemand von uns kennt und den niemand beschreiben kann. Ein Ort, der für immer im Verborgenen bleiben wird. Vielleicht wird er eines Tages von seiner Reise aus dieser Welt zurückkehren und dann wird er mir sagen, was er dort alles erlebt hat. In der Welt zwischen Leben und Tod.

Ich nehme ihm die Kopfhörer aus dem Ohr und stelle die Musik aus. Es ist an der Zeit, nach Hause zu gehen. Ich gebe ihm noch einen Kuss auf seine trockene Wange, verspreche ihm, dass ich morgen wiederkommen werde, und gehe. Es fühlt sich komisch an, das Zimmer zu verlassen und nicht zu wissen, ob er morgen noch leben wird. Dieses flaue Gefühl in meinem Bauch ist jeden Abend da, aber ich rede mir ein, dass Levin auch morgen noch hier sein wird. So wie seit 48 Tagen.

Im Aufzug steht mir ein Junge in meinem Alter gegenüber. Die Frau, die neben ihm im Rollstuhl sitzt, ist bestimmt seine Mutter. Sie hat keine Haare mehr auf dem Kopf. Mit Sicherheit hat sie Krebs. Sie unterhalten sich gerade darüber, wie die Waschmaschine funktioniert. Etwas so Alltägliches wie das Waschen von Wäsche bekommt plötzlich einen so traurigen Beigeschmack. Sie erklärt ihrem Sohn, wie er seine Wäsche waschen kann, weil sie selber nicht mehr in der Lage dazu ist.

»Und vergiss nicht, bei Aldi ist das Waschmittel am billigsten«, sagt sie mit einem müden Lachen auf den Lippen. Sie versucht, ihren Sohn aufzumuntern. Auch über seine Lippen huscht ein kleines Lächeln. Sie sieht glücklich aus. Vielleicht ist Humor die beste Medizin.

Ihr Sohn sieht müde aus. Ich sehe ihm an, dass er versucht, sich vor seiner Mutter nichts anmerken zu lassen, aber ich kenne dieses Schauspiel genau und weiß, wann hier jemand wirklich lacht und wann er es einfach nur für jemand anderen vorspielt. Genau diese Stärke macht den Jungen irgendwie interessant. Ich weiß genau, wie er sich im Augenblick fühlt.

»Tschüs!«, sagt seine Mutter zu mir, als die beiden aussteigen und sie ihren gebrechlichen Körper noch ein bisschen tiefer in die Sitzfläche sinken lässt. Ich antworte ihr nicht. Ich senke meinen Blick und tue so, als hätte ich sie nicht gehört. Ich hoffe, dass sie mir das abkauft. Im Augenwinkel erkenne ich, dass sie mich verwirrt ansieht, dann dreht sie sich wieder um und betrachtet aus müden Augen den Gang, den sie wahrscheinlich im Schlaf noch auswendig kennt. Die Tür schließt sich und ich fahre weiter. »Was war das bitte für ein unfreundliches Weib!«, denkt sie wahrscheinlich, und ich kann es nachvollziehen. Es tut mir leid. Es tut mir so verdammt leid.

Kapitel 2

Meine Mutter steht in der Küche und raucht. Sie hat vorher nie geraucht, erst seit Levin im Koma liegt. Seit 48 Tagen. Der Qualm umhüllt meinen Körper wie ein dünnes, unbequemes Kleid und schwebt träge durch den Raum. Ich huste. Sie auch. Mein Blick huscht über das Obst auf dem Tresen. Ich nehme mir einen Apfel und stelle mich neben sie.

»Hör auf zu rauchen, Mama.« Ich versuche seit Tagen, ihr das Rauchen auszureden. Davon wacht mein Bruder schließlich auch nicht auf. Am Ende verliere ich meine Mutter an Lungenkrebs und sie erlebt gar nicht mehr mit, wie Levin aus dem Koma erwacht. Doch die Worte prallen an ihr ab wie Regentropfen an einer Fensterscheibe.

Sie nimmt einen tiefen Zug. Ich sehe sie an, aber sie erwidert meinen Blick nicht. Meine Mutter stößt die Luft wieder aus. Ich wedle den Rauch theatralisch von mir weg. Sie zieht ein weiteres Mal an ihrem Glimmstengel. Ich löse meinen Blick nicht von ihr. Irgendwann wird sie mir nicht mehr ausweichen können.

»Es beruhigt mich. Und das weißt du, Ella. Hör auf, mir ständig vorschreiben zu wollen, ob ich rauche oder nicht. Ich bin kein kleines Kind!« Sie nimmt einen weiteren Zug. Extra lang. Extra tief.

»Dann mach meditatives Malen oder fang an zu puzzeln. Das beruhigt dich bestimmt auch.« Ich weiß genau, dass sie so was nicht mag, aber alles ist besser, als ständig dieses Gift einzuatmen. Ich beiße in meinen Apfel.

»Nein. Ich rauche, wenn ich rauchen möchte. Und jetzt hör auf, mit mir darüber zu diskutieren!« Sie drückt die halbe Zigarette im Aschenbecher aus und fährt sich einmal durch ihre ungepflegten Haare. Ihr Ansatz schimmert schwarz hervor, doch sie hat momentan keinen Nerv dafür, ihre Haare nachzufärben. Auch ein Statement an Levin. *Meine volle Aufmerksamkeit gehört dir.* Ob ihm das hilft, ist eine andere Sache. Ich gucke ihr tief in die Augen.

»Willst du sterben?«, frage ich. Es ist das erste Mal, dass ich so direkt bin. Eigentlich bin ich dieser Frage in den letzten Tagen gekonnt aus dem Weg gegangen. Doch das Thema Tod ist plötzlich mein ständiger Begleiter – wie eine nervige Fliege, die niemand bei sich haben will, die aber doch immer da ist. Ich hätte selber sterben können, schließlich habe ich auch in diesem Auto gesessen. Levin könnte sterben. Jeden Tag. Und meine Mutter macht Dinge, die zum Tod führen können. Wir alle werden auf Schritt und Tritt vom Tod verfolgt. Sie wendet den Blick von mir ab.

Ich betrachte penetrant weiter ihr Profil und hoffe, dass sie mich nicht ignorieren wird. Sie wischt über die Arbeitsplatte, obwohl diese schon längst vor Sauberkeit blitzt. Ihre Wangen sind kreidebleich, als würde sie mir damit zeigen wollen, dass sie innerlich schon tot ist.

Sie schweigt. Ich bin mir nicht sicher, ob sie mir antworten wird. Vielleicht ist meine Frage zu hart gewesen. Vielleicht fällt ihr aber auch gerade zum ersten Mal auf, dass sie sich Stück für Stück umbringt. Ich bleibe weiter standhaft. Langsam kommt sie ins Wanken und ich komme mir vor, als würde sie sich an jeden Strohhalm klammern. Meine Mutter seufzt. Sie geht ein paar Schritte von mir weg und tut so, als müsse sie jetzt die Spüle polieren. Ich lasse ihr diesen Abstand, wenn es das ist, was sie braucht.

»Mama …«, setze ich noch einmal an.

Sie hebt ihren Blick nicht. »Lass es, Ella. Ich weiß, was ich tue. Helmut Schmidt hat jahrzehntelang geraucht. Hatte er Lungenkrebs oder Ähnliches? Nein!« Sie nimmt die nächste Zigarette aus der Schachtel. Stressbewältigung.

»Glaubst du, dass die Hersteller zum Spaß auf die Verpackung schreiben, dass diese Dinger tödlich sind?«

Sie lässt sich wieder lange Zeit, um mir zu antworten. Eine Rauchwolke kommt aus ihrem Mund. Die ganze Küche wird umhüllt von einem grauen Schleier. Ich öffne das Fenster.

»Nein«, kommt eine knappe Antwort aus ihrem Mund. Jetzt wischt sie über das Ceran-Feld.

»Mama, ich mache mir doch nur Sorgen um dich! Es reicht, wenn Levin im Koma liegt.« Mir vergeht der Appetit und ich entsorge meinen angebissenen Apfel im Mülleimer. »Wenn er stirbt, musst du für ihn mit leben. Und das geht nur kerngesund.«

Es ist nicht fair von mir, ihr so deutlich zu machen, dass das Leben meines Bruders am seidenen Faden hängt, weil ich weiß, wie weh ihr das tut, aber ich weiß mir nicht mehr anders zu helfen. Ich will sie nicht verlieren.

Ich weiß genau, dass sie darauf nicht antworten wird. Ich sehe, dass eine kleine Träne ihre Wange entlangläuft. Das tut mir weh, aber vielleicht kommt sie nur so zur Vernunft. Da muss sie jetzt durch. Sie wäscht den Putzlappen aus und geht ins Wohnzimmer, um die Zeitschriften, die dort liegen, zum gefühlt hundertsten Mal zu ordnen. Heute vielleicht nach dem Alphabet.

Ich seufze extralaut und nehme den Weg in mein Zimmer.

»Ich rufe dich, wenn es Abendessen gibt!«, ruft mir meine Mutter hinterher. Diesmal bin ich diejenige, die nicht antwortet.

Ich setze mich an meinen Schreibtisch und versuche, mich auf meine Geschichtshausaufgaben zu konzentrieren. Eigentlich ist das, was wir gerade machen, echt interessant. Wirtschaftswunder-Zeit. Ich lese mir den Text über Ludwig Erhard durch. Meine Gedanken fliegen immer wieder zu meinem Bruder. Ob bei ihm gerade alles in Ordnung ist? Was er wohl dazu sagen würde, wenn er sehen könnte, wie sehr sich meine Mutter verändert hat? Würde sie auf ihn hören und das Rauchen aufgeben? Zu viele Gedanken spuken in meinem Kopf herum.

Nach zwanzig Minuten schlage ich mein Buch zu und werfe mich auf mein Bett. Meine Füße tun weh und ich streife meine Schuhe ab. Meine Chucks fliegen in die Ecke. Ich habe keine Lust, aufzustehen und sie aufzuheben, deshalb lasse ich sie einfach dort liegen und lehne mich zurück. Wie gerne würde ich mich jetzt zu Levin ins Bett mummeln, zwischen leere Pizzakartons und dreckige Socken. Doch das geht nicht. Und in seinem neuen Zimmer ist es ekelhaft steril. Ich hätte nie gedacht, dass ich das einmal denken würde, aber ich will seinen Dreck zurück.

Eine Fliege surrt durch mein Zimmer. Sie ist die Einzige, die einen Ton von sich gibt, und doch fühle ich mich, als würde ich mich auf einem Rockkonzert befinden. Am liebsten würde ich wegrennen und vor dem Lärm fliehen, aber ich bin gefangen. Ich kann nicht rennen. Denn egal, wohin ich laufe, der Krach wird mich immer verfolgen. Gespeichert in mir drin wie eine Kassette, die immer wieder von vorne beginnt mit einer Musik, die niemand hören will.

Die Fliege ist genug geflogen und setzt sich auf ein Buch, das auf meinem Nachttisch liegt. Ich sehe ihr dabei zu. Eigentlich nervt mich ihre Anwesenheit, aber ich habe keine Lust, mich gegen sie zu wehren.

Müde fallen meine Augen zu. Ich träume davon, dass die Ärzte Levins Maschinen abstellen wollen und dass meine Mutter stirbt, weil sie zu viel raucht. Als ich wieder aufwache, bin ich klatschnass geschwitzt und meine Wangen fühlen sich klebrig an. Ich muss wohl im Schlaf geweint haben.

Im Badezimmer mache ich mich wieder frisch. Levins Parfüm steht auf der Ablage. Seit 48 Tagen unbenutzt. Manchmal rieche ich daran, um mich an ihn zu erinnern. Mittlerweile riecht mein Bruder nur noch nach Desinfektionsmittel. Ich vermisse das Parfüm auf seiner Haut. Ich könnte ihn mal damit einsprühen, um mir das Gefühl zu geben, dass alles noch genauso ist wie vor dem Unfall. Aber damit würde ich mich nur selbst belügen. Ich werfe einen kurzen Blick in den Spiegel. Der Pickel an meinem Kinn ist gerade mein kleinstes Problem. Andere in meinem Alter würden jetzt wahrscheinlich einen hysterischen Anfall bekommen; genauso, wie wenn sie sehen würden, wie strähnig meine braunen Haare in meinem kleinen Pferdeschwanz hängen. Doch ich bin nicht wie die anderen.

Ich trockne meine Hände ab. Als ich zurück in mein Zimmer gehen möchte, höre ich meine Mutter von unten rufen, dass das Essen gleich fertig ist. Der Duft verteilt sich im ganzen Haus. Sie konnte schon immer gut kochen, aber seit Levin nicht mehr da ist, stürzt sie sich nicht nur in die Hausarbeit, sondern probiert auch ständig neue Rezepte aus und will diese perfektionieren. Es ist, als ob sie versucht, ständig in Bewegung zu sein und immer etwas zu tun zu haben, um nicht an das zu denken, was für uns alle so unausweichlich ist. Levin.

Ich gehe die Treppe hinunter. Mein Vater ist schon da. Er sitzt auf dem Sofa und blättert durch Akten, die er aus dem Büro mit nach Hause gebracht hat.

»Hallo, Papa«, sage ich, als ich das Zimmer betrete.

»Na, mein Schatz, wie war dein Tag?«, fragt er. Er sieht von dem Blätterhaufen hoch.

»Wie immer. Ich war heute wieder bei Levin.« Ich setze mich neben ihn. »Wann kommt ihr mal wieder mit ins Krankenhaus?«, frage ich. Ich weiß, dass er nur ungern darüber redet, aber ich finde, dass mein Bruder es verdient hat, dass seine Eltern ihn besuchen. Er spürt ihre Anwesenheit bestimmt und merkt, dass wir für ihn da sind. Das gibt ihm mit Sicherheit viel Kraft – und die hat er im Moment mehr als nötig.

Mein Vater überlegt einen Moment, wie er der Situation am sanftesten ausweichen kann, das sehe ich ihm an. Ich wende meinen Blick von ihm ab und betrachte den Papierstapel vor ihm. So viel Arbeit, so viele Möglichkeiten, um nicht an Levin denken zu müssen. Er atmet tief durch, bevor er zu sprechen beginnt.

»Mal sehen. Ich hab im Moment sehr viel auf der Arbeit zu tun, da stehen viele neue Projekte an. Aber bald werden wir zu ihm ins Krankenhaus fahren, versprochen.« Er widmet sich wieder seinen Akten. Ich belasse unser Gespräch dabei, auch wenn ich der Meinung bin, dass sein Sohn eine höhere Priorität haben sollte als seine Arbeit. Ich wünsche mir, dass er seine Arbeit einmal beiseitelegen und mit ins Krankenhaus kommen würde. Ich bin mir sicher, dass das auch Levins Wunsch wäre. Aber eine weitere Diskussion mit einem meiner beharrlichen Eltern kann ich heute nicht gebrauchen.

»Wie war denn dein Tag, Papa?«, wechsle ich das Thema. Über meine Lippen huscht ein Lächeln, und ich setze mich in den Schneidersitz, so dass meine Augen sein Profil betrachten können. Er kauft mir das Bild tatsächlich ab und geht darauf ein. Ich sollte über eine Schauspielkarriere nachdenken.

»Nichts Neues, viel Arbeit, viele Sorgen und Gedanken.« Seine blauen Augen sehen müde und leer aus. Ich lehne mich an ihn und lege meinen Kopf auf seine Schulter.

»Er schafft das, Papa. Levin ist stark. Wir müssen nur für ihn da sein.«

Mein Vater nickt. Es entsteht ein Moment der Stille. Wir wissen beide, dass wir an meinen Bruder denken. Und das macht diesen Augenblick so schön und auf der anderen Seite tieftraurig. In diesem Augenblick fehlen sein Lachen und seine Stimme, andererseits habe ich das Gefühl, dass Levin in unserer Mitte ist. Nicht körperlich, aber in unseren Herzen.

»Kommt ihr? Das Essen ist fertig!«, ruft meine Mutter aus der Küche. Ich warte zehn Sekunden, sauge den Moment noch einmal tief auf, und als ich das Gefühl habe, dass der Augenblick der richtige ist, stehe ich auf und gehe ins Esszimmer. Mein Vater folgt mir schweigend.

Meine Mutter verteilt erst die Kartoffeln, dann das Fleisch und zum Schluss den Salat. Als sie damit fertig ist, beginnt sie sofort zu essen. Es sollen bloß keine Ruhepausen entstehen, bloß keine Augenblicke, in denen sich Stille ausbreitet.

»Was hast du heute so gemacht, Ella?«, fragt sie mit vollem

Mund. Ich wundere mich darüber, dass meine Mutter das Thema von sich aus anspricht. Sie weiß genau, dass ich bei Levin gewesen bin. Doch wahrscheinlich hält sie es für ihre Pflicht, diese Frage zu stellen. Vielleicht hofft sie ja auch, dass ich heute einmal bei meiner besten Freundin Charlotte war. Sie sieht ziemlich gequält aus.

»Ich war bei Levin«, antworte ich.

»Wie geht es ihm?«, fragt mein Vater. Er isst dabei weiter, als würden wir uns gerade über das Wetter unterhalten. Meine Mutter wird bleich. Sie wäre dieser Frage gerne aus dem Weg gegangen.

Ich räuspere mich. »Es geht ihm gut genug, dass die Ärzte die Maschinen nicht abstellen wollen, und schlecht genug, dass er im Koma liegt.« Er merkt, dass ich die Frage blöd finde. Wie soll es meinem Bruder schon gehen? Wir haben einen Unfall gehabt und er liegt seit Wochen im Koma.

»Vielleicht hilft es ihm ja, wenn ihr ihn auch mal wieder besuchen geht«, schlage ich vor. Eine gute Möglichkeit, um das Thema noch einmal anzusprechen. Das hat mein Vater jetzt davon.

»Das würde er doch überhaupt nicht merken. Er merkt überhaupt nichts. Vollkommen egal, ob wir jetzt da sind oder nicht …« Meine Mutter streicht sich nervös eine ihrer blonden Haarsträhnen aus dem Gesicht. Sie fixiert ihren Teller.

»Mama, du weißt genau, dass es nicht darum geht, ob Levin etwas spürt oder nicht. Es geht einfach darum, dass wir bei ihm sind. Ich bin jeden Tag da und spiele ihm immer wieder sein Lieblingslied vor. Mir ist bewusst, dass er es nicht wahrnimmt, aber es geht darum, dass ich in seiner schwersten Zeit an seiner Seite stehe und zumindest mir selbst das Gefühl gebe, ein Stückchen Normalität zu haben!«

Mein Vater räuspert sich. »Ella …« Er bricht seinen Satz ab. Ich sehe ihm in die Augen.

»Er braucht auch dich, Papa. Spiel ihm zum Beispiel ein Bundesligaspiel vor. Vielleicht wird er nicht sehen, dass du da bist, aber er wird es spüren. Dass irgendjemand für ihn da ist, auch wenn er nicht sieht, wer. Aber genau das wird ihm die Kraft geben, sich wieder komplett zu regenerieren. Ihr müsst ihn in seinem Kampf gegen das Koma unterstützen. Ihr seid seine Eltern!« Ich kaue auf meiner Kartoffel. Sie ist mittlerweile mehr Kartoffelbrei als alles andere, aber ich habe keine Lust, sie runterzuschlucken.

»Ella, du stellst dir das viel zu einfach vor. Denkst du nicht, dass ich mir wünschen würde, dass ich genau wie du die Kraft dazu hätte, jeden Tag an seinem Bett zu sitzen? Aber ich schaffe es einfach nicht!« Meine Mutter zieht die Nase hoch. Das Salatblatt passt nicht in ihren Mund hinein und sie schneidet es in der Mitte durch. Eine weitere Beschäftigung. Bald wird sie uns das Essen wahrscheinlich mundgerecht servieren wie im Seniorenheim, damit ihr bloß nicht die Arbeit ausgeht. Gleich nach dem Essen kann sie direkt beginnen zu spülen und sich danach der Wäsche widmen.

»Es fällt keinem Angehörigen leicht, einen Komapatienten zu besuchen. Aber sie sitzen Tag für Tag tapfer an den Betten ihrer Familienmitglieder und hoffen, bangen und beten. Niemand ist in dem Moment glücklich, aber sie schaffen es alle.« Ich gucke erst zu meiner Mutter, dann zu meinem Vater. »Ihr könnt nicht davor wegrennen, dass Levin im Koma liegt. Und ich bin mir sicher, dass er es spürt, wenn ihr für ihn da seid.« Ich lächle aufmunternd. Für meinen Bruder.

»Ella, es reicht jetzt«, sagt meine Mutter. Sie versucht, sauer zu klingen, aber ich höre ihr an, dass sie mit den Tränen kämpft. Deswegen schweige ich lieber. Ihr Blick wandert zu dem leeren Platz, auf dem er sonst immer gesessen hat. Das ist einer der Momente, die sie am meisten hasst. Momente, in denen sie Zeit hat, nachzudenken. Momente, in denen eine Leere entsteht und ihre Gedanken die Chance haben, zu Levin zu fliegen.

Als auch mein Vater seinen letzten Bissen aufgegessen hat, beginnt sie sofort, den Tisch abzuräumen. Ich stehe auch auf und lasse meinen Vater alleine.

Im Vorbeigehen werfe ich einen Blick in die Küche. Meine Mutter legt das Geschirr in die Spüle und lässt das Wasser einlaufen. Sie macht sich eine Zigarette an. Der Rauch verteilt sich im ganzen Raum. Ich seufze und gehe nach oben. Der Duft des guten Essens mischt sich mit dem Gestank von Tabak. Sie raucht wieder eine. Und danach noch eine und noch eine. Bis sie benebelt genug ist, um nicht mehr an unseren Unfall denken zu müssen. Sie qualmt bis zum Schluss.

Kapitel 3

Die Tür der Bahn schließt sich hinter mir. Endlich habe ich einen weiteren Schultag hinter mich gebracht. Seit ich nicht mehr spreche, gehe ich nur noch ungern zur Schule. Mich ignoriert sowieso jeder außer Charlotte. Was sollen sie auch sonst machen. Aber leider gibt es in Deutschland ja die Schulpflicht.

Manchmal wäre ich auch gerne so offensichtlich krank wie mein Bruder. Darauf nimmt jeder Rücksicht. Doch *ich* werde in der Menge übersehen, denn ich bin ja nur psychisch krank. Das wird schon nicht so schlimm sein. Das schafft die schon. Vielleicht. Bestimmt.

Ich gehe an lachenden Menschengruppen vorbei und suche mir einen Sitzplatz. Mir gegenüber sitzen ein älterer Mann und eine junge Frau. Sie unterhalten sich angeregt über Lehrer, die es nicht auf die Reihe bekommen, den Unterricht ihren Schülern anzupassen. Sie schenken mir keinerlei Beachtung, viel zu beschäftigt sind sie damit, sich über diese Pädagogen aufzuregen, die besser keine geworden wären. Aber das ist auch gut so. Ich frage mich, in welcher Beziehung die beiden wohl zueinander stehen. Vielleicht sind sie Vater und Tochter, vielleicht aber auch ein Pärchen mit großem Altersunterschied oder auch einfach nur Bekannte. Angestrengt betrachte ich meine Fingerknöchel, um die beiden nicht ansehen zu müssen.

Ich denke an meine Lehrer. Jede Schule hat doch ein paar Sonderexemplare, bei denen man sich fragt, wie sie das Referendariat überlebt haben. Und vor allem warum. Aber ich habe es eigentlich noch ziemlich gut getroffen.

Als eine Computerstimme den nächsten Halt ankündigt, steht die Frau auf, umarmt den älteren Herrn zum Abschied und geht zur Tür. Ein Pärchen scheinen sie also nicht zu sein. Ich tippe nach meiner heimlichen Analyse auf gute Freunde. Ich sehe ihr unauffällig hinterher. Sie steht mit dem Rücken zu uns und schüttelt den Kopf. Ich kann mir ihre Mimik genau vorstellen. Ungläubig, dass es Menschen gibt, die Lehrer sind, obwohl sie lieber einen anderen Job hätten ergreifen sollen, anstatt jeden Tag irgendwelche Kinder zu quälen. Der Zug hält an und sie steigt aus. Ihr Sitznachbar winkt ihr hinterher, sie lacht noch einmal, hebt auch kurz die Hand und verschwindet. Ich senke meinen Blick wieder auf meine Handrücken und denke an den ersten Satz aus einem Lied meiner Lieblingsband. *Du schaust mich an und ich versuche, dir auszuweichen.*

Ich spüre genau, dass seine Augen auf mir ruhen. Mein Herz hämmert gegen meine Brust. Hoffentlich spricht er mich nicht an. Habe ich gerade wirklich Angst, dass jemand Wildfremdes mit mir reden möchte? Wie übertrieben. Aber vielleicht ist er so ein Heini, der irgendwelche Umfragen durchführt und x-beliebige Menschen ausquetscht. Vielleicht hat seine Unterhaltung mit der Frau auch damit begonnen, dass sie sein Opfer gewesen ist. Es könnte sein, dass die beiden sich vorher gar nicht gekannt haben. Obwohl – sie haben sich zur Verabschiedung umarmt. Aber wer weiß? Vielleicht haben sie während ihres Gesprächs auch einfach gemerkt, dass sie auf einer Wellenlänge sind. Ich kaue auf meiner Lippe und konzentriere mich darauf, meinen Blick nicht zu heben. Ich passe genau in sein Beuteschema. Ich gehe jeden Tag zur Schule, verbringe meine Zeit mit mindestens vier Lehrern pro Tag und es befindet sich mit Sicherheit einer unter ihnen, der in all den Semestern, die er studiert hat, nie begriffen hat, was Pädagogik eigentlich bedeutet.

Sein Blick bohrt sich in mich hinein. Vielleicht bilde ich es mir auch nur ein. Wo soll er sonst hingucken? An der nächsten

Haltestelle steigt auch er aus, ohne ein einziges Wort gesagt zu haben. Noch nicht einmal Tschüs. Ich habe mich aber auch mehr als abweisend ihm gegenüber verhalten. Mir fallen Zentner an Steinen vom Herzen und ich bin froh, dass er sich nicht dazu entschlossen hat, mir von seinen Erfahrungen mit den Lehrern dieser Welt zu erzählen. Ich kenne eine Reihe Menschen, die an meiner Stelle in diesem Moment total deprimiert wären. Menschen, die es lieben, mit anderen zu kommunizieren – vollkommen egal, ob sie sich kennen oder nicht; Hauptsache, die Chemie stimmt. Aber ich bin froh, dass er geschwiegen hat, denn mir wären sowieso die Worte in der Kehle stecken geblieben.

Erleichtert lehne ich mich zurück, vollkommen alleine in meiner Viererecke. An der nächsten Haltestelle muss auch ich aussteigen und verlasse den Zug.

An der Bushaltestelle sammeln sich viele Menschen. Zu viele. Ich stelle mich ein Stück abseits hin. Eine Papiertüte fliegt an mir vorbei, gefolgt von einem McCafé-Kaffeebecher. Ich sehe ihnen beim Fliegen zu. Ich beobachte die Menschen, die ebenfalls auf den Bus warten. Erwachsene, die nervös von einem Fuß auf den anderen tippeln, weil sie nicht schnell genug die Haustür aufschließen können. Sie wollen nach Hause; sie haben das Gefühl, noch so viel erledigen zu müssen. Neben ihnen zeigt sich das Gegenteil ihrer selbst. Schüler, die versunken in ihrer Musik oder wild schnatternd nach dem Bus Ausschau halten. Er könnte sie hier noch Stunden ausharren lassen, es wäre ihnen egal. Eigentlich haben sie gar keine Lust, nach Hause zu kommen, denn dort erwarten sie sowieso nur Mütter, die sie herumkommandieren, und Hausaufgaben, die erledigt werden wollen. Eine Truppe von Menschen in meinem Alter nähert sich mir. Ich tue so, als hätte ich sie nicht entdeckt. Ich erkenne sie genau. Melanie, Simon und Murad. Alle drei sind sie mit in meine Grundschulklasse gegangen. Bestimmt werden sie mich gleich ansprechen und mir die alltäglichsten Fragen stellen. Ich überlege, ob ich einfach gehen sollte, aber dann würde ich den Bus verpassen und noch später zu Hause ankommen. Ich drehe mich um, stecke meine Kopfhörer ins Ohr und senke meinen Blick. Falls sie mich ansprechen, könnte ich einfach so tun, als würde ich sie nicht hören.

Jemand tippt mir auf die Schulter. Mein Herz setzt einen Takt aus. Verdammt. Jetzt kann ich nicht mehr so tun, als hätte ich nichts gemerkt. Gute Taktik. Ich beiße mir auf die Lippe. Durchatmen.

»Hey, Ella, wie lange haben wir uns nicht mehr gesehen? Deine Haare sind ja immer noch so schön wie früher.« Murad lacht.

Ich schaue hoch, doch zeige keinerlei Reaktion. Vielleicht sollte ich einfach so tun, als wüsste ich nicht, woher wir uns kennen. Doch das klappt nicht.

»Weißt du nicht mehr, wer wir sind?«, fragt Simon nach ein paar Sekunden.

Ich schüttle den Kopf, um wenigstens irgendwie zu reagieren. Mein Blick senkt sich zum Boden. Nicht gerade freundlich, aber ich weiß mir nicht anders zu helfen. Ich spiele wieder mit dem Gedanken zu gehen. Was die anderen drei wohl in diesem Moment über mich denken? Simon sieht noch genauso aus wie früher, nur ein bisschen größer und einen Tick erwachsener. Man erkennt ihn sofort. Und auch Murad hat sich nicht viel verändert. Melanie ist erwachsener geworden, und ihre Haare hat sie abgeschnitten. Trotzdem weiß ich noch genau, wer sie sind. Leider.

»Wir kennen uns doch aus der Grundschule, erinnerst du dich nicht mehr? Simon, Murad und Melanie? Haben wir uns so verändert?« Den letzten Satz spricht Simon mit einem Unterton aus, als würde er die Antwort schon kennen.

Ich schüttle wieder den Kopf. Könnte er das Gespräch jetzt nicht einfach beenden und so tun, als hätten wir uns nie getroffen? Melanie guckt mich ungläubig an. Am liebsten würde ich im Erdboden versinken. Ich würde so gerne irgendetwas sagen, aber ich fühle mich, als hätte mir jemand die Stimmbänder durchgeschnitten.

»Warum antwortest du uns dann nicht? Hast du keine Lust

darauf, dich mit uns zu unterhalten?« Melanie zieht fragend eine ihrer gemalten Augenbraue in die Höhe. »Sorry, wir dachten, du freust dich.« Es tut weh, als Melanie diese Worte ausspricht. Ich schäme mich. Sie tun mir leid. Wieder schüttle ich den Kopf. Simon hustet. Ich gucke ihn kurz an, dann starre ich in die Runde. Ich fühle mich, als würde ich durch die drei hindurchgucken.

»Ella? Bist du überhaupt geistig anwesend?« Murad wedelt mit seiner Hand vor meinen Augen herum.

Ich presse meine Lippen fest aufeinander. Mein Blick fliegt wieder zum Boden. Die Minuten, bis der Bus kommt, ziehen sich heute wie Gummibänder.

»Ach, dann bleib doch alleine da stehen! Ich hätte nicht gedacht, dass du so eine arrogante Ziege geworden bist, in der Grundschule gehörtest du noch zu den Coolen!« Simon sieht abwertend an mir runter. Wie man eben an einer arroganten Ziege heruntersieht.

Mein Herz zieht sich krampfhaft zusammen. Es fühlt sich so scheiße an. *Hey, ist ja schön, euch wiederzusehen! Wie läuft es denn so in der neuen Schule?* Ein ganz normales Gespräch, das jeder andere jetzt mit ihnen führen würde. Doch ich kann nicht. Es fühlt sich an, als würde mir jemand die Worte im Hals abschnüren.

»Ich wünsche dir noch ein schönes Leben in deiner kleinen, hochnäsigen Burg!« Murad spuckt mir vor die Füße.

Plötzlich verwischt das Bild der netten Grundschulkameraden und aus ihnen werden verständnislose, angewiderte junge Leute. Menschen, die mir fremd sind. Ich kann dem Bild dabei zusehen, wie es zerbricht wie eine Glaskugel, die zu einem Scherbenhaufen wird.

Der Bus kommt und sie werfen mir noch einen letzten Blick zu. Es tut mir so leid. Ich hätte so gerne etwas gesagt, irgendwas, aber ich kann einfach nicht über meinen Schatten springen. Die Ella von heute ist einfach nicht mehr die Ella, von der sich die drei am letzten Tag der vierten Klasse verabschiedet haben. Doch das können sie ja nicht wissen.

Ich setze mich ganz vorne hin. Ich traue mich nicht, mich umzudrehen. Ich spüre ihre Blicke wie Messerstiche in meinem Rücken und bereue es, mich nicht ganz hinten in die letzte Ecke verkrümelt zu haben. Ich konzentriere mich auf die Musik in meinen Ohren und versuche, an etwas anderes zu denken.

Als Simon aus dem Bus aussteigt, klopft er noch einmal an die Fensterscheibe und wirft mir einen bösen Blick zu. Wieso musste ich sie ausgerechnet hier wieder treffen? Wenn Levin nicht im Koma liegen würde, könnte er mich vor meinen Grundschulklassenkameraden verteidigen. Und er wüsste bestimmt, was er sagen müsste, damit die Menschen mich nicht so blöd angucken. Aber er liegt im Koma. Seit 49 Tagen. Die Uhr tickt unaufhörlich weiter. Und ich habe keine andere Wahl, als in diese Welt hinauszugehen und gegen das Feuer der Drachen zu kämpfen. Alleine.

Bevor Levin im Koma lag, hätte ich nie gedacht, dass ich mir eines Tages einmal so sehr wünschen würde, dass er wieder da ist. Ich bin für ihn immer die kleine, nervige Schwester gewesen, und doch haben wir uns geliebt. Manchmal habe ich mir gewünscht, dass er nicht mehr da wäre. Das wünscht sich jedes Geschwisterkind mal. Wenn man Streit hat, wenn man genervt ist oder wenn man sich benachteiligt fühlt. Aber das sind nur Gedanken gewesen. Ich habe nie gewollt, dass er plötzlich im Koma liegt. Nicht er. Nicht Levin, den ich immer ein wenig angehimmelt habe, so wie die Untertanen ihren großen König. Ich erinnere mich an so viele Tage, als ich noch klein und unbeschwert war. Mit zehn zählt nur das Heute, es gibt kein Morgen. Ich bin immer zu Levin ins Zimmer geschlichen und habe mich in seinem Bett versteckt. Ich hatte das Gefühl, dass mir in diesem Moment nichts passieren könnte. Er würde mich beschützen. Manchmal hat er mich aber auch genervt vertrieben, weil er alleine sein wollte. Dann habe ich mich immer in meinem Zimmer verschanzt. Ich muss grinsen, als ich daran zurückdenke, doch ich habe das Gefühl, dass mir das Lachen im Hals stecken bleibt und sich dort in einen schmerzhaften Kloß verwandelt. Die Erinnerungen tun weh, weil es jetzt Erinnerungen sind und ich Angst habe, dass sie das für immer bleiben werden. Ich vermisse diese unbeschwerte Zeit.

Mein Kopf knallt gegen die Kopflehne des Sitzes, der Bus kommt zum Stehen. Dieses Mal ist es Melanie, die ihn verlässt. Sie würdigt mich keines Blickes. Das ist mir wesentlich lieber, als böse angefunkelt zu werden, auch wenn es weh tut, alles kaputtgemacht zu haben. Freunde verloren zu haben. Wenn wir überhaupt noch welche gewesen sind, nach all der Zeit. Das ist dann heute auf jeden Fall vorbei. Und ich bin schuld.

Heute ist es mir zum ersten Mal schmerzhaft bewusst geworden. Ich bin wirklich nicht in der Lage, mit Fremden zu reden. Ich bin nicht normal. Ich bin krank. Ich brauche Hilfe.

Kapitel 4

Heute ist es so weit. Ich werde den Beamten all die Fragen beantworten, die ihnen auf der Seele brennen. Fragen, die sie versuchen möglichst einfühlsam zu stellen, und doch raubt es ihnen den letzten Nerv, sie so formulieren zu müssen, dass ich nur meinen Kopf zu bewegen brauche. Das sehe ich ihnen an. Sie befragen mich nur, weil sie mich brauchen, um den Unfallverursacher zu finden. Eigentlich würden sie gerne auf meine Aussage verzichten. Da sind wir uns einig.

Es tut mir leid, und doch schaffe ich es nicht, einen Ton aus meiner Kehle zu bekommen. Meine Mutter hat ihnen stundenlang erklärt, dass ich seit dem Crash nicht mehr mit Fremden spreche. Sie denkt, der Unfall sei daran schuld, denn sie weiß nicht, dass das nicht stimmt. Dass ich schweige, weil etwas viel Traumatischeres passiert ist. Sie denkt, ich schweige, weil mein Bruder halbtot neben mir lag, denn ich habe ihr nie erzählt, was an diesem Abend noch passiert ist. Ich habe es niemandem erzählt. Ich hätte es der Polizei erzählen können, sie würden mir bestimmt helfen. Doch ich schaffe es nicht, mit den Beamten zu reden, also können sie nur ihre Vermutungen äußern, basierend auf Hinweisen. Doch für das, was noch an diesem Abend passiert ist, gibt es keine Hinweise. Niemand wird je herausfinden, was vor dem Unfall geschehen ist. Und deshalb wird auch niemand danach fragen. Noch mit 100 werde ich diese Geschichte mit mir herumtragen, wie ein kleines, aber schweres Päckchen auf meinem Rücken. Für immer.

Meine Mutter biegt in die Straße ein, in der sich das Präsidium befindet. Gleich wird alles wieder hochkommen. Wie der Wagen unseren gerammt hat. Wie unser Auto nach vorne geschlittert ist und Levin sich plötzlich nicht mehr bewegt hat. Alles wird sich wieder in meine Erinnerungen schleichen und mich überwältigen wie eine turmhohe Welle im weiten, tiefen Meer.

Ich kann nicht mehr zu meinem Lieblingsbäcker gehen, weil ich Hilfe brauche, wenn ich etwas bestellen möchte, und das, obwohl mir die Verkäuferin so vertraut ist. Jeden Morgen bin ich dort gewesen, sie meistens auch. Wir kannten uns schon richtig lange, sie hat mit mir über Gott und die Welt geplaudert. Doch das ist jetzt vorbei. Seit 50 Tagen.

Unser Auto kommt zum Stehen. Ich lehne meinen Kopf zurück und atme tief ein. Aus, ein. Aus, ein. Es ist das erste Mal in den letzten 50 Tagen, dass meine Mutter mich schwach erlebt. Es ist das erste Mal, dass ich diejenige bin, die am liebsten sagen würde: »Ich glaube, ich schaffe das nicht!«, und doch bleibe ich still. Meine Mutter sieht in den Rückspiegel, sie hat auch nicht das Bedürfnis, auszusteigen. Für ihre Verhältnisse sieht sie heute aber überraschend frisch aus. Ihre Augen sind ein bisschen geschminkt und auch ihre Haare hat sie heute einmal ordentlich frisiert.

Wahrscheinlich schenkt es ihr Hoffnung, dass es neue Ermittlungsergebnisse gibt, und sie glaubt, dass wir jetzt ein bisschen näher ans Ziel kommen. Aber was bringt es ihr zu wissen, wer der Arsch ist, wegen dem mein Bruder im Koma liegt? Es würde sich nichts verändern, außer dass es jemanden gäbe, dem sie die Schuld geben könnte. Aber davon würde Levin auch nicht wieder aufwachen.

Doch ich will ihr ihre Hoffnung nicht nehmen. Es ist so schön, dass sie sich nach all der Zeit mal wieder frisch gemacht hat. Wochenlang habe ich sie nur mit einem Glimmstengel zwischen den Lippen oder mit Hausarbeit beschäftigt gesehen. Sie hat das Haus nur selten verlassen, wenn, dann nur zum Einkaufen. Heute flammt seit langem ein Fünkchen Hoffnung in ihr auf. Ich möchte ihr dieses Gefühl nicht nehmen, auch wenn ich nicht daran glaube, dass irgendwas besser werden wird, wenn die Polizisten den Täter gefunden haben. Außerdem ist dieser Unfall nur der bittere Nachgeschmack dessen, was an dem Abend im Club passiert ist. Doch das kann meine Mutter ja nicht wissen. Für sie zählt nur, dass es vielleicht bald jemanden gibt, den sie dafür verantwortlich machen kann, dass ihr Sohn im Koma liegt und vielleicht nie wieder aufwachen wird. Aber was will sie dann machen? Will sie den Typen krankenhausreif schlagen? Will sie ihn auch ins Koma bringen?

Es gibt nichts, was uns helfen würde. Kein noch so hohes Schmerzensgeld und auch keine Gefängnisstrafe. Ich wünsche mir nicht, dass der Unfallverursacher ins Gefängnis kommt. Da langweilt er sich sowieso nur und niemand von uns hat etwas davon. Ich wünsche mir nur eins: Es soll einmal einer seiner Angehörigen im Koma liegen. Er soll am Bett eines Komapatienten sitzen und spüren, wie schlimm es sich anfühlt, wenn man nichts dagegen unternehmen kann. Er soll das durchmachen, was wir im Moment durchmachen. Ich wünsche mir Karma. Vielleicht ist das nicht fair, immerhin können die anderen nichts dafür, dass sie so einen Idioten in ihrem Umfeld haben. Doch mein Herz schmerzt zu sehr, um das wirklich an mich heranlassen zu können.

Meine Augen wandern wieder zu meiner Mutter, die ihren Blick immer noch starr geradeaus gerichtet hat. Es passt nicht zu ihr, nichts zu tun. Eigentlich müsste sie auf der Stelle aus dem Auto springen, mich bei der Polizei anmelden und dann sofort einkaufen fahren. Doch sie sitzt schweigend auf ihrem Platz und bewegt sich nicht, als sei sie eingefroren. Ich weiß nicht, ob ich froh darüber sein soll, dass ich noch nicht rein muss, oder ob ich es lieber so schnell wie möglich hinter mich bringen sollte. Aber ich lasse uns die Zeit, die wir brauchen. Von mir aus können wir hier noch einige Zeit sitzen bleiben. Ich massiere meinen Handrücken, bis er ganz rot angelaufen ist.

Meine Mutter schnallt sich ab.

»Komm, Ella, lass uns mal reingehen. Je eher du dich den Fragen der Beamten stellst, desto schneller bist du da auch wieder raus. Du kannst dich sowieso nicht davor drücken. Und vielleicht finden sie mit deiner Hilfe tatsächlich den Mann, der euch das angetan hat.«

Nur wegen ihm rauchst du, entgegne ich in Gedanken.

Ich nicke. »Ja, vielleicht haben sie es ja diesmal geschafft, den Typen zu fassen. Dann hätten wir wenigstens jemanden, den wir dafür verantwortlich machen können!«, entgegne ich optimistisch. Ich weiß, dass meine Mutter darauf anspringen wird und sie kauft es mir tatsächlich ab.

»Genau. Außerdem kann dieser Idiot nur so seine gerechte Strafe bekommen!«

Meine Mutter will, dass er ins Gefängnis kommt, dass er Zeit hat, um darüber nachzudenken, was er getan hat, und dass er spürt, was es heißt, nichts zu haben. Doch er muss das durchmachen, was wir im Moment durchmachen. Nur leider hat noch kein einziger Jurist diese Strafe einwickelt. »Der Angeklagte XY wird zu drei Monaten Karma verurteilt!« klingt zugegebenermaßen auch ziemlich blöd. Und einen Komapatienten kann man ja auch nicht mal so eben aus dem Hut zaubern. Doch es wäre das Einzige, was den Betroffenen das Gefühl geben würde, dass der, der ihnen all das angetan hat, auch angemessen dafür büßen muss.

Gemeinsam betreten wir das Präsidium. Wir werden von einer freundlichen Polizistin empfangen, die uns fragt, wie sie uns helfen könne. Meine Mutter erzählt ihr ganz gefasst, warum wir hier sind, und nur, wenn man sie wirklich gut kennt, merkt man, dass es sie innerlich zerreißt, darüber nachzudenken, dass ihre Kinder einen Unfall hatten.

»Wie heißt Ihre Tochter denn?«, fragt die Polizistin sachlich. Diese Frau hört täglich solche Geschichten. Sie bleibt vollkommen neutral, verzieht noch nicht einmal die Mundwinkel, um uns ihr Mitleid auszusprechen.

»Ella Berendt«, erwidert meine Mutter. Und dann erklärt sie mal wieder, was selektiver Mutismus ist. Die Augen der Beamtin weiten sich, klar, über so ein Thema redet niemand. Wer erzählt schon gerne, dass sein Kind kaum spricht. Doch für mich und alle anderen Betroffenen wäre es so viel einfacher, wenn unsere Krankheit nicht so konsequent totgeschwiegen würde.

»Na, dann bringe ich dich mal zu den ermittelnden Beamten!«, sagt sie, als sie das Gefühl hat, meine Mutter hätte alles gesagt, was sie loswerden wollte.

»Du schaffst das, Ella.« Meine Mutter lächelt gequält.

Ich nicke und gehe mit der Beamtin mit. Ich fühle mich ein bisschen seltsam und weiß nicht so recht, wohin mit meinem Blick.

Wir kommen an dem Büro der beiden an. »Hi, Micha, hier ist Ella Berendt für euch. Ihr seid mit dem Fall vertraut?«

»Ja, danke.« Er nickt seiner Kollegin kurz zu. Ich nähere mich seinem Schreibtisch und fühle mich wie ein kleines, schüchternes Mädchen, das nicht weiß, was es tun soll, und das am liebsten hier rauswill.

»Hallo Ella, setz dich doch!«, bittet er freundlich. Ich setze mich auf den Stuhl und senke meinen Blick auf die Tischplatte, obwohl ich weiß, dass ich dem folgenden Gespräch nicht ausweichen kann.

Die beiden Polizisten, einer Mitte 40 und der andere grauhaarig und kurz vor der Rente, atmen tief durch, fast als würde ihnen jetzt das schwerste Ermittlungsgespräch ihrer Laufbahn bevorstehen. Die beiden sollen sich nicht so anstellen. Flattert einem nicht viel mehr das Herz, wenn man weiß, dass einem gerade ein Mörder gegenübersitzt?

Ich werfe den beiden einen flüchtigen Blick zu. Sie nicken sich zu, als hätten sie gerade geplant, auf drei zu fliehen. Der mit den grauen Haaren sieht aus, als könnte er einen Kaffee vertragen. Vielleicht sollte ich ihm einen holen. Aber dazu müsste er mich erst darum bitten, und da würde er sich eher selber einen holen.

Ich verschränke angespannt meine Arme, um den Beamten

zu signalisieren, dass ich jetzt bereit wäre, zu beginnen. Sie springen auch sofort darauf an.

Der Jüngere der beiden beginnt. Ich habe das Gefühl, der Ältere bekommt gleich einen Nervenzusammenbruch, obwohl er noch überhaupt nichts gesagt hat. Er stellt mir Fragen, die er mir schon beim letzten Mal gestellt hat. Denkt er, dass ich ihnen jetzt mehr dazu sagen könnte als damals? Schon nach der dritten Frage fährt sich der Grauhaarige erschöpft durch seine Mähne. Ich senke meinen Blick. Ich fühle mich miserabel, dass ich nicht mit den Beamten rede, aber ich bekomme einfach kein einziges Wort über die Lippen.

»Ist dir noch irgendetwas eingefallen, das du an dem Tag nach dem Unfall vielleicht vergessen hast zu erwähnen?«, fragt er.

Ich tue so, als würde ich überlegen und schüttle dann entschlossen mit dem Kopf.

»Wir haben mit Hilfe von Bremsspuren und eines Zeugen, der den Wagen gesehen hat und sich das Kennzeichen gemerkt hat, einen möglichen Täter ausfindig machen können«, verkündet der Jüngere von den beiden freudig. Es wäre auch ein Wunder gewesen, wenn der Ältere mal etwas gesagt hätte. Ich nicke gespannt. Jetzt werde ich doch hellhörig. Der Jüngere grinst immer noch wie ein Honigkuchenpferd. Er erinnert mich an einen hochmotivierten Referendar, der endlich seine erste Unterrichtsstunde abhalten darf. Applaus, denke ich, Applaus. Als er merkt, dass meine braunen Augen auf ihn gerichtet sind, wird er wieder ernst.

»Kennst du einen Luca Müller?«, fragt er mich. Ich muss den Namen erst einmal auf mich wirken lassen. Es fühlt sich komisch an, dass das Nichts plötzlich einen Namen hat. Luca Müller. Obwohl, er ist nur ein möglicher Täter, fest steht noch nichts. Meine anfängliche Euphorie klingt ab. Aus dem Augenwinkel sehe ich, dass mich beide Beamten anstarren. Ich schüttle den Kopf. Die beiden Polizisten seufzen und sehen sich ratlos an. Wenn sie mich fragen, müssen sie doch mit einem Nein rechnen. Ich meine, das ist irgendein Typ gewesen, der an dem Abend auch auf der Straße gewesen ist. Es fahren tausende Leute diese Strecke entlang. Wir sind nur zufällig zur selben Zeit am selben Ort gewesen. Und die gucken mich an, als hätte ich ihnen gerade offenbart, dass ich nicht wüsste, wer Angela Merkel ist.

»Okay. Wir werden zu der Anschrift fahren, an der Luca Müller gemeldet ist. Wenn wir dort neue Informationen finden, werden wir uns mit euch in Verbindung setzen, okay?«

Ich nicke. Hätten sie nicht erst zu seiner Anschrift fahren können? Das hätte mir einen Besuch auf dem Präsidium erspart. Und das wäre für uns alle angenehmer gewesen.

»Wie geht es deinem Bruder?«, fragt der Jüngere. Nach ein paar Sekunden erinnert er sich daran, dass man diese Frage nicht mit einer Kopfbewegung beantworten kann und er formuliert seine Frage um. »Liegt er immer noch im Koma?«

Ich nicke. Ein mitleidiger Ausdruck, den ich in den letzten Wochen nur allzu gut kennengelernt habe, schleicht sich in seine Augen. Aber ich möchte überhaupt nicht bemitleidet werden. Ich möchte einfach nur, dass mein Bruder aufwacht und dass Luca Müller spürt, wie es sich anfühlt, wenn jemand, der dir sehr wichtig ist, im Koma liegt und man nichts dagegen unternehmen kann.

Die beiden Beamten sehen sich an, nicken sich zu und gucken zu mir. »Gut, das wäre es dann auch schon«, sagt er der Jüngere. Vielleicht kann der Ältere gar nicht sprechen.

Wow, das ging tatsächlich erstaunlich schnell, denke ich mir. Zum Glück. Hätten sie sich auch komplett sparen können.

Sie geben mir die Hand und ich verlasse mit zügigen Schritten das Präsidium. Vielleicht ist meine Mutter noch nicht vom Einkaufen zurück. Dann muss ich mir noch ein bisschen die Zeit vertreiben. Doch als ich rauskomme, steht sie schon dort und wartet. Wahrscheinlich ist sie wie eine Irre durch den Laden gehetzt und hat alles im Turbogang erledigt, weil sie sich bloß keine Ruhe gönnen darf. Dieser Gedanke versetzt meinem Herzen einen Stich, obwohl er nichts Neues ist.

Ich lasse mich auf den Beifahrersitz sinken. Meine Mutter

öffnet den Mund und sieht mich kurz an, aber dann schließt sie ihn tonlos wieder und richtet ihren Blick auf die Straße. Sie fährt sofort los. Die Phase, in der sie untätig herumgestanden hat, war zu lang. Ihre Mundwinkel sind eingefallen, ihre Augen sehen müde aus. Bestimmt nicht vom Einkaufen. Sie hat sich Sorgen gemacht. Um mich und vor allem um Levin. Wir schweigen die gesamte Autofahrt über. Ich hätte jetzt sowieso keine große Lust gehabt, mich mit ihr zu unterhalten. Eigentlich hätte sie fragen müssen, wie es war, aber sie macht kein Theater. Ihr ist klar, dass es nicht wunderschön gewesen ist. Und deswegen gönnt sie mir diese Ruhe und schweigt.

Kapitel 5

Am Nachmittag schauen wir bei meinem Bruder vorbei. Meine Mutter hat ihren Blick zu Boden gesenkt, als wir durch das Foyer des Krankenhauses laufen. Es fällt ihr schwer, Levin zu besuchen, aber ich weiß, dass sie sich auch nach ihm sehnt. Schweigend laufen wir nebeneinanderher. Mein Vater hat schützend seinen Arm um ihre Taille geschlungen. Er atmet so laut, als würden Zentner an Backsteinen auf seiner Lunge lasten. Sie müssen stark sein. Für Levin. Das wissen sie beide und doch fällt es ihnen schwerer, als sie es je für möglich gehalten haben, das spüre ich.

Meine Mutter bleibt abrupt stehen. »Ich weiß nicht, ob ich das schaffe, Ella«, sagt sie. Sie guckt mich an, als sei sie auf der Flucht und würde panisch nach einem Ausgang suchen. Auf ihrer blassen Haut hat sich ein dünner Schweißfilm gebildet. Eigentlich müsste ich jetzt lauthals anfangen zu lachen und sie für ihren Witz loben. Aber ich kenne meine Mutter gut genug, um zu wissen, dass es ihr bitterer Ernst ist.

»Vielleicht sollten wir tatsächlich wieder gehen.« Mein Vater sucht meinen Blick. »Ich meine ja nur … falls es für Mama zu viel wird.«

»Mama, Papa.« Ich seufze und sehe sie ernst an. »Wir sind hier nicht auf einem Kinderspielplatz, den man wieder verlässt, wenn es anfängt zu regnen. Wir sind in einem Krankenhaus – in dem Krankenhaus, in dem Levin liegt! Niemand, der durch diesen Flur geht, ist glücklich. Den einen flattert das Herz, weil ein Angehöriger hier liegt, die anderen sind selber schwer krank. Nur die wenigsten können sich freuen, weil sie gerade entlassen wurden.« Ich lasse meinen Blick extra langsam durch den Flur schweifen. »Es geht hier nicht um euch. Es geht darum, dass ihr jetzt für ihn da seid. Würdet ihr hier liegen, ihr würdet dasselbe von Levin und mir erwarten!«

Ich gucke erst zu meiner Mutter, dann zu meinem Vater. Beide nicken zerknirscht. Ich habe das Gefühl, dass meine Mutter mit jeder Sekunde mehr in sich zusammenschrumpft. Vielleicht habe ich ein bisschen übertrieben. Ich hätte nicht so direkt sein sollen. Aber anders hätten sie wahrscheinlich nie begriffen, wie ernst die Lage tatsächlich ist.

»Bitte gebt jetzt nicht auf. Bitte«, füge ich mit leiser Stimme hinzu, damit die beiden sehen, dass es mir wichtig ist, dass sie mitkommen, aber gleichzeitig sollen sie auch spüren, dass ich genauso zittrige Beine habe wie sie. Für mich ist das hier auch kein Spaziergang.

Mein Vater nimmt vorsichtig die Hand meiner Mutter. »Komm, Eva, lass uns zu Levin gehen!«

»Ich muss vorher noch eine rauchen!«, stößt sie schließlich hervor und lässt die Hand meines Vaters los.

Er hält sie am Handgelenk fest.

»Lass mich, Martin!«, faucht sie ihn an.

»Nein, ich lasse dich jetzt nicht rauchen! Ella hat recht, wir müssen für unseren Sohn da sein. Du suchst nur Gründe, um seinem Krankenbett aus dem Weg zu gehen. Wenn du geraucht hast, musst du plötzlich dringend auf die Toilette, und danach hast du auf einmal so einen Durst, dass du in die Cafeteria gehen willst.« Mein Vater sieht meine Mutter scharf an. Ich kann an ihrem Gesicht ablesen, dass ihre Gedanken rattern und dass sie langsam realisiert, dass sie keine andere Wahl hat, als in den Aufzug zu steigen und zu Levins Station zu fahren.

»Mir fällt es auch alles andere als leicht, Levin an all den Maschinen zu sehen. Aber es ist unsere Aufgabe als seine Eltern, in dieser schweren Zeit für ihn da zu sein. Du schaffst das. Denk an Levin und daran, wie sehr er sich freuen würde, wenn er dich sehen könnte. Und jetzt komm.« Er nimmt wieder ihre mittlerweile zitternde Hand.

»Vielleicht hast du ja recht«, sagt sie nur. Ich trotte schweigend neben ihnen her. Im Aufzug steht eine junge Frau, die eine ältere Dame im Rollstuhl schiebt. Sie sieht müde und blass aus. Vielleicht ist die alte Frau ihre Mutter. Bestimmt kümmert sie sich jeden Tag um sie. Ich weiß ja selbst, wie fertig es einen manchmal macht, jeden Tag hier im Krankenhaus zu verbringen. Die ältere Frau hingegen sieht glücklich aus. Man sieht ihr an, dass sie krank ist, aber sie wirkt, als sei sie glücklich über all das, was sie in ihrem Leben erlebt hat. Ihre Tochter denkt wahrscheinlich, dass ihre Mutter tieftraurig ist, weil es so schlecht um sie steht. Das ist ja immer so. Aber sie sollte ihrer Mutter einmal ins Gesicht gucken und sich vom Gegenteil überzeugen. Denn nicht immer ist alles so, wie man denkt. Manchmal sind die Dinge einfach so, wie sie eben sind. Und die Frau im Rollstuhl ist glücklich, auch wenn sie tausend Gründe hätte, um traurig zu sein. So ist das Leben manchmal.

Schweigend fahren wir weiter. Als der Aufzug anhält, steigen die beiden aus. Ich bin alleine mit meinen Eltern. Meine Mutter guckt sich die ganze Zeit um, als würde sie nach einer versteckten Tür suchen, um doch noch im letzten Moment aus dem Aufzug fliehen zu können. Es fühlt sich komisch an, mit den beiden hier zu sein. Vielleicht merkt Levin zwar nicht, dass sie da sind, aber vielleicht spürt er ja, dass etwas anders ist als an den Tagen, an denen ich ihn alleine besuche. Zum Beispiel, dass ich ihm heute keine Musik vorspielen werde, wie sonst immer.

Der Aufzug kommt zum Stehen und wir steigen aus. Über die Station zieht sich ein beharrlicher Desinfektionsgeruch und auch, als wir in Levins Zimmer ankommen, bleibt er penetrant an uns haften. Aber ich habe mich an diesen Geruch gewöhnt. Er ist das Markenzeichen eines Krankenhauses und erinnert uns daran, wo wir sind. Meine Eltern gucken sich um, als seien sie zum ersten Mal in diesem Raum. Mein Vater wirft einen Blick auf die Maschinen. Vielleicht hat er gehofft, dass es einige von ihnen nicht mehr geben würde. Dass Levin zum Beispiel wieder von alleine atmen könnte. Er tut so, als sei alles in Ordnung, aber ich sehe ihm seine Enttäuschung an.

Sie setzen sich beide an Levins Bett und sehen ihn einfach nur an. Niemand von uns sagt etwas. Nichts geschieht. Ich halte ein bisschen Abstand von ihnen, weil ich das Gefühl habe, ich dürfte diesen Moment nicht zerstören. Sie sollen meinen Bruder für einen Augenblick ganz für sich haben. Meine Mutter flüstert Levin immer wieder irgendwelche Worte ins Ohr, aber sie spricht so leise, dass ihre Worte nicht bis zu mir durchdringen. Vielleicht ist es auch gut so, dass diese Botschaften nur für ihn bestimmt sind. Irgendwann sagt sie ein bisschen lauter: »Ach Levin, wenn du doch nur mitbekommen würdest, was um dich herum passiert. Wenn du doch nur hören könntest, was ich dir alles zu sagen habe!«

Sie seufzt. Ich habe das Gefühl, dass sie das extra laut gesagt hat, damit mein Vater und ich es auch mitbekommen. Sie tut mir leid. Ich weiß, dass sie Levin sehr vermisst und dass es sie total fertig macht, einfach zusehen zu müssen, wie er so regungslos vor ihr liegt und sie nichts dagegen unternehmen kann. Das fühlt sich an, als wäre man mit Handfesseln bestraft worden, obwohl man überhaupt nichts getan hat.

»Ich muss hier raus!«, sagt meine Mutter schließlich und steht auf. Noch bevor mein Vater und ich irgendetwas erwidern können, stürmt sie aus dem Raum. Ich bedeute meinem Vater, dass er hier sitzen bleiben soll. Mit einem gewissen Abstand folge ich meiner Mutter. Sie soll ein paar Momente für sich haben, um das, was gerade passiert ist, zu verarbeiten, deswegen steige ich nicht zu ihr in den Fahrstuhl.

Als ich unten ankomme, steht meine Mutter vor der Drehtür und qualmt. Natürlich. Der Rauch steigt in die Luft und ich sehe ihr an, dass sie ein bisschen entspannter wird.

Sie macht einen tiefen Zug und blickt in den Himmel. Ihre

Gedanken rufen laut, ich weiß genau, dass sie im Augenblick bei Levin sind. Ich lasse ihr ein paar Minuten für sich.

Als sie ihre Zigarette im großen Aschenbecher am Eingang ausdrückt und gerade dabei ist, die nächste anzumachen, gehe ich auf sie zu.

»Mama, lass das.« Ich versuche es erst einmal ganz ruhig, obwohl ich weiß, dass ich damit nicht weit kommen werde.

»Ella, wenn ich rauchen will, rauche ich. Hör auf, dich da immer einzumischen!« Sie macht sich hastig die nächste Zigarette an, als hätte ich überhaupt nichts gesagt. Wie ein pampiger Teenie, der aus reiner Provokation genau das Gegenteil dessen macht, was ihm gesagt wird. Ich seufze. Vielleicht muss ich versuchen, anders an sie heranzukommen.

»Wie geht es dir?«, frage ich mit einem Blick auf den Nikotinstengel zwischen ihrem rechten Mittel- und Zeigefinger.

»Wie soll ich mir schon gehen? Es hat sich kein bisschen was verändert. Wochenlang. Und ich kann nichts dagegen unternehmen.« Sie bläst große Rauchringe in die Luft. »Weißt du, Ella, das Schlimmste ist nicht, dass er im Koma liegt, nein, das Schlimmste an dieser Situation ist, dass ich ihm nicht helfen kann!« Sie senkt ihren Blick.

»Mama, ich verstehe genau, wie du dich fühlst. Ich bin jeden Tag hier, da weiß ich, wie weh es tut, sich so vollkommen hilflos zu fühlen. Ich kann dich verstehen, wirklich.« Ich streiche mir eine Haarsträhne aus der Stirn und betrachte meine abgelaufenen Chucks.

Sie antwortet nicht darauf, ich höre sie nur schlucken. Wir bleiben noch ein bisschen draußen stehen. Ich glaube, die frische Luft tut uns beiden gut. Als ich wieder hineingehe, will ich sie nicht zwingen, mit mir zu kommen. Sie soll nachkommen, wenn sie sich bereit fühlt, dieses Gebäude wieder zu betreten. Und wenn ihr Kräftekonto für heute leer ist, ist das auch okay.

Mein Vater sitzt schweigend an Levins Bett. Ich setze mich zu ihm. Wir sagen nichts, genießen einfach, dass Levin noch bei uns ist, auch wenn er zurzeit nicht mitbekommt, dass wir an seiner Seite sind. Eines Tages wird er es bemerken und dann wird alles gut werden. Da bin ich mir sicher.

Nach einer Weile kommt auch meine Mutter wieder rein und setzt sich neben mich. Sie riecht penetrant nach Nikotin. Nachdem wir Levin einige Minuten still betrachtet haben, steht mein Vater auf.

»Kommt, es ist an der Zeit, zu gehen«, sagt er. »Levin braucht jetzt seine Ruhe.«

»Er hat genug Ruhe!«, denke ich, stehe aber ebenfalls auf und nicke. Wir beginnen, uns von meinem Bruder zu verabschieden. Obwohl er nicht reagiert, tut es gut, seine Haut zu spüren. Wer weiß, was morgen sein wird. Mit leisen Schritten verlassen wir den Raum und irgendwie habe ich das Gefühl, dass es für meine Eltern besser ist, wenn sie Levin nicht besuchen kommen. Zu Hause können sie sich besser ablenken und sind der Situation nicht so hilflos ausgeliefert. Und dennoch bin ich unglaublich stolz auf die beiden, dass sie meinen Bruder heute besucht haben, auch wenn es ihnen schwergefallen ist.

Es geht mir durch den Kopf, ob es wohl schlimmer ist, als Eltern sein Kind oder als Kind seine Eltern zu verlieren? Ich denke an den Jungen aus dem Aufzug, der vielleicht bald ohne seine Mutter aufwachsen muss. Und es könnte jederzeit passieren, dass die Ärzte keine Hoffnung mehr für Levin haben und uns nahelegen, die Maschinen abzustellen. Dann hätten meine Eltern ihr Kind verloren. Und ich meinen Bruder. Bei dem Gedanken läuft es mir eiskalt den Rücken runter. Ich schüttle mich, als wären es zehn Grad minus, obwohl mir gar nicht kalt ist.

Kapitel 6

Schweigend löffeln wir unsere Suppe. Ich habe gar keinen Appetit, aber ich möchte meine Mutter nicht enttäuschen. Wenn ich nichts esse, macht sie sich nur wieder Sorgen. Außerdem glaubt sie dann, dass mir die Suppe nicht schmeckt, aber das stimmt ja nicht. Als ich fertig bin, lege ich meine Serviette in den Teller. Es fühlt sich komisch an, dass es plötzlich beim Essen so still ist. Früher hat mein Bruder immer etwas erzählt. Mal über seine Freunde, dann über das, was er an dem Tag erlebt hat, und wenn ihm überhaupt nichts eingefallen ist, hat er über das Wetter gestaunt. Er hat die Stille immer irgendwie gefüllt. Das muss ich jetzt auch schaffen. Diese Ruhe ist ja unerträglich.

»Danke, dass ihr mir den Gefallen getan habt, Levin heute zu besuchen. Ich habe gesehen, dass es euch nicht leicht gefallen ist. Danke, wirklich«, sage ich. Ich spreche leise, obwohl niemand anderes im Raum ist, den meine Stimme stören könnte.

Meine Mutter nickt lächelnd. Danach widmet sie sich wieder ihrer Nudelsuppe.

»Kein Problem«, sagt mein Vater. Er klingt, als hätte er das gesagt, weil er das Gefühl gehabt hat, irgendwas sagen zu müssen, wenn es meine Mutter schon nicht tut. Ich lächle.

»Bist du schon fertig?« Mama sieht mich besorgt an. Ich nicke nur. Mein Vater ist gerade dabei, sich eine zweite Portion zu nehmen. Er scheint der Einzige am Tisch zu sein, der wirklich Appetit hat. Vielleicht liegt das daran, dass er seine Trauer besser verbergen kann, als meine Mutter und ich es können. Vielleicht will er aber auch meine Mama nicht enttäuschen. Wir essen weiter, reden über Banalitäten, um nicht mit unseren Gedanken alleine sein zu müssen. Levins Platz ist leer. Und das spüren wir alle.

Mein Vater putzt sich den Mund ab und legt seinen Löffel beiseite. »Danke, Eva, für das leckere Essen«, sagt er. Meine Mutter steht seufzend auf.

Mama beginnt, den Tisch abzuräumen. Ich trage meinen Teller in die Küche, während mein Vater alleine im Esszimmer sitzen bleibt. Nach einer Minute höre ich, wie er aufsteht, aber er bringt seinen Teller nicht zu uns. Wahrscheinlich geht er in sein Arbeitszimmer. Ich weiß selber, dass es meiner Mutter lieber ist, den Tisch alleine abzuräumen, je mehr Arbeit, desto besser, aber ich möchte irgendetwas tun. Ich fühle mich so mies, wenn sie immer alles alleine machen muss, obwohl ich weiß, dass es ihr so am liebsten ist. Ich stelle meinen Teller auf die Arbeitsplatte.

»Lass gut sein, Ella. Ich mach das schon.« Sie nimmt den Teller und stellt ihn in die Spüle. Dann geht sie wieder ins Esszimmer, um das restliche Geschirr zu holen. Ich bleibe in der Küche stehen. Seit Levins Unfall hat meine Mutter sich verändert. Früher hat sie großen Wert darauf gelegt, dass wir lernen, unsere Sachen selber in die Küche zu bringen und zu spülen. Manchmal mussten wir auch putzen oder das Wohnzimmer aufräumen, weil sie mal ein paar Minuten für sich haben wollte. Heute ist sie froh, wenn sie etwas zu tun hat. Und das, was ich früher so gehasst habe, vermisse ich jetzt. Ich vermisse es, helfen zu müssen. Das ist vollkommen normal für uns gewesen, und jetzt fehlt diese Normalität. Der Unfall hat nicht nur Levin, sondern auch seine ganze Familie aus dem Leben gerissen.

Meine Mutter füllt die übriggebliebene Suppe in eine Schüssel und deckt sie mit Frischhaltefolie ab. Den Topf stellt sie danach ins Spülbecken.

»Warum stehst du hier so rum, Ella?«, fragt sie mich. Ich fühle mich ertappt und zucke kurz zusammen.

»Nur so. Ich habe heute nichts mehr zu tun und wollte ein bisschen Zeit mit dir verbringen.«

Sie guckt mich stirnrunzelnd an, sagt aber nichts und widmet sich wieder dem Geschirr. Okay, die Ausrede klang tatsächlich ein bisschen komisch. Ich lasse meine Mutter alleine spülen. Mein Vater sitzt im Wohnzimmer und sieht fern. Er guckt irgendeinen Krimi. So was hat er früher nie geschaut. Sonntags, wenn der ZDF-Fernsehgarten lief, gehörte der Fernseher ihm. So ein blutiger Krimi passt gar nicht zu seinem Charakter.

»Papa, was guckst du denn da?« Ich setze mich neben ihn und tue so, als hätte ich keinen blassen Schimmer, was das für ein Film ist.

»Irgendeinen von diesen Polizeifilmen. Es läuft nichts Besseres«, sagt er und zuckt mit den Schultern.

Ich beginne ihn mit Fragen zu löchern, um irgendein Gespräch aufzubauen. Mein Vater verdreht wahrscheinlich innerlich die Augen, aber darüber sehe ich hinweg. Ich möchte jetzt noch nicht alleine sein.

»Wieso machst du den Fernseher dann nicht aus?«, frage ich.

»Weil ich jetzt Lust habe, Fernsehen zu schauen. Kennst du das nicht?«

»Doch, doch.« Ich nicke abwesend. »Papa, ich finde es schade, dass ihr euch durch unseren Unfall so aus dem Leben habt reißen lassen«, setze ich noch einmal an. »Natürlich ist die Situation nicht einfach für uns alle, aber wir müssen geradeaus schauen.« Mit meiner Mutter könnte ich ein solches Gespräch nicht führen. Sie würde so tun, als sei alles in Ordnung oder erst gar nicht auf meine Worte eingehen. Aber vielleicht hat ja wenigstens mein Vater die Größe, der Wahrheit ins Auge zu blicken.

»Weißt du, Ella, wenn du Vater wirst, stehen deine Kinder für dich an erster Stelle. Du würdest dein letztes Hemd für sie geben. Und du wünschst eher dir den Tod als ihnen.« Er atmet tief durch. »Es ist schlimm für mich, wenn ich Levin so regungslos in seinem Bett liegen sehe und weiß, dass er vielleicht nie wieder aufwachen wird.«

Mein Vater macht eine kleine Pause. Ich schweige. Das kann ich gut. Und ich habe das Gefühl, dass er noch mehr sagen möchte.

»Ich lasse es mir nicht anmerken, gerade weil ich sehe, wie schlecht es deiner Mutter geht. Wir müssen jetzt zusammenhalten und ich möchte ihr zeigen, dass ich für sie da bin. Aber innerlich zerreißt es mich genauso wie sie. Ich habe einfach so große Angst, dass ich meinen Sohn an dieses Arschloch verloren habe und dank ihm eine Tochter habe, die mit niemandem außer ihrer Familie mehr spricht. Ihr seid die wichtigsten Menschen in meinem Leben. Ich möchte mir einfach nicht ausmalen, was an dem Abend noch alles hätte passieren können!«

Ich schlucke. Ich brauche einen Moment, um zu verarbeiten, was er gerade erzählt hat. Nach einiger Zeit setze ich zu einer Antwort an. Ich möchte, dass er sich das, was ich sage, wirklich zu Herzen nimmt. Auch wenn ich nicht ganz die Wahrheit sage. Er soll ein bisschen glücklicher werden.

»Ach, Papa. Mach dir wegen mir keine Sorgen, ich komme schon klar. Jetzt geht es um Levin. Der braucht euch. Ihr müsst für ihn da sein.« Ich sehe ihn ernst an.

Er nickt nachdenklich. »Ja, Ella, ich weiß.«

Darauf antworte ich nichts mehr. Das reicht für heute. Wir sitzen noch ein paar Minuten schweigend nebeneinander und hängen unseren Gedanken nach.

Im Fernsehen fällt ein Schuss und die volle Aufmerksamkeit meines Vaters gehört wieder dem Krimi. Ich gehe hoch in mein Zimmer. Ich will meinen Teller wieder selber in die Spülmaschine stellen, den Duft von Raumspray anstatt von Nikotin riechen und die Stimme der Moderatorin des ZDF-Fernsehgartens hören. Ich will das Leben zurück, das ich vor diesem Abend gelebt habe. Ich will Levin zurück.

Kapitel 7

Ich habe es zu Hause nicht mehr ausgehalten und bin zu meinem Bruder ins Krankenhaus gefahren. Ich sitze an Levins Bett und erzähle ihm von der Polizei und dem fremden Jungen im Aufzug. Es tut gut, mir alles von der Seele reden zu können.

Er weiß nicht, dass ich nicht mehr mit fremden Menschen spreche. Von einem Tag auf den anderen hat Levin im Koma gelegen. Er hat überhaupt nichts mehr gemerkt.

Ich betrachte sein Gesicht, das so normal aussieht wie vor 50 Tagen, und doch hat sich in der Zeit so viel darin verändert. Er blinzelt nicht mehr, seine Mundwinkel zucken nicht mehr zu einem Lächeln.

Unsere ganze Familie ist nicht mehr die, die sie vor 50 Tagen noch gewesen ist, obwohl meine Eltern verzweifelt versuchen, sich an jeden Strohhalm zu klammern. Und Levin liegt dort, bewegt sich nicht und strahlt die Ruhe aus, die meine Eltern im Augenblick so gut gebrauchen könnten. Ich wünschte, er könnte ihnen irgendwie zeigen, dass er nicht wollen würde, dass sie sich so verändern. Was ist, wenn er plötzlich aufwacht – hört meine Mutter dann von heute auf morgen auf zu rauchen und mein Vater guckt sonntags wieder seine Lieblingssendung? Sie können dann doch nicht von jetzt auf gleich wieder auf ihr altes Leben umschalten wie ein Gangwechsel im Auto. Wer einmal angefangen hat zu rauchen, hört so schnell nicht mehr auf. Das braucht Zeit. Doch vielleicht ist alles von diesem einen entscheidenden Wimpernschlag abhängig, und danach wird die graue

Welt meiner Eltern wieder in Farbe getränkt sein. Ich hoffe es.

Erneut mache ich sein Lieblingslied an und spiele es ihm vor. Die Musik klingt schrecklich, laut und schrill, aber das ist mir egal. Ich weiß, dass es die Band ist, die mein Bruder liebt, und ich möchte sie ihm mit ins Krankenhaus bringen. Und umso öfter ich dieses Lied gehört habe, umso mehr habe ich mich daran gewöhnt. Es ist okay. Vielleicht ist es auch nur okay, weil es mir das Gefühl gibt, Levin eine Freude bereiten zu können, ich weiß es nicht. Ein paar Minuten sitze ich einfach nur da, gucke aus dem Fenster und genieße den Moment.

Es ist mal wieder an der Zeit, Levin zu waschen. Im Bad liegen wie jeden Tag frische Handtücher. Ich mag es, ihn zu säubern, weil ich dann etwas für ihn tun kann. Dann fühle ich mich für einen Moment nicht mehr so hilflos. Ich nehme eins der Handtücher, mache es nass und spritze ein paar Tropfen Seife drauf. Dann gehe ich wieder zu Levin zurück und beginne, seine Arme zu säubern. Als ich das Gefühl habe, sie seien sauber genug, wasche ich seine Beine. Zu guter Letzt mache ich noch sein Gesicht nass und trockne es wieder ab. Es wäre so schön, wenn mir jetzt irgendeine Reaktion von ihm zeigen würde, dass er spürt, was ich gerade mache. Ein Augenzucken, ein Flüstern, irgendwas. Doch es passiert nichts.

Hannes kommt herein. Er guckt erst Levin an und danach mich. »Oh, Ella, du wäscht ihn wieder? Das ist ja lieb von dir, das spürt er bestimmt«, sagt er, als hätte er meine Gedanken lesen können. Dann beginnt er, die Maschinen meines Bruders zu überprüfen. Ich würde ihm jetzt so gerne sagen, dass mir das Spaß macht, aber ich kann nicht. Es fühlt sich an, als würde mir jemand meine Worte klauen. Obwohl ich genau weiß, was ich sagen möchte, schaffe ich es nicht, sie über die Lippen zu bringen. Ich nicke und gucke beschämt zu Boden. Was Hannes wohl über mich denkt? Vielleicht tut er auch nur so, als würde er mich mögen, und eigentlich findet er mich gar nicht so nett. Eigentlich hält er mich für total eingebildet und komisch. Aber noch nicht einmal das kann ich ihn fragen. Ich konzentriere mich weiter auf das Waschen meines Bruders.

»Levin geht's gut. Er ist stabil. Sein Herz schlägt regelmäßig. Er spürt bestimmt, dass du jeden Tag hier bist und dich so gut um ihn kümmerst!« Hannes zwinkert mir zu und ich lächle schüchtern zurück. Er weiß genau, dass es mich freut, wenn er so was sagt, auch wenn ich nichts darauf antworte. Ich würde ihn so gerne fragen, ob Levin wieder aufwachen wird. Aber ich schaffe es nicht. Und wahrscheinlich würde er mir auch keine Antwort geben können. Ich glaube, er merkt, dass mein Mutismus ziemlich auf mir lastet, denn er setzt sich mir mit ernster Miene gegenüber. Ich senke meinen Blick und gucke Levin an. Irgendwie schaffe ich es nicht, Hannes in die Augen zu sehen.

»Ella, ich möchte dir nicht zu nahe treten, aber hast du schon einmal darüber nachgedacht, eine Therapie zu machen?«

Ich beiße mir auf die Lippe. Er hat recht. Ich müsste eine Therapie beginnen. Ich muss wieder anfangen zu sprechen. So geht es nicht weiter. Aber während Levin im Koma liegt, habe ich dazu keine Kraft. Und vielleicht würde mir die Therapie ja auch gar nicht helfen. Doch es geht momentan nicht um mich. Es geht um Levin.

Ich schüttle den Kopf.

»Warum nicht?«

Ich zucke mit den Schultern. Ich merke, dass Hannes versucht, Vertrauen zu mir aufzubauen. Er hofft, dass ich dann anfangen werde, mit ihm zu sprechen. Aber ich kann das nicht. So sehr ich es auch will – ich schaffe es nicht. Ich mag Hannes. Er ist nett und er ist einer der wenigen, die mir das Gefühl geben, dass sie mich nicht verurteilen, nur weil ich nicht spreche. Doch irgendwas in mir drin kapselt meine Worte von der Außenwelt ab. Ich schaffe es einfach nicht, mit ihm zu reden.

Hannes macht eine kleine Pause und folgt meinem Blick nachdenklich. »Na ja, vielleicht schaffst du es eines Tages auch aus eigener Kraft, wieder zu sprechen. Man schickt die meisten mutistischen Kinder zwar in eine Therapie, aber das ist am Ende des Tages auch nur ein Alibi für die Eltern, damit sie sagen können, dass sie alles dafür getan haben, dass ihr Kind wieder zu sprechen beginnt.« Er guckt mich an. »Das Kind kann nur anfangen zu reden, wenn es das auch wirklich will und sich dazu bereit fühlt. Ich weiß, dass du sprechen kannst. Ich höre manchmal, wie du Levin etwas erzählst. Und es ist okay, dass du mit mir nicht sprichst. Irgendetwas muss in deinem Leben passiert sein, das für deinen Mutismus verantwortlich ist. Ich weiß nicht, was es ist, aber wenn du darüber reden möchtest, kannst du es mir auch gerne aufschreiben. Ich stehe dir zur Verfügung, okay?«

Ich atme tief durch. Es fühlt sich komisch an, dass es da draußen jemanden gibt, der mich versteht. Jemand, der mir keine Therapie aufzwingen will, sondern der auf meine Wünsche eingeht. Ich nicke vorsichtig.

Hannes lächelt, was mich beruhigt. »Kümmere dich weiter so gut um deinen Bruder. Das wird ihm dabei helfen, wieder gesund zu werden. Und wenn er wieder gesund ist, kannst auch du deine Krankheit bekämpfen.« Er steht auf und stellt den Stuhl zurück.

»Ich wünsche dir noch einen schönen Tag, Ella!« Er lächelt und verlässt den Raum.

Ich brauche ein paar Minuten, um zu begreifen, was Hannes gerade gesagt hat. Ich soll mich weiter so gut um Levin kümmern. Vielleicht spürt er ja doch, dass ich immer bei ihm bin. Ich beuge mich über meinen Bruder.

»Levin, ich werde dich niemals alleine lassen. Auch wenn es mir nicht leicht fällt, dich so regungslos zu sehen und gar nichts unternehmen zu können, ich werde dir zur Seite stehen. Du bist stark, das weiß ich. Du musst aufwachen. Hörst du? Du musst!«

Ich drücke seine Hand. Meine Worte sollen ihm Kraft geben. Er muss aufwachen. Ich würde es nicht verkraften, wenn Levin sterben würde.

Ich werfe einen Blick nach draußen. Es dämmert langsam. Ich

schätze, es ist an der Zeit, zu gehen. Ich verabschiede mich von meinem Bruder und verstaue meine Kopfhörer. Noch einmal betrachte ich ihn und sauge diesen Moment auf. Levin hat mir gezeigt, wie schnell alles vorbei sein kann und dass man nie wissen kann, was morgen sein wird. Dann verlasse ich das Zimmer.

Im Krankenhauspark sehe ich wieder den Jungen mit seiner krebskranken Mutter. Die beiden schenken mir keinerlei Beachtung. Aber das ist okay. Nicht dass sie mich am Ende noch ansprechen. Das würde sowieso nur so enden wie mit meinen Klassenkameraden aus der Grundschule. Doch irgendwie finde ich es schön, die beiden so losgelöst rumalbern zu sehen. Ich löse meinen Blick von ihnen und gehe weiter zur S-Bahn.

Kapitel 8

Drei Tage später stehe ich am Kaffeeautomaten des Krankenhauses. Ungeduldig tipple ich von einem Fuß auf den anderen. Die braune Flüssigkeit fließt in einen Pappbecher. Man darf sich keine Gedanken darüber machen, wie viele Bakterien in diesem Automaten stecken. Neben mir steht ein Junge. Es ist der Junge aus dem Aufzug. Seine blauen Augen sehen müde aus; man sieht ihm an, dass ihn die Situation mit seiner Mutter ziemlich fertig macht. Mein Blick wandert wieder zu dem hellbraunen Kaffee, der seelenruhig in den Becher tröpfelt, als hätten die Menschen, die vor diesem Automaten stehen, ewig Zeit. Doch das haben sie nicht, denn diese Mauern stehen für das genaue Gegenteil dessen, was der Automat ausstrahlt: Die Zeit rast. Ich nehme meinen fertiges Getränk.

»Darf ich auch einmal?«, fragt der Junge vorsichtig. Ups, ich bin einfach stehen geblieben.

Ich nicke schnell und gehe zur Seite. Verflucht, ich hätte sofort in Richtung Aufzug gehen sollen. Es war klar, dass er einen Kommentar dazu abgeben würde. Und jetzt? Jetzt stehe ich wieder vor meinem alltäglichen Problem: Ich schaffe es nicht, mit ihm zu reden.

Ich wende meinen Blick von ihm ab und drehe mich, um zu gehen. Meine Brust fühlt sich an, als würden Zentner auf ihr lasten und meine Hände werden plötzlich ganz feucht. Der Junge beginnt, sich auch einen Kaffee zu machen.

»Bist auch so 'ne Angehörige, der die Ärzte immer noch Hoffnung machen, obwohl klar ist, dass es schon lange keine mehr gibt?«

Mir bleibt das Herz stehen. Verdammt. Jetzt erwartet er bestimmt eine Antwort von mir.

»Ich mein', ich will dir nicht auf den Schlips treten, aber ich hab dich hier schon öfter mal gesehen.« Er wendet sich seinem Pappbecher zu und nimmt ihn aus der Halterung.

Ich schüttle den Kopf. Wieso schaffe ich es nicht, zu reden? Ich würde diesem Jungen so gerne seine Frage beantworten. Ich würde am liebsten so viel mehr sagen als diese eine Bewegung. Ich würde ihm von meinem Bruder und unserem Unfall erzählen. Wir Angehörigen müssen zusammenhalten, aber ich schwimme konsequent gegen den Strom. Ich würde so gerne mit ihm in dieselbe Richtung schwimmen, doch ich schaffe es einfach nicht.

Er löst seinen Blick immer noch nicht von mir und seine Lippen formen neue Worte. Ich wünschte, ich würde das auch übers Herz bringen. Er sieht aus, als würde ihm das total leicht fallen. Für ihn ist es ganz selbstverständlich, zu sprechen. Doch für mich nicht.

»Bist du 'ne Angehörige, die noch hoffen darf?«, fragt er.

Ich nicke, aber ich gucke ihm dabei nicht in die Augen. Der Junge scheint schnell kapiert zu haben, dass ich nicht mit ihm reden werde – dass ich nicht mit ihm reden *kann* –, und stellt mir Fragen, die ich mit einer Kopfbewegung beantworten kann. Vielleicht ist das aber auch nur ein Zufall.

»Du bist ziemlich oft hier, ich seh' dich manchmal, wenn ich mit meiner Mutter im Park bin«, wiederholt er. »Letztens haben wir uns ja auch im Aufzug gesehen – da hat meine Mutter mir gerade erklärt, wo es das billigste Waschmittel zu kaufen gibt. Ich nehme irgendeins aus dem Regal – vollkommen egal, ob das jetzt zwei Euro mehr kostet oder nicht. Aber sie macht dieses Gespräch glücklich. So weiß sie, dass ich einmal gut versorgt bin, wenn sie nicht mehr da ist. Ich glaube, das ist für Mütter das Wichtigste. Also höre ich ihr weiter zu, auch wenn sie mir morgen erklären würde, wo es die hochwertigste Alufolie gibt.«

Ich nicke wieder und lächle leicht. Es ist irgendwie schön, was er erzählt, auch wenn es einen so traurigen Hintergrund hat. Er muss mich für ziemlich bescheuert halten. Ich spreche nicht mit ihm, obwohl ich reden kann. Das klingt schon ziemlich verrückt, aber es gehört zu meinem Alltag, so wie es zu meiner besten Freundin gehört, dass sie eine Brille trägt. Außerhalb der Schulzeit machen wir im Moment zwar nichts mehr gemeinsam, weil ich nur im Krankenhaus sitze, aber sie hat gelernt, mit meiner Krankheit umzugehen und unterstützt mich immer. Der Junge runzelt die Stirn. Wie heißt er eigentlich?

»Warst du letztens mit deinen Eltern hier?«

Er versucht tatsächlich, ein Gespräch mit mir aufzubauen, obwohl er merkt, dass ich ihm nicht antworte. Ich mag diese Unterhaltung; ich habe das Gefühl, wir verstehen uns. Wir wissen beide, wie es ist, lange Tage hinter diesen Wänden zu verbringen. Ich nicke ihm zu und kaue dabei auf meiner Lippe.

»Ich hab dich gesehen, als du mit deiner Mutter gesprochen hast, als sie geraucht hat. Du hast nicht sehr glücklich ausgesehen.« Er nippt an seinem Kaffee.

Ich senke meinen Blick. Er hat recht, es macht mich nicht glücklich, dass meine Mutter so leichtsinnig ihr Leben aufs Spiel setzt.

»Aber immerhin sind deine Eltern gesund. Meine Mutter hat Lungenkrebs, weil sie zu viel geraucht hat. Pass auf deine Mama auf, sonst nehmen dir diese scheiß Kippen die Frau, ohne die du gar nicht auf der Welt wärest.« Er sieht mich ernst an und nimmt noch einen Schluck seines Kaffees. Ich hab meinen ganz vergessen. Der ist jetzt bestimmt schon ekelhaft lauwarm. »Als ihr beiden diskutiert habt, habe ich mit meiner Mutter *Wer bin ich?* gespielt. Sie liebt dieses Spiel. Ich finde es eigentlich ziemlich kindisch, aber ich weiß ja nicht, wie lange ihr noch bleibt. Also spiele ich mit ihr *Wer bin ich?*, wenn sie das möchte.« Jetzt senkt auch er seinen Blick zu Boden. Er tut mir leid. Er könnte jeden

Tag seine Mutter verlieren, dabei ist er noch so jung. Er könnte sie genau in diesem Moment verlieren. Und trotzdem steht er hier und unterhält sich mit mir. Und ich habe nichts Besseres zu tun, als ihm nicht zu antworten. Was bin ich nur für ein schlechter Mensch.

»Weißt du, wenn alles in Ordnung ist, zieht jeder Tag an dir vorbei wie ein Schnellzug, der an dir vorbeirauscht. Aber wenn du krank bist oder jemand, der dir wichtig ist, dann beginnst du, an jeder Haltestelle auszusteigen, die fremde Luft einzuatmen und dann weiterzufahren, um an einen neuen Ort zu kommen. Plötzlich fängst du an, dein Leben wirklich zu leben. Denn du weißt, dass es jederzeit vorbei sein könnte. Niemand weiß, wie viele Haltestellen das Leben für meine Mutter noch vorgesehen hat.«

Ich streiche mir unauffällig eine Träne aus dem Augenwinkel. Es tut mir weh zu hören, was der Junge über seine Mutter erzählt. Ich will nicht, dass ich meine Mutter auch verliere. Dass ich hier irgendwann am Kaffeeautomaten stehen muss, weil sie im Sterben liegt. Wegen dieser verfluchten Zigaretten.

»Oh, sorry, ich habe mich ja gar nicht vorgestellt! Ich bin Leonard.« Er lächelt freundlich. »Wie heißt du?«

Ich gucke zu Boden, schaffe es nicht, ihm in die Augen zu sehen. Mal wieder schäme ich mich dafür, dass ich nicht spreche. Aber ich schaffe es einfach nicht. Jemand stellt mir die Worte ab wie einen Wasserhahn, den man zudreht. Wahrscheinlich bin ich rot wie eine Tomate.

Er runzelt wieder die Stirn. Dieses Mal sieht er nicht mehr so freundlich aus.

»Bist du stumm?« Er stellt diese Frage todernst. Eigentlich müsste er sie mit einem ironischen Unterton stellen, aber er hat in den letzten Wochen wahrscheinlich gelernt, dass es niemanden gibt, der perfekt ist. Dass jeder irgendwas mit sich herumträgt, was man im ersten Moment vielleicht nicht vermutet. Für ihn ist es nicht witzig, diese Frage zu stellen. Für ihn ist das vollkommen normal, und das macht ihn mir noch ein bisschen sympathischer. Ich bewege meinen Kopf zu einem Schütteln. Am liebsten hätte ich jetzt genickt, aber er hat die Wahrheit verdient. Auch wenn ich sie ihm nicht erklären kann. Spätestens jetzt muss er mich für komplett bescheuert halten. Ich bin nicht stumm, rede aber auch nicht. Das klingt ziemlich paradox.

»Wieso sprichst du dann nicht mit mir?« Ich würde ihm jetzt so gerne erklären, dass ich mit niemandem spreche außer mit meiner Familie und meiner besten Freundin. Ich würde ihm so gerne erzählen, was selektiver Mutismus ist, und ich bin mir sicher, dass er es sogar nachvollziehen könnte. Aber natürlich klappt das nicht. Stattdessen zucke ich nur mit den Schultern und gucke beschämt zu Boden.

»Du bist komisch!«, diagnostiziert er. Und das ist der Moment, in dem sich mein Herz in einen riesengroßen Scherbenhaufen verwandelt. Er hat es ausgesprochen. Er hat das ausgesprochen, was so viele Menschen denken. Das tut weh. Viel mehr, als ich erwartet hätte. Ich bringe es nicht übers Herz, ihm in seine wunderschönen blauen Augen zu sehen.

Er nimmt seinen halbvollen Kaffee und geht zum Aufzug. Ich bleibe noch einen Moment stehen und muss erst einmal verdauen, was er gerade gesagt hat. Ich warte, bis er in den Aufzug gestiegen ist.

Er ist so nett zu mir gewesen, wir teilen dasselbe Schicksal. Wir sind beide noch so jung und müssen unser Leben schon so klein bündeln, weil wir die meiste Zeit in diesem weißen, kühlen und sterilen Krankenhaus verbringen, um den Menschen nah zu sein, die wir lieben. Vielleicht hätten wir uns anfreunden können. Aber ich mache alles kaputt. Wie immer.

Ich werfe meinen restlichen Kaffee in den Mülleimer, der neben dem Automaten steht. Es wäre unfair, jetzt zu Levin zu gehen. Ich würde meine schlechte Laune an ihm auslassen und miesgelaunt neben ihm sitzen. Also gehe ich wieder zum Ausgang.

Es wäre so einfach gewesen. Leonard hat mir keine schwierigen Wissensfragen oder so gestellt. Er hat mich ganz alltägliche

Dinge gefragt. Aber meine Kehle war plötzlich staubtrocken. Und wieder habe ich dieses dämliche Gefühl gehabt, als würde mir jemand meine Worte stehlen. Ich drehe mich noch einmal zum Aufzug um, obwohl ich weiß, dass Leonard nicht herauskommen wird. Er wird mich kein zweites Mal ansprechen, denn er weiß jetzt, dass er keine Antwort bekommen wird. Ich habe mal wieder eine potentielle Freundschaft über Bord geworfen. Verdammt. Ich muss hier raus.

In der Bahn lehne ich meinen Kopf gegen die kalte Fensterscheibe. Die Kühle des Glases tut gut. Ich atme tief durch. Ich versuche mich auf die Musik zu konzentrieren, die durch meine Kopfhörer in meine Ohren dringt, aber ich schaffe es nicht. Leonard geht mir einfach nicht aus dem Kopf. Seine Worte. *Du bist komisch.*

Ich habe schon immer gewusst, dass die Menschen das denken – meine alten Freunde aus der Grundschule haben es mir zuletzt ja auch deutlich genug gezeigt. Aber was sollen sie auch anderes denken? Man trifft nicht jeden Tag auf Menschen, die plötzlich nicht mehr reden, obwohl sie körperlich dazu in der Lage wären. Bisher hat es noch niemand ausgesprochen, obwohl ich immer genau gesehen habe, was die Leute gedacht haben. Doch plötzlich haben diese Gedanken eine Stimme verliehen bekommen. Leonard. Ein Junge, den ich zufällig am Kaffeeautomaten getroffen habe. Seine Worte hallen in meinem Kopf wider. Ich kann diesen Satz nicht vergessen, so sehr ich es auch versuche. Wieso beschäftigt es mich so sehr, dass ein wildfremder Typ mich komisch findet? Vielleicht weil er der Erste ist, der sich traut, seine Gedanken laut auszusprechen? Weil er als Erster nicht aus Mitleid schweigt? Er sagt, was er denkt. Und er hat recht: Für den Rest der Welt, für all die, die munter drauflos plappern können, wenn ihnen gerade danach ist, bin ich komisch. Denn *ich* kann das nicht. Ich habe Mutismus.

Kapitel 9

Meine Mutter ist schon ins Bett gegangen. Sie sagt, wenn sie schläft, kann sie am besten vergessen, was an jenem Abend passiert ist. Mein Vater sitzt wahrscheinlich wieder bis spät in die Nacht alleine mit einer Tasse Kaffee in seinem Arbeitszimmer und kämpft sich durch sämtliche Akten.

Ich sitze im Wohnzimmer auf dem Teppich. Der Fernseher läuft leise im Hintergrund. Revolverheld spielen ihr MTV-Unplugged-Konzert, doch selbst Johannes' Stimme klingt heute dünn, zumindest für meine Ohren, als er »Deine Nähe tut mir weh« anstimmt.

Ich brüte über alten Fotos von meinem Bruder und mir aus Kindertagen. Ich habe mich oft gefragt, warum mich meine Mutter immer und überall fotografieren wollte, aber heute kann ich es nachvollziehen: Damit wir noch eine Erinnerung an den anderen haben, wenn einem von uns etwas zustoßen sollte. Als hätte sie schon vor Jahren geahnt, dass Levin eines Tages im Koma liegen würde.

Ich beginne bei den Bildern, die meine Eltern anscheinend noch im Kreißsaal gemacht haben. Mein Vater hält mich im Arm. Unten in der Ecke steht das Datum meiner Geburt. Ich lächle. Meine Mutter hat wirklich von klein auf festgehalten, wie mein Bruder und ich uns entwickelt haben. Levin ist auch auf dem Bild zu sehen, er strahlt stolz in die Kamera. Bestimmt haben meine Eltern ihm neun Monate lang fast jeden Tag erzählt, dass er mit dem heutigen Ereignis endlich ein großer Bruder sein wird. Dann wird er auch groß sein – so wie die anderen Menschen – und nicht mehr der kleine Junge, den alle betätscheln. Natürlich macht man sich mit drei noch keine allzu großen Gedanken drüber, das Einzige, was im Leben zählt, ist das neueste Gebilde aus Lego, das man mit Papa gebaut hat. Aber ich sehe ihm an, dass der kleine Knirps ganz schön stolz darauf ist, endlich ein großer Bruder sein zu dürfen. Ich muss unweigerlich lächeln.

Ich suche in dem Haufen voller Fotos nach einem Bild von Levin. Auch seine Geburt hat meine Mutter voller Stolz festgehalten. Obwohl meinen Bruder und mich nur drei Jahre trennen, sieht sie auf dem Bild um einiges jünger aus. Irgendwie lebensfroher und entspannter. Wahrscheinlich hat sie zu dem Zeitpunkt ihr Leben noch wirklich gelebt, und das nur für sich und nicht für ihre Kinder.

Ich finde ein Foto, auf dem wir alle zu viert am Meer stehen und die Sonne hinter uns untergeht. Ich erinnere mich noch gut an den Moment, als wir dieses Bild gemacht haben. Ich mit meinen sieben Jahren habe einfach irgendeine Frau angesprochen, die an uns vorbeigegangen ist, und sie gefragt, ob sie uns einmal fotografieren könnte. Damals hätte ich nie gedacht, dass ich Jahre später nicht mehr mit Fremden sprechen würde; ich hätte nie gedacht, dass Levin eines Tages im Koma liegen könnte. In dem Augenblick, als die Sonne hinter uns untergegangen ist, konnte ich mir nichts anderes vorstellen, als dass meine Welt für immer gut und schön bleiben würde. Doch das Leben hat mir eiskalt einen Strich durch die Rechnung gemacht.

Johannes singt gerade: »*Das kann uns keiner nehmen, lasst uns die Gläser heben.*« Ich starre auf das Bild, als würden die Menschen, die darauf zu sehen sind, dann noch einmal zum Leben erweckt werden. Stimmt das, was er sagt, wirklich? Kann uns diese Erinnerung keiner nehmen? Gehört das, was in unserem Gedächtnis gespeichert ist, tatsächlich nur uns? Ich weiß es nicht. Was bringt es mir, dass ich dieses Foto habe, wenn Levin nicht mehr bei uns ist? Was bringen mir tausende Erinnerungen, wenn die Realität viel schlimmer ist als dieses sorglose, friedliche Foto? Ich lege es zurück in die Schachtel, Applaus ertönt und der Frontsänger von Revolverheld bedankt sich bei der Menge.

Ein neues Foto fällt mir in die Hände. Levin stemmt seinen Fuß stolz auf seinen Fußball und grinst in die Kamera. Man sieht, dass der Ball schon das ein oder andere Mal durch den Matsch gerollt ist und auch schon so manch einen Sommer überlebt hat, aber das war meinem Bruder egal. Er hat diesen Ball geliebt. Auch Levin sind die Spuren vom Fußballspielen deutlich anzusehen. Er hat Dreck im Gesicht und sein Trikot ist voller Grasflecken. Das muss so sein, das ist bei den echten Fußballspielern schließlich auch so, hat er immer gesagt.

Ich lege das Bild zurück in die Kiste. Ich frage mich, was wirklich passieren wird, wenn er eines Tages wieder aufwacht. Wird er dann überhaupt sprechen oder gehen können oder muss er all das wieder von der Pike auf lernen, als wäre er ein kleines Kind? Vielleicht wird er nie wieder im Trikot auf dem Platz stehen können. Ich schlucke schmerzhaft und suche schnell nach einem anderen Foto. Dieses Mal bin ich es, die auf dem Bild zu sehen ist. Ich stehe mitten im Museum für Literaturgeschichte und betrachte eines der Werke. Ich liebe Bücher – etwas, für das sich Levin nie begeistern konnte. Vielleicht hat das auch am Alter gelegen. Er hat sich lieber damit beschäftigt, den modernsten Motorroller zu besitzen als das neueste Buch von Anne Freytag.

Johannes stimmt »Bands deiner Jugend« an. Musik. Musik ist das, was Levin und mich immer verbunden hat. Wir haben den ganzen Tag Musik gehört, jeder für sich alleine in seinem Zimmer verschanzt. Die Mischung aus den Liedern, die dann unten bei meiner Mutter angekommen ist, hat sie so manches Mal in den Wahnsinn getrieben. Er mochte es lieber laut und schrill, ich lieber leise und sanft. Aber das war egal. Wir weigerten uns, in ein Auto einzusteigen, das kein Radio besaß. Und wenn, dann mussten die ranzigsten Kopfhörer der Welt herhalten. Niemand von uns aß in vollkommener Stille zu Mittag. Wir brauchten die

Musik – und das an jedem Ort der Welt, an dem wir uns befanden. Auch im Koma.

Ich bin mir sicher, dass Levin die Musik auch an dem Ort benötigt, an dem er sich gerade befindet. Vielleicht liegt er in seinen Gedanken gerade am Strand und hört kubanische Tanzmusik, vielleicht liegt er aber auch in irgendeiner Zwischenwelt, in der vollkommene Stille herrscht. Niemand hört dort Musik. Alle schweigen. Vielleicht hört er dann auch die Stimme seiner Lieblingsband, wenn ich sie ihm vorspiele. Nur ganz schwach kommen die Töne bei ihm an, aber er weiß, dass es jemanden gibt, der die Musik für ihn spielt. Mich.

Revolverheld stimmen das letzte Lied an. Meine Fingerspitzen tasten nach einem weiteren Bild von meinem Bruder. Ich nehme mir das Foto. Dieses Bild hat meine Mutter an dem Abend gemacht, als wir den Unfall hatten. Das Foto habe ich entwickelt, weil ich eine Erinnerung an den Tag haben wollte. Ich wollte etwas in der Hand halten, das meine Erinnerungen unterstützt. Dieser Tag sollte nicht einfach aus unserem Leben gelöscht werden.

Mein Blick bohrt sich in das Bild hinein. Alles kommt wieder hoch. Voller Eifer habe ich mich den ganzen Tag für diese Party gestylt. Meine erste richtige Fete. Ich wollte unbedingt einen guten Eindruck bei den Freunden meines Bruders hinterlassen. Ich hatte gehofft, dass Levin mich noch öfter mitnehmen würde. Dieses Mal war ich diejenige, die verdammt stolz war, stolz darauf, endlich von ihrem großen Bruder auf eine Party mitgenommen zu werden. Meine Mutter hat uns den ganzen Tag wie ein wilder Paparazzo mit ihrem Handy verfolgt. Irgendwann waren wir beide ziemlich genervt davon, aber sie hat immer weitergemacht. Wir sehen wunderschön aus, hat sie immer gesagt, das müsse sie unbedingt verewigen. Meine Mama hat uns erzählt, sie wolle den Moment für später festhalten, damit wir unseren Kindern einmal von unseren ersten Partys erzählen können. Doch vielleicht hat ihr mütterlicher Instinkt auch einfach den richtigen Riecher gehabt. Vielleicht hat sie gespürt, dass wir an diesem Abend nicht mehr nach Hause kommen würden. Sie wollte diesen Moment für die Ewigkeit festhalten, weil sie gewusst hat, dass am nächsten Morgen nichts mehr so sein würde wie am Abend zuvor. Mütter haben für so was doch einen siebten Sinn.

Als Johannes sich vom Publikum verabschiedet hat, schalte ich den Fernseher aus. Ich packe alle Fotos wieder in die Kiste zurück und verstaue sie im Schrank. Nur das eine Bild von meinem Bruder und mir am Tag der Party nehme ich mit in mein Zimmer.

Dort angekommen mache ich wie so oft in den letzten 53 Tagen Levins Lieblingslied an und lege mich in mein Bett. Das Foto lege ich unter mein Kopfkissen. So wird er immer bei mir sein, wenn ich nachts mal nicht schlafen kann. Es ist dunkel in meinem Zimmer. Ich liege auf dem Rücken und gucke an die Decke.

In den 53 Tagen, die Levin schon im Koma liegt, ist nichts geschehen. Niemand hat uns erzählt, dass sich sein Zustand verbessert hätte. Der Arzt sagt immer nur, er sei stabil. Aber was bringt mir das, wenn mein Bruder trotzdem nicht bei uns sein kann? Was bringt es Levin, stabil zu sein, wenn er dennoch kein Fußball spielen kann?

Ich habe das Gefühl, er verpasst so viel. Wenn er auf den Beinen wäre, könnten wir die Befragungen bei der Polizei gemeinsam durchstehen. Ich glaube, das würde das Ganze für uns beide erleichtern. Doch er kann mir nicht beistehen. Ich würde mich so gerne mit ihm über diesen Abend unterhalten, schließlich ist er der Einzige, der den Crash miterlebt hat. Manchmal denke ich, es wäre einfacher, nichtsahnend im Koma zu liegen, als sich all den Fragen der Polizisten aussetzen zu müssen. Ich würde ihn gerne nur ein einziges Mal fragen, ob er auch immer wieder diese Bilder im Kopf hat. Und vor allem würde ich ihm gerne von dem erzählen, was an dem Abend im Club passiert ist. Vielleicht würde mir das helfen, mit der Situation klarzukommen, und mich wieder zum Sprechen bewegen.

Ich wälze mich von einer Seite auf die andere. Nach einer Weile verstummt die CD, Levins Lieblingsband hört auf zu spielen und ich falle in einen unruhigen Schlaf.

Kapitel 10

»Halloooo! Alles klar bei dir?«, fragt meine beste Freundin Charlotte, als wir uns auf unsere Plätze setzen. Frau Freitag schließt ihren Raum schon frühmorgens auf, damit wir uns reinsetzen können.

»Ja, alles klar«, lüge ich. Ich erzähle ihr nicht von gestern Abend. Dafür ist jetzt nicht der richtige Zeitpunkt und erst recht nicht der richtige Ort. Ich spreche leise. Wie immer. Ich lasse meinen Blick durch die Klasse schweifen. Die meisten meiner Klassenkameraden stehen in Grüppchen um einen Tisch herum und unterhalten sich angeregt über das, was sie am Wochenende erlebt haben. Es fühlt sich komisch an, nur mit Charlotte zu reden und nicht Teil einer solchen Gruppe zu sein. Die anderen in dieser Klasse sind wie Fremde für mich, obwohl wir seit sechs Jahren den ganzen Vormittag zusammen verbringen.

Ich beobachte Kai dabei, wie er wütend vor Tobias steht und ihm angeregt von der Niederlage seines Lieblingsfußballvereins erzählt. Tobias' Sitznachbar Hamed schreibt schnell die Hausaufgaben von jemandem ab, bevor unsere Englischlehrerin kommt. Ich beneide ihn darum. Ich hätte niemals den Mut, einfach zu jemand anderem zu gehen und ihn zu fragen, ob ich die Hausaufgaben bei ihm abschreiben dürfte.

Alle verbringen die Pause mit ihren Freunden, aber ich habe nur Charlotte. Ich liebe Charlotte, aber manchmal hätte ich gerne meine Clique von früher zurück. Es ist keine zwei Monate her, dass ich noch ganz normal mit ihnen gesprochen habe.

Doch plötzlich kommen sie mir alle so fremd vor. Ich weiß nicht, welche Musik Kai gerne hört; ich weiß nicht, welcher Hameds Lieblingsfilm ist. Ich weiß eigentlich fast gar nichts über die Menschen, mit denen ich mir sechs Stunden am Tag einen Raum teile. Wir atmen dieselbe Luft, wir hören derselben Lehrerin zu, und doch leben wir in verschiedenen Welten. Der Wagen meiner Mitschüler hält ständig an, sie lassen neue Leute einsteigen und andere aussteigen. Doch ich fahre mit Charlotte in einem Schnellzug an allen vorbei, und der einzige Halt, den es auf unserer Strecke gibt, ist die Endstation. Ich würde so gerne einmal für einen Augenblick aussteigen und die Luft von draußen einatmen.

Ich gucke nachdenklich zur Tafel. Niemand achtet auf mich. Eigentlich finde ich das auch besser, als immer wieder komische Blicke von der Seite zugeworfen zu bekommen. So wie von dem Jungen aus dem Krankenhaus. Leonard. Für einen Moment habe ich es geschafft, ihn aus meinem Kopf zu verbannen. Ich habe mir meine Mitschüler angeguckt, habe über sie nachgedacht und damit dafür gesorgt, dass ich ihn vergesse. Doch mir geht einfach nicht aus dem Kopf, dass er mich komisch findet. Es wäre alles nicht so schlimm gewesen, wenn er ein ganz normaler Junge gewesen wäre. Einer, den ich im Supermarkt an der Kasse getroffen hätte und der mich netterweise in der Schlange vorgelassen hätte. Aber unsere Begegnung ist nicht normal gewesen. Seine Mutter ist schwer krank und kann jede Minute sterben. Ich schäme mich dafür, dass ich ihm einen Teil seiner kostbaren Zeit genommen habe. Zeit, die er mit seiner Mutter hätte verbringen können.

Ich spüre Charlottes Blick auf mir. Alle unterhalten sich mit jemandem, nur ich schweige. Ich muss Leonard irgendwie aus meinem Kopf löschen. Er hätte im Moment sowieso keine Zeit für eine Freundschaft oder mehr, schon gar nicht mit einem so komplizierten Mädchen wie mir. Er muss sich jetzt voll und ganz seiner Mutter widmen. Wer weiß, wie viel Zeit dieser Frau noch bleibt.

»Was hast du am Samstag so gemacht?« Charlotte versucht ein Gespräch anzufangen. Sie merkt ganz genau, dass etwas nicht stimmt. Eigentlich erzählen wir uns montags immer, was wir am Wochenende gemacht haben. Auch wenn meine Wochenenden seit knapp zwei Monaten nahezu identisch aussehen. Meine Begegnung am vergangenen Freitag macht das Ende der Woche aber zu einem ganz besonderen. Ich sehe sie an und überlege einen Moment, was ich sagen könnte. Ich weiß nicht, ob ich ihr von Leonard erzählen soll. Sie würde mir bestimmt nur einreden, dass ich irgendwie versuchen muss, das mit ihm wieder geradezubiegen. Ich muss mit ihm reden. Auch wenn Charlotte die beste Freundin der Welt ist, so ganz kann sie sich nicht vorstellen, wie es sich anfühlt, unter Mutismus zu leiden. Ich hätte gerne mit diesem Jungen geredet. Aber ich habe es einfach nicht geschafft. Es ist besser, wenn ich ihr erst einmal nichts von meiner Begegnung am Kaffeeautomaten erzähle.

Ich suche nach der richtigen Ausrede. »Nichts Besonderes.« Ich zucke mit den Schultern. »Ich hab viel Zeit bei meinem Bruder im Krankenhaus verbracht und mir alte Fotos von uns angeguckt. Das war's auch schon. Und du?«, frage ich.

»Ich hab mir mit meinem Vater neue Möbel angesehen!« Sie strahlt über das ganze Gesicht.

Mir rutscht das Herz in die Hose. Neue Möbel? Will Charlottes Familie etwa umziehen?

»Wollt ihr wegziehen?«, frage ich. Die Panik in meiner Stimme ist deutlicher zu hören, als ich es geplant hatte. Wenn Charlotte mich verlassen würde, wäre ich hier ganz alleine. Dann würde ich in jedem Fach alleine sitzen, niemand könnte mir mehr in Mathe helfen und ich müsste mir alles selber erkämpfen. Ich brauche sie doch hier bei mir.

Meine beste Freundin fängt leise an zu lachen. »Ach Ella, ich würde dich doch niemals im Stich lassen! Natürlich ziehen wir nicht weg. Ich möchte mein Zimmer nur ein bisschen umgestalten. So wie man sich neue Klamotten kauft. Alles ist gut! Hol mal wieder Luft!« Sie grinst.

Ups. Mir ist gar nicht aufgefallen, dass ich das Atmen kurzzeitig eingestellt habe. Ich möchte mir nicht ausmalen, wie es wäre, ohne Charlotte hier zu sitzen. Mir fällt ein riesengroßer Stein vom Herzen.

»Ohne dich wäre ich total einsam«, erkläre ich ihr flüsternd. Sie weiß es. Trotzdem möchte ich es ihr noch einmal sagen.

»Ich weiß, Ella, ich weiß. Du musst wieder anfangen zu sprechen. Ich kann mir vorstellen, dass es schwer ist, das Sprechen wieder anzufangen. Aber wenn du nicht redest, wirst du nie mehr andere Freunde haben als mich! Was hättest du gemacht, wenn ich jetzt tatsächlich weggezogen wäre? Dann hättest du niemanden mehr. Ella, ein soziales Leben funktioniert in dieser Welt nur, wenn man kommuniziert.« Sie sieht mich eindringlich an.

Ich weiß genau, dass sie recht hat. Ich habe keine Chance, wenn ich mit niemandem spreche. Eines Tages werde ich damit anfangen müssen. Vielleicht werde ich meine Angst irgendwann überwinden können.

Charlotte nicke ich nur zu.

Frau Freitag hat endlich den Weg ins Klassenzimmer gefunden. Sie ist noch nie die Pünktlichste gewesen. Die Gespräche lösen sich langsam auf, alle, die noch nicht auf ihren Plätzen gesessen haben, trotten zu ihren Stühlen und holen ihre Materialien raus.

»Good morning, everybody!«, begrüßt sie uns. Sie ist mit Abstand die Motivierteste hier im Raum. Aber was erwartet sie auch montags in der ersten Stunde von einem Haufen pubertärer Zehntklässler? Den meisten hängt noch das Wochenende in den Knochen.

Es herrscht absolute Stille im Raum. So leise bekommt nur Frau Freitag unsere Klasse.

»Wie ihr ja wisst, stehen diese Woche die mündlichen Prüfungen in Englisch an!« Sie switcht um in die deutsche Sprache. Ein Stöhnen geht durch die Klasse. Jeder hat Angst vor dieser Prüfung. Aber niemand hat so große Angst wie ich. Wie soll ich denn zehn Minuten lang frei über irgendein Thema reden, auf das ich mich nicht einmal konkret vorbereiten kann? Und das auch noch vor fremden Lehrern? Das werde ich niemals schaffen. Ich bekomme es ja noch nicht einmal hin, meine Klassenkameraden nach einem Stift zu fragen.

Meine Englischlehrerin erklärt noch einmal den Ablauf der Prüfung. Sie wiederholt sich, aber immerhin müssen wir dann nicht arbeiten.

»Macht euch nicht zu große Sorgen. Das Ganze klingt schwieriger, als es sein wird, glaubt mir. Ihr seid alle gut in Englisch, und das wisst ihr.« Jedem von uns steht die Angst ins Gesicht geschrieben.

»Ich hoffe, sie hat recht und es wird tatsächlich nicht so schwer werden«, flüstert Charlotte mir zu.

Ich lächle gequält. »Bestimmt hat sie recht.«

In meinem Magen bildet sich ein Knoten. Alle werden nervös sein, wenn sie den Prüfungsraum betreten, aber alle werden es irgendwie schaffen, etwas zu sagen. Nur ich nicht. Ich werde schweigen. Wie immer in den letzten zwei Monaten. Ich werde es nicht hinbekommen, die Aufgabe zu lösen, und durch die Prüfung rasseln. Und dann werden mich auch die Prüfer für komisch halten.

»So, wir werden jetzt noch einmal die Prüfung vorbereiten. Dafür schreibt ihr bitte einen etwa fünfminütigen Dialog zum Thema Handybenutzung in der heutigen Zeit und tragt ihn am Ende der Stunde der Klasse vor. Jeder kann drankommen, also gebt euch Mühe. Ihr dürft eure Zettel mit nach vorne nehmen, aber je freier ihr sprecht, desto besser seid ihr für die Prüfung vorbereitet!« Frau Freitag lässt ihren Blick durch den Raum schweifen. »Gibt es noch irgendwelche Fragen?«

Niemand meldet sich.

»Gut, dann könnt ihr ja jetzt starten. Ihr habt dreißig Minuten Zeit!«

Charlotte und ich beginnen zu schreiben. Ich bin ihr so dankbar, dass sie immer wieder mit mir einen Dialog schreibt, obwohl sie weiß, dass ihr damit die Übung, vor der ganzen Klasse zu sprechen, fehlen wird, weil ich nie den Mut haben werde, mich zu melden und den Dialog vorzutragen.

Seite um Seite füllt sich. Wir üben sogar, ihn vorzutragen, obwohl uns beiden klar ist, dass wir ihn nicht vorspielen werden. Die Minuten vergehen wie im Flug.

Als die Eieruhr von Frau Freitag klingelt, hören alle auf zu schreiben. Pia und Jenny sind die Ersten, die ihren Dialog vortragen. Sie gehören zu denen, die immer alle Aufgaben sofort erledigen. Beiden ist klar, dass sie ihren Dialog perfekt vortragen werden, aber sie denken, sie könnten sich noch ein bisschen bei Frau Freitag einschleimen. Und es klappt, denn sie ist hellauf begeistert.

»Sehr schön, ihr beiden! Ich seh' schon, für euch wird das überhaupt kein Problem werden! Klasse!«, freut sie sich, nachdem die beiden ihren Dialog beendet haben.

Meine Mitschülerinnen bedanken sich und gehen zurück zu ihren Plätzen. Sie grinsen. Ein Grinsen, das sagt: »Wir haben nichts anderes erwartet!« Ich weiß nicht, ob ich wütend oder neidisch auf sie sein soll.

Als nächstes tragen Fabian und Tobias vor. Auch ihr Dialog gefällt Frau Freitag sehr gut. Als die Stunde vorbei ist, hat fast jeder in der Klasse seinen Text vorgetragen. Charlotte und ich natürlich mal wieder nicht. Als der Gong ertönt, packen alle ihre Sachen zusammen.

Als ich fast an der Tür angekommen bin, ertönt die Stimme meiner Lehrerin. »Ella, kommst du bitte noch einmal kurz zu mir?«

Mir rutscht das Herz in die Hose. Was will sie von mir? Als auch der letzte Schüler den Raum verlassen hat, gehe ich mit kleinen Schritten auf sie zu.

»Ich warte vor der Tür auf dich!«, sagt Charlotte und verlässt ebenfalls den Raum. Nun sind wir vollkommen alleine.

»Ella, ich weiß, dass du bisher immer eine sehr gute Schülerin gewesen bist. Und ich weiß, dass du das auch immer noch bist, das zeigst du mir immer wieder in den schriftlichen Aufgaben, die ich euch gebe. Aber du bist viel zu still. Ich wurde darüber in Kenntnis gesetzt, dass du mit deinem Bruder einen Unfall gehabt hast. Das haben deine Eltern mir erzählt. Und es ist okay für mich, dass du in meinem Unterricht schweigst. Aber bitte tu mir den Gefallen und liefere eine gute mündliche Prüfung ab, okay? Bitte sprich wenigstens da ein bisschen.« Sie sieht mich eindringlich an. »Das wäre auch so wichtig für Charlotte! Natürlich würde sie einen neuen Partner bekommen, wenn du es nicht schaffst, das wäre ja sonst unfair, aber es wäre wirklich schön, wenn das mit euch als Pärchen klappen würde.«

Ich sehe ihr an, dass es ihr wichtig ist, dass wir die Prüfung bestehen.

»Versprichst du mir das?«

Ich nicke. Und damit verspreche ich ihr etwas, von dem ich nicht weiß, ob ich es halten kann. Keine gute Idee.

Sie lächelt zufrieden. »Gut. Das war's auch schon. Dann kannst du jetzt in die nächste Stunde gehen!«

Ich nicke wieder, was soll ich auch sonst tun?

Vor der Tür fragt Charlotte mich sofort, was Frau Freitag von mir wollte. Ich erzähle es ihr.

»Sie hat recht. Zumindest bei der Prüfung musst du ein paar Worte sagen. Sonst versaust du dir deine ganze Englischnote, obwohl wir alle wissen, dass du es eigentlich kannst.«

Ich nicke abwesend. Ich weiß, ich muss sprechen. Sonst mache ich mir meine Note kaputt. Dieses eine Mal darf ich es nicht vermasseln. Dieses eine Mal muss ich es hinbekommen, meine Zähne auseinanderzubekommen, auch wenn es mir schwerfallen wird. Schließlich habe ich es Frau Freitag eben versprochen. Und Versprechen dürfen bekanntlich nicht gebrochen werden.

Kapitel 11

Ich gehe durch den Flur der Station, auf der mein Bruder liegt. Es riecht wie immer nach Desinfektionsmittel. Wenn man Krankenhäuser in Filmen sieht, stehen überall immer Essenswagen. Je nach Tageszeit sind die Tabletts voll oder leer. Doch auf dieser Station gibt es keine, denn hier liegt niemand, der dazu in der Lage ist, sein Essen selber zu essen. Wenn ich so darüber nachdenke, ist es unglaublich, wie viele Menschen genau in diesem Augenblick im Koma liegen. Manche erst seit einem Tag, andere wiederum schon seit einem Jahr. Die Station ist voll und alle, die hier arbeiten, haben immer was zu tun. Neue Leute kommen, andere gehen. Immer ist etwas los.

Wenn ich bei Levin am Bett sitze, habe ich das Gefühl, ich wäre die einzige Person in diesem Krankenhaus, die dieser Hilflosigkeit ausgeliefert ist. Nur ich kenne die Angst, nicht zu wissen, ob er an Weihnachten noch leben wird oder nicht. Doch das stimmt nicht. Hier liegen so viele andere Menschen, die aus den unterschiedlichsten Gründen ins Koma gefallen sind. Durch diesen Flur gehen tagtäglich mehrere Menschen, die ihren Blick senken, weil sie es nicht ertragen können, die Station, auf der ihr Familienmitglied seit mehreren Monaten regungslos liegt, näher zu betrachten. Ich bin nicht alleine. Es gibt ganz viele, die dasselbe durchmachen wie ich. Doch die einzigen Personen, die es verdient hätten, als Angehörige in einem der Zimmer zu bangen, sind diejenigen, die Levin und die anderen Opfer so zugerichtet haben.

Als ich am Schwesternzimmer vorbeikomme, hebt Hannes die Hand zum Gruß. Ich lächle vorsichtig. Dann betrete ich Levins Zimmer. Es sieht alles aus wie immer. Er liegt genauso regungslos in seinem Bett wie an dem Tag, an dem er ins Koma gefallen ist. Das Einzige, was mir zeigt, dass er noch lebendig zu sein scheint, sind die Maschinen um ihn herum. Trotzdem kann ich den Impuls nicht unterdrücken, meine Hand auf seine zu legen und mich zu vergewissern, dass seine Haut noch warm ist. Ich versuche, positiv zu denken. Niemand weiß, was morgen sein wird. Er wird dann aufwachen, wenn sein Körper dazu bereit ist. So wie ich meinen Bruder kenne, wird er seine Augen öffnen, wenn niemand damit rechnet.

Erschöpft lasse ich mich auf einen der ungemütlichen Besucherstühle fallen. Wahrscheinlich gibt es hier die ungemütlichsten Stühle, weil die Klinikleitung denkt, dass es niemand lange bei einem Menschen aushält, der im Koma liegt. Doch es ist unsere Pflicht, hier zu sitzen und zu bangen.

Ich fange an, ihm von Frau Freitag zu erzählen. Dass sie gesagt hat, dass ich wenigstens bei der Prüfung sprechen soll. Und ich erzähle ihm, dass ich Angst davor habe, das Falsche zu sagen. Ich habe Angst vor den Menschen, die mich prüfen werden. Ich habe Panik davor, mit ihnen zu sprechen, obwohl ich weiß, dass sie mir nichts tun werden. Sie werden sich anhören, was ich sage, sich mit Frau Freitag darüber beraten und das war's. Aber ich habe trotzdem so große Angst. Ich fahre mir über mein Gesicht. Durch diese Geste will ich meinen Worten ein bisschen Nachdruck verleihen, obwohl ich weiß, dass mich Levin nicht sehen kann.

Wieso habe ich Frau Freitag bloß versprochen, dass ich die mündliche Prüfung meistern werde? Mir ist doch schon jetzt klar, dass ich es nicht schaffen werde. Ich würde nichts lieber tun, als ihr zu beweisen, dass sie recht hat. Ich kann das, was wir im Unterricht machen. Noch vor zwei Monaten hätte ich locker frei vor den Prüfern sprechen können. Doch meine Angst ist seit der Nacht, in der wir den Unfall hatten, einfach zu groß. Die Welt da draußen sieht plötzlich so anders aus.

Ich bin mir sicher, dass Levin mir jetzt ganz viel Mut zusprechen würde, wenn er könnte. Er würde sagen, dass ich es schaffen werde, wenn ich genug Willen zeige. Er wäre für mich da und würde mir die Daumen drücken. Aber er liegt hier und kann noch nicht einmal hören, was ich sage. Doch vielleicht ist genau das der Grund, warum ich wenigstens in der Prüfung sprechen sollte. Damit immerhin einer von uns dem Leben nicht vollkommen ausgeliefert ist und wir diesem Abend, der alles zerstört hat, den Kampf ansagen können. Nur dieses eine Mal muss ich meinen ganzen Mut zusammennehmen. Nur während der Prüfung. Für Levin und Charlotte.

Es klopft und wenige Sekunden später steht ein Arzt im weißen Kittel vor mir. Seine Haare sind weißgrau, seine Augen hellblau. Er sieht nett aus, aber ich habe ihn noch nie hier gesehen. Hannes steht neben ihm.

»Guten Tag. Bist du die Schwester von Levin Berendt?«, fragt der Doktor, als er mir gegenübersteht. Er strahlt, als wäre das hier der schönste Ort der Welt, und reicht mir die Hand. Ich nicke vorsichtig. Schnell lasse ich seine Hand wieder los. Ich halte Levins Hand fest, als könnte er mich retten, wenn der Arzt mir etwas tut. Mir ist klar, dass er das nicht kann und dass Hannes auch noch da ist, aber die Nacht im Club steckt mir immer noch tief in den Knochen. Und ich habe das Gefühl, Levin würde mich vor der großen, weiten Welt da draußen beschützen – er ist schließlich mein großer Bruder und dafür sind große Brüder doch da.

»Mein Name ist Dr. Sommerfeld«, stellt er sich vor. Er zeigt auf das kleine Schild, das an seinem Kittel befestigt ist.

Sein Blick huscht über die Maschinen, die das Leben meines Bruders kontrollieren. »Ich arbeite erst seit einigen Tagen in diesem Krankenhaus. Hannes hat mir aber schon viel von euch beiden erzählt. Es tut mir sehr leid, was euch widerfahren ist. Mein Beileid.« Er widmet sich wieder den Maschinen. »Es ist schade, dass du nicht mehr sprichst«, sagt er abwesend.

Ich schlucke, zeige ihm gegenüber aber keine Reaktion. Er wendet seine Augen mir zu.

»Also, Ella, sein Zustand hat sich nicht verändert. Er ist weiterhin stabil, aber alles ist beim Alten. Wir werden in den nächsten Tagen ein CT machen, um zu gucken, ob sich sein Gehirn vom Unfall erholt hat.«

Ich schaue ihn ausdruckslos an und weiß nicht, ob ich mich darüber freuen soll oder nicht. Das scheint er mir anzusehen.

»Du fragst dich jetzt wahrscheinlich, ob das positiv oder negativ ist. Es kommt ganz darauf an, wie du die Situation betrachtest: Ist das Glas halb voll oder halb leer? Siehst du es positiv, denkst du: Super, er ist stabil und es geht ihm nicht schlechter! Siehst du es negativ, denkst du: Er liegt immer noch unverändert im Koma und nichts wird besser!« Dr. Sommerfeld sucht meinen Blick. »Von welcher Seite du das Ganze betrachtest, bleibt dir überlassen.« Er lächelt. Dann kritzelt er das Ergebnis dieser Visite auf ein Klemmbrett. Ich schaffe es nicht, sein Lächeln zu erwidern und betrachte weiter den Handrücken meines Bruders.

»Hannes wird später noch einmal bei ihm vorbeischauen«, versichert Dr. Sommerfeld mir. Hannes lächelt freundlich.

Er ist hier der Neue, nicht ich, denke ich innerlich.

Äußerlich nicke ich. Hannes ist ein guter Pfleger, das weiß ich. Und es tut meinem Bruder gut, dass er ihn hat. Wie ein guter Freund, auch wenn er im Augenblick nicht auf ihn reagieren kann. Er spürt bestimmt auch Hannes bei sich. Doktor Sommerfeld verabschiedet sich von mir und verlässt mit ihm das Zimmer.

Ich gucke Levin einen Moment lang an und denke über das nach, was der Arzt gerade gesagt hat. Ich muss es positiv sehen, dass sich sein Zustand nicht verändert hat.

Ich erzähle weiter. Mittlerweile habe ich mich beruhigt und schaffe es, ihm von Leonard zu erzählen, ohne direkt schlechte Laune zu bekommen. Ich erzähle ihm alles. Von dem Moment an, als ich mir nur einen Kaffee holen wollte, über unser Gespräch bis hin zu dem Ende unserer Konversation. Und irgendwie habe ich das Gefühl, dass er mir zuhört. Auch wenn er mir nicht antwortet. Ich weiß, dass er eines Tages aufwachen wird. Und dann wird er wieder der werden, der er vor dem Unfall gewesen ist. Körperlich zumindest.

Ich stehe auf und drehe ihm kurz den Rücken zu, um ein Taschentuch aus meiner Tasche zu holen.

»Kämpfe.«

Ich erstarre. Dieses Wort haucht Levin, nur ganz kurz und ganz leise, aber ich höre deutlich seine Stimme. Das heißt: Er lebt tatsächlich noch, und er wird alles schaffen, was er will!

»Levin, Levin?«, rufe ich und sehe ihm angestrengt ins Gesicht. Doch ich bekomme keine Antwort mehr.

Das Bild versteinert wieder, Levin wird wieder der, der er eben noch war, er bewegt sich nicht und verzieht auch keine Miene – als wäre nichts passiert. Aber ich bilde mir das doch nicht ein! Ich muss Dr. Sommerfeld holen! Das muss sich jemand ansehen. Das erste Zeichen meines Bruders nach so vielen Tagen!

Als ich an der Tür ankomme, bleibe ich abrupt stehen. Dr. Sommerfeld würde bestimmt denken, ich spinne, und laut anfangen zu lachen.

Würde mir überhaupt jemand glauben, was gerade passiert ist? Vor ein paar Minuten hat dieser Arzt doch noch gesagt, dass sich nichts verändert hat! Er hat gesagt, dass alles genauso ist wie an dem Tag, an dem mein Bruder ins Koma gefallen ist. Doch er hat unrecht. Ärzte haben auch nicht immer recht. Sie können nicht zaubern und immer alles richtig machen, auch wenn manche von ihnen das sicherlich gerne würden. Die Medizin ist und bleibt ein großes Wunder.

Mein Bruder hat gerade ganz deutlich mit mir gesprochen. Seit 56 Tagen habe ich zum ersten Mal wieder seine Stimme gehört. Da bin ich mir sicher.

Ich gehe zurück zu meinem Stuhl. Habe ich mir vielleicht nur eingebildet, dass er gesprochen hat? Levin sieht immer noch genau so aus, wie er ausgesehen hat, als der Arzt eben da war. Als sei nichts passiert. Aber ich bin doch nicht verrückt? Ich weiß doch, was ich gehört habe.

Ich stehe wieder auf und gehe zur Tür. Es lässt mir keine Ruhe. Hannes wird mir bestimmt glauben, wenn ich ihm erkläre, was gerade passiert ist. Aber dieser Arzt? Er hat nett ausgesehen, keine Frage, aber er wirkte, als würde er nur Dinge glauben, die medizinisch bewiesen sind. Ich drehe mich noch einmal zu meinem Bruder um.

»Levin, sag noch einmal was, damit ich mir sicher sein kann, dass ich mir deine Stimme nicht eingebildet habe!«

Wie es zu erwarten gewesen ist, geschieht nichts. Doch ich halte es nicht aus, niemandem davon zu erzählen, deshalb gehe ich doch auf den Flur und suche das Büro dieses Arztes auf. Selbst wenn er mir nicht glaubt, kann ich wenigstens sagen, dass ich es versucht habe.

Ich klopfe an die Tür. Augenblicklich bittet er mich herein. Es sticht mir messerscharf ins Herz, dass ich es nicht hinbekomme, mit Fremden zu sprechen. Es wäre so viel einfacher für uns alle, wenn ich ihm schnell in ein paar Sätzen erklären könnte, was gerade passiert ist. Aber ich kann nicht. Er ist viel zu fremd.

Ich symbolisiere ihm mit einer Geste, dass er mir in Levins Zimmer folgen soll. Er begreift es sofort. Zum Glück hat Hannes ihm schon davon erzählt, dass ich nicht mit Fremden rede, sonst würde er mich spätestens jetzt für komplett verrückt halten und beim Gericht eine Therapie anordnen.

Wir kommen wieder in Levins Zimmer an. Ich zeige auf meinen Bruder. Dr. Sommerfeld nickt.

Dann zeige ich auf meinen Mund und hoffe, dass er versteht, was ich ihm sagen möchte. Es wäre so viel einfacher, wenn ich es schaffen würde, zu sprechen. Es ist anstrengend, Mutismus zu haben.

»Er braucht Essen?«, fragt er verwundert.

Ich schüttle den Kopf. Ich überlege einen Moment, wie ich ihm auf eine andere Weise klarmachen könnte, was ich sagen will. Ich nehme meine Hand und zeige ihm einen sprechenden Mund. Er guckt mich an, als würde ihm ein Licht aufgehen.

»Er hat gesprochen?« Seine Pupillen weiten sich.

Ich nicke eifrig. Zum Glück hat er mich so schnell verstanden.

»Das kann nicht sein, Ella. Ich glaube, das hast du dir eingebildet! Er liegt im Koma, er kann nicht mit dir sprechen.« Erst klingt er, als wäre ich verrückt, und dann spricht er mit mir, als wäre ich ein kleines Kind. Als wäre es mir nicht bewusst, dass man eigentlich nicht sprechen kann, wenn man im Koma liegt!

Ich gucke ihn trotzig an. Er soll ruhig sehen, dass ich es nicht gut finde, dass er mir nicht glaubt. Er seufzt und setzt noch mal neu an.

»Du bist dir wirklich vollkommen sicher, dass du seine Stimme gehört hast?«

Ich nicke wieder.

»Okay – ich kann es noch nicht so ganz glauben, aber wir müssen das natürlich abklären. Wir werden direkt morgen eine Computertomographie machen.«

Ich nicke und lächle zufrieden. Mir ist egal, ob er mir glaubt oder nicht. Hauptsache, er unternimmt irgendwas! Eine seltsame Schweigeminute entsteht.

»Na dann, ich wünsche dir noch einen schönen Tag, Ella.« Er reicht mir die Hand und verlässt den Raum auch schon wieder. Dieser Mann ist immer auf dem Sprung. Wie Ärzte so sind.

Ich nicke und setze mich wieder neben das Bett meines Bruders. Ich bleibe noch ein paar Minuten bei ihm, aber es passiert nichts mehr. Ich packe meine Sachen und verlasse das Krankenhaus.

In der Bahn denke ich darüber nach, ob ich meinen Eltern davon erzählen sollte. Früher oder später werden sie es von Dr. Sommerfeld erfahren, aber vielleicht sollte ich diesen Moment noch eine Weile hinauszögern. Es würde meine Mutter nur unnötig in Sorge stürzen. Sie raucht so schon genug. Ich bin gespannt, was morgen beim CT rauskommt. Vielleicht wird Dr.

Sommerfeld mir dann ja glauben. Vielleicht wird er dann aber auch seine Bestätigung haben, dass ich verrückt bin, wenn sich herausstellt, dass sich rein gar nichts verändert hat.

Kapitel 12

Heute konnte ich meine Mutter endlich mal wieder dazu überreden, mit ins Krankenhaus zu kommen. Vielleicht hat die Sehnsucht gegen die Angst in ihr gesiegt, oder aber sie hatte einfach keine passende Ausrede mehr parat. Ihr Gesicht ist angespannt. Ich weiß nicht, ob das daran liegt, dass sie schon seit einer halben Stunde nicht mehr geraucht hat, oder eher daran, dass sie Levin gleich wiedersehen wird und genau weiß, dass es ihr das Herz zerreißen wird.

Obwohl meine Eltern mich gestern beim Abendessen gefragt haben, wie es bei Levin gewesen ist, habe ich es geschafft, ihnen nichts von dem außergewöhnlichen Ereignis zu erzählen. Sie würden mich wahrscheinlich genauso wie Dr. Sommerfeld für verrückt halten. Ich brauche erst noch einen handfesten Beweis dafür, dass er gesprochen hat. Aber den werde ich ja hoffentlich mit den CT-Ergebnissen bekommen.

Und ich bin froh, dass das Krankenhaus noch nicht bei uns zu Hause angerufen hat – wahrscheinlich wollen sie meinen Eltern nicht unnötig Hoffnung machen, bevor sie es nicht schwarz auf weiß haben. Richtig so.

Meine Mutter bleibt stehen. »Sollen wir nicht doch lieber auf Papa warten?«, fragt sie.

Ich rolle genervt mit den Augen.

Jetzt fängt das schon wieder an. Sie wird einen Grund nach dem anderen suchen, um diesen Raum nicht betreten zu müssen. Selbst wenn sie nur schweigend an seinem Bett sitzt und ihn nicht einmal berührt, wäre das okay. Sie muss einfach nur für ihn da sein.

»Nein, wir sollen nicht auf Papa warten, du weißt doch noch gar nicht, ob er überhaupt kommen wird!«, sage ich entschlossen. Ich habe keine Lust, mit ihr darüber zu diskutieren. Sie weiß ganz genau, dass ich das Zimmer meines Bruders jetzt betreten werde. So wie jeden Tag.

»Aber er möchte seinen Sohn doch bestimmt auch wiedersehen!«, argumentiert sie.

»Das kann er doch?«

Meine Mutter senkt ihren Blick. Sie weiß, dass ich recht habe. Sie sind das Problem, sie sind die, die nicht damit klarkommen, dass mein Bruder im Koma liegt. Ich höre, wie meine Mutter tief einatmet und schließlich wieder zu mir aufblickt.

»Du weiß ganz genau, dass er arbeiten muss!«, schimpft sie. Sie sieht mich scharf an.

»Mama.« Ich seufze genervt. »Und du weiß ganz genau, dass er oft genug am Wochenende die Chance dazu hätte, mich zu begleiten! Wo ein Wille ist, ist auch ein Weg.«

»Willst du damit etwa sagen, dass Papa und ich Levin nicht besuchen wollen?« Meine Mutter zieht ihre Augen zu Schlitzen zusammen. »Du weiß, dass ich es nicht ertrage, ihn so regungslos dort liegen zu sehen!« Sie funkelt mich böse an. »Das verstehst du jetzt noch nicht. Vielleicht begreifst du es, wenn du eines Tages selbst einmal Kinder hast!« Plötzlich sieht sie ziemlich enttäuscht aus. Ich habe ihren wundesten Punkt getroffen.

Ich brauche eine Sekunde, um zu verdauen, was sie gerade gesagt hat. Es tut mir leid, dass ich so hart zu ihr gewesen bin, aber das darf ich mir nicht anmerken lassen. Ich darf mich nicht weichkochen lassen. Sonst wird sie jetzt immer auf dieser Schiene fahren.

»Mama, ich weiß, dass es dir schwerfällt, Levin so zu sehen. Und das tut mir leid. Denkst du, für mich ist das leicht? Aber es geht nicht darum, was wir wollen oder nicht wollen – es geht einfach nur darum, Levin zur Seite zu stehen!«

Wir betrachten beide unsere Schuhe, um uns nicht ansehen zu müssen.

»Papa wird noch genug Gelegenheiten haben, mitzukommen!«, füge ich hinzu.

Sie merkt, dass ich sie geschlagen habe. Sie hat keine andere Wahl, als sich der Situation zu stellen, weil sie weiß, dass ich ihre Argumentation durchschaut habe.

»Ja, okay.« Sie nickt und setzt sich wieder in Bewegung.

Den Rest des Weges legen wir schweigend zurück.

Ich sehe mich nach Hannes um, aber er scheint nicht da zu sein. Vielleicht hat er heute frei, oder er ist gerade in einem der Zimmer.

In Levins Zimmer sieht meine Mutter sich um, als wäre sie zum ersten Mal hier und würde darüber nachdenken, ob ihr die Einrichtung gefällt oder nicht. Vorsichtig nähert sie sich Levins Bett. Sie setzt sich. Und dann beginnt sie plötzlich bitterlich zu weinen. Ich bin vollkommen überfordert mit der Situation und weiß nicht, was ich machen soll. Vielleicht sollte ich sie in den Arm nehmen.

»Es hat sich überhaupt nichts an seinem Zustand verbessert, oder, Ella?«, schluchzt sie. Ich schüttle den Kopf. Reflex.

»Nein.«

»Denkst du, er wird wieder aufwachen?« Sie holt ein Taschentuch heraus und tupft sich ihre Wange ab.

»Mama, du darfst gar nicht darüber nachdenken, dass er vielleicht nicht aufwachen wird! Natürlich wird er das! Levin ist ein Kämpfer!«

»Ja, das ist er. Und ich hoffe ja auch so sehr, dass er wieder aufwacht, aber weißt du, wenn er hier über mehrere Wochen so regungslos liegt und nichts geschieht –« Sie beendet den Satz nicht und seufzt.

Ich überlege, ob ich ihr nicht doch davon erzählen soll, dass Levin gestern plötzlich einen Satz gesagt hat. Auch wenn es dafür bisher keine Erklärung gibt. Vielleicht schenkt ihr das ein kleines bisschen Hoffnung. Die könnte sie gerade ziemlich gut gebrauchen. Und falls ich es mir wider Erwarten tatsächlich eingebildet haben sollte, hat es ihr wenigstens den Moment versüßt. Ich denke darüber nach, wie ich am besten anfangen könnte.

»Mama, ich weiß, dass du mich für verrückt halten wirst, wenn ich dir das jetzt erzähle, aber Levin hat gestern mit mir gesprochen. Ein einziges Wort. Ich hab ihm davon erzählt, dass ich diese Woche die mündliche Prüfung in Englisch habe und dass Frau Freitag mir eingeschärft hat, dass ich wenigstens bei der Prüfung reden muss. Er hat mir dann geantwortet, dass ich kämpfen muss.« Ich mache eine kleine Pause. Die Sache mit Leonard verschweige ich ihr lieber erst einmal. Sie guckt mich vollkommen perplex an. »Dr. Sommerfeld hat mir zu Beginn erst gar nicht geglaubt, weil das so verrückt klingt, aber er hat gesagt, sie werden heute noch eine Computertomographie machen. Deshalb hätte euch das Krankenhaus heute auch bestimmt noch angerufen«, erzähle ich. »Ich wollte Hannes eben eigentlich auf dem Flur fragen, ob es schon Ergebnisse gibt, aber er ist nicht da gewesen. Es hat sich etwas verändert, Mama. Nur niemand weiß, was!« Ich sehe sie strahlend an. Hoffnung, Mama, Hoffnung, denke ich.

Sie beginnt wieder zu weinen. Dieses Mal glaube ich, dass es Freudentränen sind.

»Er hat … gesprochen?«

Ich nicke.

»Oh Gott. Und dann?« Sie kann es gar nicht glauben.

»Danach ist wieder alles genauso geworden, wie es in den letzten Tagen auch gewesen ist«, gebe ich zerknirscht zu, aber sie hört mich gar nicht mehr richtig. All ihre Gedanken drehen sich jetzt um Levin. Tränen strömen über ihr Gesicht.

»Danke, dass du uns ein Zeichen gegeben hast, Levin.« Sie hält seine Hand fest wie einen Rettungsanker.

Ich bin froh, dass sie mir glaubt. Genauso gut hätte sie auch denken können, dass ich mir alles nur eingebildet habe. Ich sehe ihr an, dass sie ein bisschen Zeit braucht, um das, was ich ihr erzählt habe, zu verarbeiten. Ich glaube, es ist besser, wenn sie ein paar Minuten für sich hat.

»Ich muss mal an die frische Luft«, sage ich.

Meine Mutter nickt und trocknet sich ihre feuchten Wangen. Ihre Mascara ist vollkommen verschmiert. »Danke, Ella. Danke, dass du mir das nicht verschweigen hast!« Sie lächelt. Ich lächle zurück und lasse sie mit Levin allein.

Als ich im Krankenhauspark ankomme, sehe ich mich als Erstes nach Leonard und seiner Mutter um. Doch ausgerechnet heute scheint er nicht da zu sein. Vielleicht geht es seiner Mutter so schlecht, dass sie keine Kraft hat, um nach draußen zu gehen. Vielleicht ist er heute aber auch ganz bewusst nicht in den Park gegangen, um mir nicht zu begegnen. Ach was, Ella, du machst dir viel zu viele Gedanken um diesen Jungen, sagt eine Stimme in meinem Kopf. Doch ein Teil meines Herzens will dieser Stimme widersprechen. Wahrscheinlich hat er dich längst vergessen! Er hat gerade wirklich andere Sorgen als ein komisches Mädchen.

Aber was, wenn nicht? Ich mache mir auch Sorgen darum, dass Levin nie wieder aufwachen wird, und trotzdem mache ich mir noch Gedanken um Leonard. Er ist der Erste, der sich getraut hat, seine Gedanken auszusprechen. Ein Gedanke, den so viele denken, wenn sie mich nicht kennen. Ich bin nicht komisch. Ich bin krank. Aber vielleicht ist das komisch. Es tut weh, dass dieser Gedanke plötzlich eine Stimme verliehen bekommen hat. Eine Stimme, die eigentlich so nett klingt.

Im Krankenhausfoyer wandert mein Blick als Erstes zum Automaten. Alles kommt wieder hoch. Wie ich da gestanden habe mit Leonard. Verdammt. Wieso ist mein Blick auch sofort darüber gehuscht? Natürlich ist er nicht da. Er scheint heute tatsächlich nicht hier zu sein. Ich gehe zum Aufzug. Zum Glück bin ich alleine.

Ich fahre mir über mein Gesicht. Wieso musste ich Leonard kennenlernen? Wieso habe ich Frau Freitag versprochen, bei der Prüfung auf jeden Fall zu sprechen?

Als ich wieder auf der Station ankomme, atme ich noch einmal tief durch, dann schalte ich wieder in den Ich-bin-hier-die-Starke-Modus um. Ich habe keine Zeit, mich um einen wildfremden Jungen zu kümmern. Levin hat im Augenblick höchste Priorität. Er ist der, der mich jetzt braucht.

Auf dem Flur treffe ich jetzt doch auf Hannes und grüße ihn kurz mit einer erhobenen Hand.

»Ella, die CT-Berichte brauchen noch ein bis zwei Tage!«, sagt er, als könnte er meine Gedanken lesen. Ich bin froh, dass er das gesagt hat, denn ich weiß nicht, wie ich ihn danach hätte fragen sollen. Das hätte ewig gedauert. Doch Hannes weiß mittlerweile gut genug, was in mir vorgeht. Ich komme zurück in das Zimmer meines Bruders.

»Ich habe gerade Hannes getroffen. Er hat gesagt, dass es noch ein bis zwei Tage dauert, bis der Arzt uns das Ergebnis vom CT mitteilen kann.« Ich setze mich auf den zweiten Stuhl im Raum.

»Okay.« Meine Mutter nickt. Ich sehe ihr an, dass sie sich Sorgen macht. Nur weil es ein bisschen länger dauert als geplant, macht sie sich direkt wieder Gedanken.

»Alles wird gut, Mama. Das ist bestimmt normal so!«, versuche ich sie aufzumuntern. Aber ich mache mir auch Sorgen. Wenn alles in Ordnung wäre, hätte Dr. Sommerfeld uns das bestimmt sofort gesagt. Doch er lässt uns lieber ein bisschen zappeln, weil er Angst davor hat, dass wir die Wahrheit nicht verkraften. Das ist doch immer so. Ich rede mir ein, dass ich aufhören muss, mir solche Gedanken zu machen. Davon wird die Situation auch nicht besser. Bald werden wir ja wissen, was in dem CT-Bericht steht. Ein paar Minuten sitzen wir gedankenverloren am Bett meines Bruders und gucken ihn an. Nach einer Weile durchbricht meine Mutter unser Schweigen.

»Ich glaube, wir sollten langsam wieder nach Hause gehen«, schlägt sie vor. Die ganze Aufregung des Tages und die überraschenden Neuigkeiten haben sichtlich an ihr gezerrt. Eigentlich will ich noch länger bei Levin bleiben, warten, ob er uns noch irgendein Zeichen geben wird, aber ich weiß, dass sie heute für ihre Verhältnisse schon außergewöhnlich lange geblieben ist, und nicke deswegen, während ich von meinem Stuhl aufstehe und mir das T-Shirt glatt streiche.

»In Ordnung.«

Ich bin stolz auf meine Mutter, dass sie es überhaupt so lange durchgehalten hat, hier zu sitzen. Es ist okay, dass sie geweint hat, und es ist auch okay, dass sie jetzt gehen möchte. Was zählt, ist, dass sie einfach da gewesen ist.

»Mama?«

»Mhm?«

»Ich freue mich echt darüber, dass du mitgekommen bist. Ich bin mir sicher, dass du Levin viel Kraft gegeben hast.«

»Danke, Ella«, haucht sie.

Sie drückt meinem Bruder einen Kuss auf die Stirn und flüstert ihm etwas ins Ohr, das wohl für immer ein Geheimnis zwischen den beiden bleiben wird. Dann nimmt sie ihre Tasche und geht zur Tür. Ich verabschiede mich auch von ihm und folge ihr. Meine Mutter weiß nicht, wann sie dieses Zimmer das nächste Mal betreten wird, aber ich weiß, dass ich morgen wieder an seinem Bett sitzen und ihm beistehen werde. So wie jeden Tag.

Kapitel 13

Aufgeregt halte ich die Hand meines Bruders. Gespannt gucke ich immer wieder zur Tür und warte darauf, dass Dr. Sommerfeld den Raum betritt und uns endlich das Ergebnis der Computertomographie mitteilt. Wie jeden Tag erzähle ich Levin von meinem Vormittag. Und wie jeden Tag habe ich das Gefühl, dass er mir zuhört, auch wenn er mir nicht antwortet.

Es klopft einmal an der Tür.

Ich drehe mich um. Dr. Sommerfeld betritt mit Hannes den Raum. Ich glaube, ich habe mich noch nie so sehr wie heute darüber gefreut, dass endlich die Visite ansteht. Aber ich darf mir meine Freude nicht zu sehr anmerken lassen. Erstens denkt dieser Arzt dann bestimmt erst recht, dass ich verrückt bin, und zweitens wäre ich dann viel zu enttäuscht, wenn er nur zum Maschinencheck gekommen ist und gar keinen CT-Bericht dabei hat.

»Na, junge Dame, Sie scheinen ja sehr viel Zeit bei Ihrem Bruder zu verbringen!«, begrüßt er mich.

Ich nicke. Ich weiß nicht, ob ich lächeln oder beschämt zu Boden blicken soll, deswegen gucke ich einfach zu Hannes, der mich aufmunternd anlächelt. Es entsteht ein kurzer Moment der Stille, dann beginnt Dr. Sommerfeld zu sprechen.

»Also, kommen wir direkt zur Sache«, setzt er an. »Ich habe das CT, das wir von deinem Bruder gemacht haben, ausgewertet. Dabei haben wir eine Schwellung in seinem Gehirn entdeckt, die wir sofort behandeln müssen. Wir werden ihn heute noch operieren. Eben haben wir schon mit deinen Eltern gesprochen und sie über alles informiert.«

Ich brauche einen Moment, um diese Informationen zu verarbeiten. Ich freue mich, dass sich etwas verändert hat, aber ich habe Angst, dass es schlecht um ihn steht, wenn sie ihn operieren müssen.

»Hat er deswegen gesprochen?«, fragt Hannes. Er sieht mir ganz genau an, dass mir diese Frage auf der Seele brennt. Ich lächle, um ihm meinen Dank auszusprechen, und er lächelt zurück.

»Wir wissen es nicht.« Dr. Sommerfeld wendet seinen Blick von Hannes ab und sieht mich an. »Ich möchte dir nicht zu nahetreten, aber wahrscheinlich hast du dir nur eingebildet, dass dein Bruder mit dir gesprochen hat. Wenn man als Angehöriger wochenlang am Bett eines Komapatienten sitzt und sich nichts verändert, passiert es manchmal, dass man beginnt, seine Stimme zu hören, obwohl er überhaupt nichts gesagt hat.«

Ich sehe ihn fassungslos an. Dieser Mann möchte mir also wirklich weismachen, dass ich mir nur eingebildet habe, dass mein Bruder mit mir gesprochen hat? Will er mich gerade für verrückt erklären? Ich schüttle heftig den Kopf.

»Ella, ich weiß, dass das für dich absurd klingt. Aber du vermisst Levin und wünschst dir, dass er wieder bei euch ist. Das ist völlig normal. Aber es kann auch sein, dass er nicht mit dir sprechen kann, wenn er aus dem Koma aufwacht.«

Ich knabbere an meiner Lippe. Vielleicht hat er recht. Vielleicht habe ich mir so sehr gewünscht, dass Levin mir ein einziges Mal antwortet, dass ich es mir nur eingebildet habe. Ich bin froh, dass Dr. Sommerfeld nicht denkt, dass ich verrückt bin.

Hannes meldet sich plötzlich zu Wort. »Ich glaube dir, Ella. Wie hat mein Opa früher immer so schön gesagt? ›Es gibt nichts, was es nicht gibt!‹ Wahrscheinlich werden wir nie erfahren, ob er tatsächlich mit dir gesprochen hat oder ob du es dir eingebildet hast, aber ich möchte, dass du weißt, dass ich dir glaube!« Seine blauen Augen blitzen und er nickt, um seine Worte zu bekräftigen.

Ich lächele verlegen, dann richte ich meinen Blick auf Levin. Ich würde Dr. Sommerfeld so gerne fragen, ob diese Schwellung für meinen Bruder gefährlich ist. Ich starre ihn an, doch ich schaffe es nicht.

»Natürlich ist auch diese OP mit einem gewissen Risiko verbunden. Deshalb werden wir gleich noch einmal bei deinen Eltern anrufen.«

Ich nicke, obwohl in mir drin alles schreit. Meine Mutter wird sich wieder einmal Sorgen machen müssen. Ich muss mir Sorgen machen. Das ist der Moment, vor dem wir uns alle gefürchtet haben. Was, wenn Levin das nicht durchsteht? Dann ist er morgen einfach nicht mehr da.

»Hast du noch eine Frage?« Er lächelt mich an.

Ich weiß nicht, ob ich mir verarscht vorkommen soll. Dieser Mann weiß ganz genau, dass ich unter Mutismus leide. Ja, verdammt, ich habe eine Frage, aber leider hindert mich meine Krankheit daran, sie zu stellen!

»Während er im OP ist, bitten wir dich, nach Hause zu gehen. Morgen kannst du ihn wieder besuchen«, sagt Dr. Sommerfeld.

Ich nicke nur.

»Ich komme gleich noch einmal vorbei, Ella. Dann kann ich dir auch sagen, wenn du gehen musst!« Hannes zwinkert mir zu. Dann verlassen die beiden den Raum.

Ich sehe Levin besorgt an, auch wenn ich weiß, dass er nicht sehen kann, dass ich mir Sorgen um ihn mache. Vielleicht kann er es ja fühlen. Eine Schwellung in seinem Gehirn? Was hat das zu bedeuten? Ich hätte den Arzt so gerne gefragt, ob so eine Schwellung schlimm ist oder nicht, aber ich habe es einfach nicht geschafft, den Mund aufzumachen. Ich mache mir Sorgen, dass es meinem Bruder nach der OP noch schlechter gehen wird als vorher. Ich warte, dass Hannes zurückkommt.

Die Uhr tickt und nichts geschieht. Es ist das erste Mal, dass ich an Levins Bett sitze und mich die Stille fast verrückt macht. Zum Glück muss ich nicht lange warten.

»Na, Ella, geht es dir gut?« Hannes nimmt sich einen Stuhl und setzt sich mir gegenüber, so dass er mir direkt in die Augen sehen kann. Er hat während des Gespräches mit dem Arzt ganz genau gemerkt, dass ich nervös bin. Und ich bin so froh, dass er die entstandene Stille mit seiner Stimme füllt.

Ich schüttle den Kopf.

»Du machst dir Sorgen um deinen Bruder, was?« Sein Blick fällt auf Levin. Er sieht fast so aus, als würde er seelenruhig vor sich hin schlummern.

Ich nicke und gucke betrübt zu Boden.

»Ach, Ella, er schafft das, da bin ich mir ganz sicher – ihr beide seid ganz große Kämpfer, ihr steht das gemeinsam durch!«

Er schafft es tatsächlich, mich ein kleines bisschen zum Lächeln zu bringen, weil er einer der wenigen Menschen ist, die mich verstehen.

»Ich glaube fest daran, dass Levin aus dem Koma aufwachen wird. Er braucht die Zeit, um sich von seinem Unfall zu erholen. Gib ihm diese Tage. Bald wird er wieder auf den Beinen sein. Vielleicht muss er dann das Sprechen oder das Gehen wieder neu lernen, aber ich bin mir sicher, dass selbst das überhaupt kein Problem für euch werden wird!« Er lächelt. Ich lächle auch. »Ihr schafft das schon.«

Es folgt ein Moment des Schweigens. Ich bin froh, dass Hannes an ihn glaubt. Genauso, wie ich es tue. Und genauso, wie es meine Eltern tun, auch wenn sie das nicht immer zeigen können.

»So, Ella, es ist jetzt für dich an der Zeit zu gehen. Du kannst ja morgen ganz früh wiederkommen. Dann wird Dr. Sommerfeld dir bestimmt auch mehr zu seinem Zustand sagen können. Und vergiss nie: Du allein entscheidest, ob das Glas halb leer oder halb voll ist.«

Ich nicke. Hannes ist ein netter Typ. Er hat hübsche dunkelblonde Haare und blaue Augen. Ich mag ihn, weil er sich immer viel Zeit für seine Patienten und dessen Angehörige nimmt.

Eigentlich ist es traurig, dass die Menschheit Dr. Sommerfeld automatisch mehr Aufmerksamkeit schenkt, nur weil er einen Doktortitel trägt und vermeintlich mehr Wissen besitzt. Doch das heißt noch lange nicht, dass er auch mehr Herz hat. Das ist für mich gerade viel wichtiger als jedes Medizinstudium der Welt.

Wir stehen auf und ich beginne, mich von Levin zu verabschieden. »Du schaffst das, Bruderherz. Jetzt musst *du* kämpfen. Ich weiß, dass alles gut werden wird!«, flüstere ich ihm zu und drücke seine Hand noch ein letztes Mal.

Dann löse ich mich von ihm, nehme meine Sachen und verlasse mit Hannes den Raum. Was mit meinem Bruder passieren wird, kann ab jetzt nur noch ein Arzt beeinflussen. Und ich weiß, dass er es schaffen wird. Hannes und ich verabschieden uns voneinander, dann mache ich mich auf den Weg. Leonard habe ich nirgends gesehen.

Zu Hause werfe ich meine Sachen in die Ecke.

»Bin wieder da, Mama!«, rufe ich.

»Bin im Wohnzimmer«, kommt es zurück. Ich gehe zu ihr.

Sie kniet auf dem Boden und sortiert schon wieder Zeitschriften.

»Ich war gerade bei Levin«, sage ich.

»Schön!« Sie konzentriert sich weiter auf das Sortieren der Illustrierten. »Ich sortiere diese Zeitschriften nach ihrem Erscheinungsmonat!« Sie erzählt das, als wäre es das Normalste auf der Welt. »Ich weiß, dass ich sie vor ein paar Tagen schon einmal geordnet habe, aber die Reihenfolge hat mir nicht so gut gefallen. So finde ich es besser.«

Sie lügt, das weiß ich, aber es würde nichts bringen, jetzt mit ihr zu diskutieren. Ich merke ihr an, dass sie gerade eigentlich gar nicht über Zeitschriften nachdenkt. Am liebsten würde ich sie jetzt in den Arm nehmen, irgendwie versuchen, ihr Kraft zu geben, aber ich glaube, dass sie lieber für sich allein trauert. Ich wünschte fast, meine Eltern würden nicht bei jedem Schritt, der im Krankenhaus gemacht wird, informiert werden. Das wäre besser für uns alle. Aber leider geht es ja nicht anders.

Ich nicke und schnappe mir eine der Zeitschriften, um nicht in ihr trauriges Gesicht sehen zu müssen.

»Ella, bring nicht meine Ordnung durcheinander!«, fährt sie mich an.

Ich seufze und lege die Zeitung wieder zurück. Ich möchte ihre Nerven auch nicht überstrapazieren.

»Levins Arzt hat gesagt, dass Levin eine Schwellung im Gehirn hat. Er wird heute noch operiert werden«, erzähle ich, obwohl meine Mutter überhaupt nicht gefragt hat. Alles ist besser als diese erdrückende Stille.

»Ich weiß. Er hat schon angerufen, um mich über die Risiken aufzuklären.« Sie sieht so müde aus, noch müder als sonst.

»Okay.« Sie will nicht darüber reden, das merke ich. Aber wann will sie das schon. Sie tut so, als wäre sie fertig mit dem Ordnen ihrer Zeitungen.

»War's das?«, frage ich.

»Ja«, sagt sie nur und steht auf. Ihr Weg führt in die Küche. »Das Essen ist schon fertig. Wenn Papa gleich kommt, können wir sofort essen. Ich deck schon mal den Tisch!«

Sie holt drei Teller und das Besteck aus dem Schrank und stellt es ab, um sich eine Zigarette anzumachen. Ich merke ihr an, dass es ihr schwerfällt, der Versuchung zu widerstehen, für vier zu decken.

Die Zigarette beginnt zu qualmen. Auf diesen Moment habe ich gewartet. Natürlich macht sie sich Sorgen. Natürlich ist es Stress für sie, nicht zu wissen, was der Zustand ihres Sohnes bedeutet. Und deshalb muss sie erst einmal eine rauchen. Wie immer, wenn sie sich gestresst fühlt. Wie immer, wenn sie sich Sorgen macht. Und das macht sie sich eigentlich den ganzen Tag.

»Weißt du, Mama, ich habe im Krankenhaus einen Jungen kennengelernt. Seine Mutter wird bald sterben. Woran? An Lungenkrebs.« Ich habe das Bedürfnis, ihr das zu erzählen. Vielleicht rüttelt sie das ja mal wach.

»Das tut mir leid für ihn«, sagt sie, doch ich höre ihr an, dass sie meinen Seitenhieb auf ihr eigenes Rauchverhalten genau verstanden hat, aber gekonnt überspielt.

»Sagst du da nichts zu?«

»Was soll ich dazu sagen? Es freut mich für dich, dass du dort neue Leute kennengelernt hast, und ich finde es traurig, dass er seine Mutter verlieren wird. Das ist bestimmt nicht leicht für ihn. Mehr gibt es dazu nicht zu sagen. Ich kenne den Jungen doch nicht einmal.«

Ich schüttle den Kopf, sage aber nichts mehr, weil ich weiß, dass es sowieso nichts bringen würde. Doch vielleicht hat diese Information sie tief in ihrem Herzen trotzdem berührt und regt sie zum Nachdenken an. Das wird die Zukunft zeigen.

Kapitel 14

Nervös warte ich mit Charlotte vor dem Raum, in dem wir geprüft werden. Zehn Minuten hatten wir Zeit, um uns vorzubereiten, in wenigen Sekunden müssen wir uns einfach einen Dialog aus dem Ärmel schütteln. Hoffentlich bekommen wird das irgendwie hin. Wir gucken beide an die Decke, sind zu nervös, um ein ernsthaftes Gespräch zu führen.

»Bitte sprich heute, Ella. Sonst vermasselst du nicht nur deine eigene Prüfung, sondern auch meine.« Charlotte guckt mich ernst an. Ich weiß, dass ihr das wichtig ist. Sie hat in den letzten Monaten so viel für mich getan, stand mir immer zu Seite, egal, was war. Heute muss ich ihr ein einziges Mal etwas zurückgeben. Ich muss sprechen. Nicht viel, nur bisschen. Für sie.

Ich nicke stumm. In meinem Bauch breitet sich ein flaues Gefühl aus. Ich atme tief durch.

Die Tür geht auf und die beiden Schülerinnen, die vor uns an der Reihe gewesen sind, verlassen den Raum. Ihnen ist ihre Erleichterung deutlich anzusehen. Aber sie sehen auch stolz aus, weil sie es geschafft haben. So stolz möchte ich den Raum auch verlassen.

Charlotte und ich holen noch einmal tief Luft, dann betreten wir die Höhle der Löwen.

»Guten Morgen, ihr beiden. Seid ihr gut vorbereitet?«, fragt Frau Freitag.

»Ja!«, sagt Charlotte.

Ich nicke nur. Mein Blick huscht einmal über die drei Erwachsenen, die mir gegenübersitzen. Ich kann nicht sprechen, geht es mir durch den Kopf. Nicht vor diesen fremden Menschen, die ich noch nie in meinem Leben gesehen habe. Sie mustern mich von oben bis unten. Wahrscheinlich merken sie schon, dass es mit mir Probleme geben könnte. Neben Frau Freitag sitzt ein anderer Lehrer unserer Schule. Er ist mir nicht fremd, aber eigentlich kenne ich ihn nicht. Ich weiß nicht mal, welche Fächer er unterrichtet. Neben dem Lehrer sitzt eine Frau, die ich noch nie gesehen habe. Ich werde das nicht schaffen. Plötzlich ist da wieder dieses drückende Gefühl in meiner Kehle. Die Worte fließen davon. Mir wird schlecht. Ich schaffe es nicht. Charlotte wird mich hassen. Und ich werde in Zukunft ganz allein sein, nur weil ich es nicht auf die Reihe bekommen habe, zu sprechen.

Meine Englischlehrerin scheint mir meine Unsicherheit anzusehen. »Du schaffst das, Ella!«, sagt sie und schenkt mir ein motivierendes Lächeln.

Ich frage mich, ob die anderen Menschen im Raum wissen, dass ich unter Mutismus leide. Wissen sie, dass es für mich eine riesengroße Überwindung ist, hier zu sprechen?

»Euer Thema, Taschengeld, kennt ihr ja bereits. Habt ihr noch irgendwelche Fragen?«, sagt unsere Englischlehrerin.

Meine beste Freundin und ich schütteln synchron den Kopf.

»Charlotte?« Sie sucht den Blick meiner besten Freundin. »Sprich. Sprich einfach. Lass dich nicht davon beeinflussen, ob Ella es schafft zu sprechen oder nicht – rede einfach, okay?«

Charlotte nickt. Ich finde es gut, dass sie das gesagt hat, denn so nimmt sie auch mir ein bisschen von dem Druck, der auf mir lastet. Das beruhigt mich ein bisschen.

»You can start. Good luck«, sagt die Prüferin. Es ist das erste Mal, seit wir im Raum sind, dass sich auf ihre Lippen ein kleines Lächeln schleicht.

Ich wische meine feuchten Hände an meiner Hose ab.

»Ich bin dafür, okay?«, sagt Charlotte. Ich nicke nur.

»Hello, Ella! How are you?«, beginnt sie.

Verdammt. Jetzt muss ich irgendetwas sagen. Ich muss. Charlotte sieht mich fordernd an. Es bilden sich kleine Schweißperlen auf meiner Stirn. Alle Augen sind auf mich gerichtet, als wären wir hier im Theater. Wenn ich jetzt schweige, habe ich für immer versagt. Wenn ich jetzt aber spreche, kann ich den Raum gleich noch viel stolzer verlassen als die, die vor uns an der Reihe gewesen sind.

»Hello!«, antworte ich leise.

»My brother got his first pocket money last Sunday!«, verkündet Charlotte freudig. Ich habe das Gefühl, dass sie richtig in ihrer Rolle aufgeht. Vielleicht kann sie ihre Nervosität aber auch nur viel besser verstecken, als ich das kann.

»Nice!«, antworte ich.

»I think it is a very good idea!«

Ich bewundere meine beste Freundin dafür, wie sie sich den Dialog einfach so aus dem Ärmel schüttelt. Ich muss viel länger darüber nachdenken, was ich als Nächstes sagen könnte.

»Why?«, frage ich schließlich. Okay, das klang ziemlich bescheuert. Aber immerhin habe ich etwas gesagt.

»If he has his own money at such a young age, he can learn how to be responsible with it!«

»I don't think so!«

Ich merke, dass ich mehr sagen muss. Wir müssen eine Diskussion aufbauen, ich muss meine Argumente vorbringen und sie ihre. Aber Argumente kann man nicht in einem Wort formulieren. Mein Blick huscht kurz zu Frau Freitag, die mir aufmunternd zulächelt.

»Why don't you think so?«

»He is too young to have his own money!«, stoße ich hervor.

»No, this is not my opinion. Look: When you are young it's easier for you to learn new things. When you are older your brain needs a lot more time to learn new things«, argumentiert sie.

Sie hat recht. Ich teile ihre Meinung und mir fallen keine Argumente mehr dagegen ein. Ich merke, dass Charlotte langsam genervt davon ist, dass ich immer so lange brauche, bis ich etwas sage. Für sie scheint das alles überhaupt kein Problem zu sein. Am liebsten hätte sie bestimmt eine Partnerin, die auch so ist. Aber sie hat mich ausgewählt, obwohl sie weiß, dass es mir extrem schwerfällt, vor anderen zu sprechen. Sie hat sogar in Kauf genommen, dass ich gar nichts sage. Dafür bin ich ihr so dankbar. Wer sonst würde schon gerne eine Partnerin nehmen, die unter Mutismus leidet, wenn es in der Prüfung vor allem darum geht, zu sprechen? Ich überlege, was ich sagen könnte. Meine beste Freundin guckt mich eindringlich an und wartet, dass ich etwas sage.

»How much money does he get?«, frage ich.

»Not too much, of course. Two euros every Sunday. During the week he has to think about what he wants to buy: a newspaper? Or sweets? Of course he can save his money, too. It is his own decision every week. This way, he learns to think about the money he gets!«

Frau Freitag hat uns erklärt, dass wir am Ende zu einem Ergebnis kommen müssen. Entweder müssen wir uns dafür aussprechen oder dagegen. Welche Seite gewonnen hat, ist bei uns beiden wohl vollkommen klar.

»It sounds good!«, sage ich schließlich.

»Thanks!« Charlotte lächelt. Sie hätte eine gute Note mehr als verdient.

»It's time to go home!«, sage ich.

»Oh, right. Have a nice day, Ella. Goodbye!«

»Goodbye!«, sage ich.

Meine Englischlehrerin beginnt zu klatschen. Ich weiß, dass dieser kleine Applaus mir gehört, und es fühlt sich gut an.

Geschafft. Ich habe es tatsächlich geschafft. Ich habe zum ersten Mal seit unserem Unfall in der Schule vor anderen etwas gesagt. Ich habe zwar nicht viel gesprochen, aber das ist egal. Hauptsache, ich habe meine Prüfung nicht vermasselt. Charlotte konnte all das sagen, was sie sagen wollte. Sie hat das richtig gut gemacht.

»Well done!« Frau Freitag strahlt über das ganze Gesicht. Ich sehe ihr an, dass sie stolz auf mich ist, und das macht auch mich stolz. Ich habe es tatsächlich geschafft.

»That was a nice dialogue, girls. Thank you. You will get your examination results in a few days«, sagt die Prüferin. Charlotte nickt. »We will consider your handicap, Ella, and we'll also adjust your grade accordingly, Charlotte. It can't have been easy for either of you«, fährt sie fort. Ich stehe wie angewurzelt auf der Stelle. Charlotte sieht so entspannt aus.

»Ella, ich würde gerne noch ganz kurz mit dir sprechen! Ist das okay?«

Natürlich weiß ich, worüber Frau Freitag mit mir reden will. Ich habe keine Angst davor, denn ich weiß, dass sie zufrieden mit meiner Leistung ist. Ich nicke.

»Ich komme gleich zu euch raus. Wartet noch einen Moment!«

Wir nicken und verlassen den Raum. Für die zwei, die gerade nervös vor der Tür auf ihre Prüfung warten, sehen wir bestimmt auch unfassbar erleichtert aus. Und mir fällt in diesem Moment auch ein riesengroßer Stein vom Herzen. Wie wahrscheinlich jedem, der diesen Raum verlässt. Aber niemand ist so glücklich und stolz wie ich, obwohl so viele von ihnen es um Längen besser machen werden.

Ich lehne mich an die kühle Steinwand und stemme meinen rechten Fuß dagegen. Charlotte tut es mir gleich. Wir schweigen uns an, müssen beide erst einmal verarbeiten, dass wir es tatsächlich geschafft haben. Nach ein paar Minuten kommt Frau Freitag aus dem Raum.

»Ella!« Sie strahlt. »Ich habe so gehofft, dass du es schaffen wirst, zu sprechen. Natürlich hätte Charlotte eine neue Partnerin bekommen, wenn du es nicht hinbekommen hättest, das hatte ich dir ja schon gesagt, aber ich habe mir so sehr gewünscht, dass du auch eine Note bekommen kannst. Es verlangt einen sehr starken Willen zu sprechen, wenn man unter Mutismus leidet. Du kannst stolz auf dich sein.«

Ich nicke und lächle kurz. Ich bin in diesem Moment einfach nur glücklich. Meine Englischnote ist gerettet. Die letzten Monate habe ich mir immer wieder die Frage gestellt, wie ich diese mündliche Prüfung durchstehen soll. Doch jetzt habe ich es tatsächlich hinbekommen. Es fühlt sich an, als würde jemand eine Ladung Backsteine von meinem Rücken nehmen. Ich glaube, ich bin gerade glücklicher als Leonardo DiCaprio, als er endlich seinen Oscar bekommen hat.

»Ich weiß, dass du einen starken Willen besitzt, Ella. Du bist stark. Nur wer im Leben weiß, was er will, und dafür kämpft, wird seine Ziele erreichen! Ich weiß, das ist wahrscheinlich das typische Pädagogen-Gerede, das du ständig zu hören bekommst, aber es stimmt. Kämpfe um das, was du willst, denn nur so kommst du ans Ziel.«

Ich gucke verlegen zu Boden und lächele.

»So, ich muss jetzt wieder in die Prüfung zurück. Du hast zwar nicht viel gesagt, aber du bist den ersten Schritt in die richtige Richtung gegangen. Ich glaube an dich. Eines Tages wirst du es schaffen, wieder zu sprechen. Feiere deinen Erfolg!« Sie lächelt, dann dreht sie sich um und geht.

Charlotte umarmt mich. »Ich bin stolz auf dich, Kleine. Danke, dass du mir die Prüfung nicht versaut hast!«

Ich senke meinen Blick. Ich möchte gar nicht so viel Aufmerksamkeit bekommen. Das ist mir viel zu viel. Schließlich ist es eigentlich normal, zu sprechen. Nichts Besonderes. Auch wenn es für mich ein großer Schritt gewesen ist.

Schweigend gehen wir zum Ausgang. Ich bin einfach nur glücklich. Und ein bisschen stolz bin ich auch.

Kapitel 15

Nach der Schule fahre ich direkt ins Krankenhaus. Ich möchte sehen, wie es Levin nach der OP geht.

Als ich im Eingang ankomme, knurrt mir der Magen. Für einen Moment denke ich darüber nach, mir in der Cafeteria etwas zu essen zu holen, aber ich möchte sofort zu meinem Bruder. Wer weiß, was nach der OP mit ihm los ist. Ich fühle mich ihm gegenüber schuldig und habe das Gefühl, dass ich ein schlechter Mensch wäre, wenn ich nicht so viel Zeit wie möglich bei ihm verbringe. Eigentlich ist das Quatsch, weil er ja gar nicht wach ist, aber falls er irgendwas spürt, dann soll er wissen, dass ich für ihn da bin.

Am liebsten würde ich ihn einfach mit in die Cafeteria nehmen, aber das geht nicht. Da hat es jeder andere Patient hier besser. Selbst wann man zu schwach ist, um selber zu gehen, hat man immer noch die Möglichkeit, im Rollstuhl zu fahren. Nur die nicht, die im Koma liegen. Fast ist es so, als würde mein Bruder wie Dornröschen in einem hundertjährigen Schlaf liegen. Doch leider steckt hinter seiner Untätigkeit kein Fluch. Es bringt nichts, wenn eine Prinzessin vorbeikommt, die ihn wachküsst. Sonst hätte ich mich schon längst auf die Suche nach einer gemacht.

Ich entscheide mich dagegen, alleine in die Cafeteria zu gehen, gehe nur schnell zu dem kleinen Automaten mit Süßkram und ziehe mir ein Pick Up und ein Kitkat. Zwar nicht die vitaminhaltigste Nahrung, aber immerhin besser als nichts.

Danach hole ich mir noch einen Kaffee. Langsam kriecht die Müdigkeit in mir hoch, obwohl ich heute nur zur Prüfung in die Schule musste. Levins Zustand nagt auch an meinen Nerven. Der Kaffee plätschert in den Pappbecher. Vor meinem inneren Auge taucht Leonard wieder auf. Seit unserem Gespräch habe ich ihn nicht mehr gesehen. Vielleicht ist er für ein paar Tage verreist, um ein bisschen Abstand zu der Situation hier zu bekommen. Obwohl – er hat gesagt, seine Mutter könnte jederzeit sterben. Da möchte er bestimmt jeden Moment mit ihr auskosten. Die Wahrscheinlichkeit, dass sie stirbt, während er in der Welt unterwegs ist, wäre zu hoch. Dieses Risiko würde er nicht eingehen. Wahrscheinlich will er mir einfach nur aus dem Weg gehen.

Ich nehme schnell meinen Becher, schließe ihn mit einem Plastikdeckel und steige in den Aufzug. Ich betrachte mich im Spiegel. Meine braunen Haare habe ich zu einem Zopf gebunden. Die Müdigkeit zeichnet sich in meinem Gesicht ab wie Schattierungen auf einem Bild.

Als der Aufzug in der Etage für Komapatienten hält, steige ich aus. Mein Bruder verpasst so wertvolle Tage seiner Jugend. Und vielleicht wird er sich nicht mehr von dem Unfall regenerieren und bald sterben, und dann wären die Tage hier vollkommen umsonst gewesen.

Auf dem Gang riecht es nach Essigreiniger. Eine Putzfrau geht an mir vorbei und wischt lustlos über den Boden. Das wäre der perfekte Job für meine Mutter. Sie liebt es doch, zu putzen. So hätte sie eine sinnvolle Beschäftigung. Doch sie würde es nicht ertragen, Levin jeden Tag so nah zu sein.

Ich grüße sie kurz. Sie lächelt. Wahrscheinlich ist sie froh, dass sie für einen kurzen Moment aufhören kann. Oder sie ist einfach nur glücklich, dass ihr überhaupt jemand Aufmerksamkeit schenkt. Ich gehe weiter, bis ich bei Levins Zimmer ankomme. Ich drehe mich noch einmal um, aber die Frau ist samt ihres Putzwagens mit Spülwasser um die Ecke verschwunden.

Ich betrete Levins Zimmer und begrüße ihn, obwohl ich weiß, dass ich keine Antwort bekommen werde. Nichts hat sich verändert. Da sind noch immer die ganzen Maschinen, die sein Leben kontrollieren.

Ich setze mich an sein Bett und beginne, ihm von der mündlichen Prüfung zu erzählen. Zum ersten Mal seit 59 Tagen habe ich wieder in der Schule mit jemand anderem als Charlotte gesprochen. Ich weiß, dass Levin jetzt stolz auf seine kleine Schwester wäre. Auch wenn wir verschieden waren – wenn es drauf ankam, konnte man immer auf ihn zählen. Er hätte mir auch für die Prüfung die Daumen gedrückt.

Ich bin gespannt, welche Note ich bekommen werde. Bestimmt keine so gute, ich habe viel zu wenig gesagt. Wenn ich Glück habe und Frau Freitag Erbarmen zeigt, wird sie mir noch eine Vier geben. Doch das ist mir egal. Für mich zählt nur, dass ich es geschafft habe, zu sprechen. Und dass ich meiner besten Freundin nicht die Prüfung versaut habe. Das lässt sich nicht in Noten ausdrücken. Schulnoten sind oberflächlich. Sie bewerten nur, wie gut man gewisse Vorgaben erfüllt. Dafür, dass ich normalerweise gar nicht spreche, ist meine Leistung sehr gut gewesen. In der Relation zu anderen war sie aber höchstens ausreichend. Und das ist es, was bewertet wird. Es müssen schließlich alle gleich behandelt werden. Die Prüferin hat zwar gesagt, dass sie auf meine Krankheit Rücksicht nehmen wird, aber das glaube ich ihr nicht. Die Leistung, die abgeliefert wird, zählt, nicht der Mensch, der dahintersteckt.

Es tut gut, meinem Bruder alles zu erzählen. Er ist ein stiller Zuhörer. Er wertet nicht und er diskutiert nicht, er hört einfach nur zu. Bei ihm kann ich mir alles von der Seele reden. Und dafür bin ich ihm dankbar, auch wenn er gar keine andere Wahl hat, als hier zu liegen. Er kann nicht wegrennen oder mir sagen, dass ich den Mund halten soll.

Ich öffne mein Kitkat. Wie gerne würde ich das jetzt mit ihm teilen, so wie in Kindertagen. Doch das geht nicht, denn das Einzige, was er zu essen bekommt, ist Flüssigkeit, die ihm durch einen Schlauch zugeführt wird. Bestimmt sehr appetitlich. Zum Glück schmeckt man nichts, wenn man im Koma liegt. Und sehen kann mein Bruder auch nichts.

Ich gehe ins Bad und werfe mein Papier in den Mülleimer. Mir fällt auf, wie steril es ist. Niemand sprüht hier mit Parfüm oder hinterlässt seinen Dreck. Es wirkt, als würde ich das wildfremde Bad eines Musterhauses betreten. Plötzlich habe ich das Bedürfnis, es ganz schnell zu verlassen. Doch dann fällt mir wieder ein, dass dieses Badezimmer meinem Bruder gehört und er nur nicht in der Lage ist, es zu nutzen. Eigentlich müssten solche Zimmer gar kein Bad besitzen. Das ist vollkommen überflüssig.

Plötzlich kriecht die Traurigkeit in mir hoch und ein Kloß bildet sich in meinem Hals. Tränen strömen über mein Gesicht wie ein heftiger Regenschauer. Ich sinke auf der Toilette zusammen und lasse meinen Tränen freien Lauf. Auf einmal fällt die Mauer um mich herum zusammen. Ich weine ein paar Minuten alles aus mir raus, bis keine Tränen mehr kommen. Dann stehe ich entschlossen auf und stütze mich auf dem Waschbecken ab. Meine Mascara ist verlaufen, meine Wangen knallrot. Als ich mit den Fingerkuppen über mein Gesicht fahre, spüre ich das klebrige Salz der Tränen auf meiner Haut. Ich mache das Wasser an und lasse es über mein Gesicht plätschern. Es tut gut, die Kühle zu spüren. Ich wische mir das Gesicht ab und atme noch einmal tief durch. Ein bisschen frische Luft würde mir jetzt guttun. Ich verabschiede mich von meinem Bruder und verlasse den Raum. Heute ignoriere ich sogar Hannes' freudige Begrüßung, die mich sonst immer so glücklich stimmt.

Als ich auf den Aufzug warte, hoffe ich, dass ich alleine sein werde. Auf irgendwelche stillen Beobachter kann ich jetzt echt gut verzichten. Nervös gehe ich vor dem Lift auf und ab. Als sich die Türen öffnen und ich sehe, wer im Aufzug steht, bleibt mein Herz für einen Moment stehen. Leonard. Er sieht mich kurz an und ich sehe in seinen Augen, dass er sofort realisiert, wer ich bin. Dann wendet er seinen Blick ab. Wieder bildet sich ein schmerzhafter Kloß in meinem Hals. Irgendwie schockiert mich seine Reaktion. Aber was habe ich anderes erwartet? Ich vergesse vollkommen, dass ich immer noch draußen stehe. Erst, als die Türen dabei sind, sich wieder zu schließen, fällt mir auf, dass ich vielleicht einsteigen sollte. Eigentlich müsste er jetzt einen ironischen Kommentar abgeben, aber er schweigt. Ich weiß nicht genau, was mir lieber wäre.

Ich stelle mich direkt an die Tür und senke meinen Blick. Zwischen uns herrscht ein beharrliches Schweigen. Ich habe mich an Stille gewöhnt, doch bei ihm tut es mir weh, dass er nicht mit mir spricht. Als er mich gesehen hat, hat er bestimmt gedacht: »Ach, das komische Mädchen ist wieder da!«

Ich höre seinen schweren Atem. Als ich kurz aufsehe, bemerke ich, dass auch er seine Schuhe betrachtet, als seien sie das Interessanteste auf Erden. Er fährt sich durch seine blonde Mähne. Ich habe mich noch nie so sehr darauf gefreut, dass sich der Aufzug endlich im Erdgeschoss öffnet, wie heute.

Mit zügigen Schritten verlasse ich den Lift. Ich bleibe kurz stehen, als ich ein paar Schritte gegangen bin. Er hat mich ganz bewusst ignoriert. Aber wenn er etwas gesagt hätte, hätte ich es sowieso nicht übers Herz gebracht, ihm zu antworten, auch wenn ich es heute in der Prüfung geschafft habe, zu sprechen. Das wäre dann doch zu viel gewesen.

Der Gedanke, dass er nicht mit mir spricht, weil er mich seltsam findet oder weil er es bereut, mit mir gesprochen zu haben, tut weh. Verdammt. Ich muss etwas in meinem Leben ändern. Ich muss lernen, wieder zu sprechen. Das habe ich heute bei der Prüfung doch auch geschafft. Sonst wird sich dieser Junge für immer von mir fernhalten. Leonard geht an mir vorbei zum Ausgang des Krankenhauses und guckt mich noch nicht einmal an. Ein kleiner Teil meines Herzens ist wütend auf ihn. Er hat mich als komisch bezeichnet und das, ohne wirklich zu wissen, was mit mir los ist. Aber er gefällt mir viel zu sehr, um ernsthaft sauer zu sein. Eher bin ich wütend auf mich und meine Krankheit, weil sie mal wieder alles vermasselt hat.

Ich gehe mit schnellem Schritt aus dem Krankenhaus. Als ich das Gelände verlassen habe und mir sicher bin, dass Leonard nirgends zu sehen ist, lasse ich meinen Tränen freien Lauf. Heute ist echt nicht mein Tag, obwohl ich so glücklich sein müsste, weil ich das mit der Prüfung geschafft habe. Wieso hat sich seit unserem Unfall alles so verändert? Wieso musste ich Leonard überhaupt am Kaffeeautomaten treffen? Und wieso tut es so weh, wie er mich behandelt, obwohl ich ihn eigentlich überhaupt nicht kenne? Ich will einfach wieder die Ella werden, die ich früher gewesen bin. Ich möchte mein altes Leben zurückbekommen. Ich möchte endlich wieder richtig glücklich werden.

Die Tränen laufen über meine Wangen und tropfen von meinem Kinn auf das T-Shirt. Ich wische mir über das Gesicht wie ein kleines Kind, das gerade hingefallen ist. Wieso müssen in dem Kartenspiel des Lebens auch Karten sein, mit denen sich kein perfektes Kartenhaus bauen lässt? Könnte sich das Schicksal diese Karten nicht einfach sparen? Das würde das Kartenhaus viel standhafter und sicherer machen. Vielleicht zu sicher.

Kapitel 16

Am nächsten Tag zwitschern die Vögel so seelenruhig vor sich hin wie jeden Tag. Wenn sie nur wüssten, was hinter dieser Hausfassade vor sich geht.

Ich nähere mich dem Krankenhaus und betrachte die unterschiedlichen Menschen, die sich hier herumtreiben. Jung und alt, gehend und sitzend. Doch eins verbindet sie alle: Sie sind krank.

Die Vögel zwitschern fröhlich, doch das Schauspiel hinter diesen Mauern erzählt eine andere Geschichte. Mein Bruder liegt immer noch genauso regungslos im Bett wie in den letzten 60 Tagen. Trotz der OP hat sich nichts verändert. Auch bei mir nicht. Drei Tage sind vergangen, seit Leonard mich im Aufzug ignoriert hat. Seitdem habe ich ihn nicht mehr wiedergesehen. Drei Tage sind vergangen, seit ich meine Tränen nicht mehr zurückhalten konnte. Und mein Kartenhaus wankt immer stärker.

In den letzten Tagen habe ich mühsam versucht, es wieder stillstehen zu lassen, aber ich schaffe es nicht. Ich scheitere immer wieder an irgendeiner Karte. Eine Karte, die nicht ganz passt, genügt, um alles zu Fall zu bringen. Denn egal, wie fest das Fundament ist, auch die Spitze muss zum Rest passen. Sonst bringt all die Mühe nichts.

Langsam kenne ich jeden Fleck der Station für Komapatienten. Doch heute ist etwas anders: Vor Levins Zimmer steht jemand. Als ich näher an ihn rankomme, erkenne ich ihn. Leonard. Was will der denn hier? Ich bleibe vor ihm stehen. Ich ziehe die Augenbrauen hoch und tue so, als hätte ich gar keine Lust, ihn zu sehen. Aber insgeheim freue ich mich total, dass er hier ist, auch wenn ich mich frage, warum er vor Levins Zimmer steht und offensichtlich auf mich wartet.

»Hi.« Er guckt beschämt zu Boden. Ich sehe ihm an, dass er sich unwohl fühlt. Woher weiß er überhaupt, dass mein Bruder im Koma liegt und dass das sein Zimmer ist?

Ich sehe ihn an. Er merkt, dass ich auf eine Erklärung warte.

»Du fragst dich jetzt bestimmt, was ich hier will …« Er beißt sich auf die Unterlippe. »Ich wollte mich entschuldigen. Ich habe mir keine Gedanken darüber gemacht, was dein Schweigen für Gründe haben könnte. Es tut mir leid.«

Ich bin perplex. Ich hätte nicht gedacht, dass er jemals wieder mit mir reden würde. Woher kommt sein plötzlicher Sinneswandel? Vielleicht habe ich jetzt ja doch eine Chance bei ihm? Ach was, er möchte sich bestimmt nur bei mir entschuldigen, um sein Gewissen zu beruhigen. Ich sollte mir keine Hoffnungen machen.

Er spricht weiter. »Ich hab mal gegoogelt, was es so für verschiedene psychische Erkrankungen gibt, wegen denen ein Mensch nicht mehr spricht, obwohl er es eigentlich kann. Dabei hab ich was zu Mutismus gefunden. Ich weiß auch nicht, wir kennen uns ja gar nicht, aber irgendwie hat mich das total an dich erinnert. Du hast Mutismus, oder? Deswegen sprichst du nicht, obwohl du es könntest?« Er sieht mich an.

Ich merke, dass er sich irgendwie für seine Worte schämt. Aber das braucht er nicht. Ich freue mich, dass ich ihm anscheinend auch nicht aus dem Kopf gegangen bin. Er hat es zwar nicht gesagt, aber irgendwie habe ich das Gefühl, dass es so ist. Sonst hätte er sich doch nicht damit beschäftigt, was ich für eine Krankheit haben könnte.

Ich lächle, obwohl seine Frage eigentlich ziemlich traurig ist. Dann werde ich wieder ernst und nicke. Ja, ich habe Mutismus. Und obwohl ich weiß, dass es eine psychisch bedingte Erkrankung ist, fühlt es sich komisch an, dass er es so nennt. Zu Hause rennen meine Eltern immer davor weg, dass dieser Abend auch an mir nicht spurlos vorübergegangen ist – sie haben mit Levin schließlich schon genug Sorgen. Mein Mutismus ist selektiv – mit meinen Eltern rede ich. Deswegen können sie es bestens verdrängen, dass auch ich krank bin, und ihre Gedanken voll und ganz meinem Bruder widmen. Ich akzeptiere das, denn ich glaube, sie würden daran zerbrechen, wenn sie sich eingestehen müssten, dass beide ihrer Kinder krank sind. Sie schweigen meine Krankheit lieber tot – vor der Tatsache, dass mein Bruder im Koma liegt, können sie schlecht weglaufen.

»Das … tut mir leid!« Leonard weiß nicht so recht, was er sagen soll, und fährt sich verlegen durch die Haare. Irgendwie ist das süß. Ihm scheint das aber ziemlich unangenehm zu sein.

Ich zucke mit den Schultern und lache über mich selbst. Vielleicht beruhigt ihn das. Ich möchte das Eis zwischen uns brechen. Normale Menschen würden jetzt einen lustigen Witz über sich reißen – Galgenhumor. Menschen, die ein Bein verloren haben, würden vielleicht sagen, dass sie sich jetzt besser als Pirat verkleiden können. Und dann würden sie als Einzige im Raum über sich lachen, weil die anderen so schockiert wären, dass diese Person in ihrer Situation noch Witze reißen kann. Manchmal glaube ich, dass eine Krankheit für einen Angehörigen viel dramatischer ist, als für einen selbst. Man selber entscheidet, ob das Glas halb voll oder halb leer ist. Als Angehöriger hält man das Licht immer auf die negativen Seiten der Erkrankung. Das weiß ich aus eigener Erfahrung.

Leonard hat genau diesen typischen schockierten Blick. Er überlegt, ob er auch lachen soll, aber er entscheidet sich dagegen. Wahrscheinlich hält er das dann doch für unangebracht. Viele Menschen sind in solchen Dingen verkrampft, aber ich hätte mich gefreut, wenn er mitgelacht hätte.

»Also, auf jeden Fall alles Gute für deinen Bruder. Der Pfleger hier hat gesagt, dass nur Angehörige ins Zimmer dürfen. Ich wäre natürlich so oder so nicht zu ihm reingegangen, du hättest dich ja zu Tode erschreckt, hätte ich mich einfach so ans Bett deines Bruders gesetzt. Er hat mir dann auch erzählt, dass die Schwester des Patienten jeden Tag hierher kommt und für ihren Bruder da ist, aber dass sie leider nicht spricht. Da wusste ich, dass er von dir redet.« Dieses Mal ist es Leonard, der lacht. Ein ehrliches Lachen. Ein glückliches.

Ich lächle auch. Und ich glaube, das ist der Moment, in dem das Eis einen Riss bekommt. Und plötzlich bricht es in der Mitte durch.

»Ich möchte dich jetzt auch gar nicht so lange aufhalten, du willst bestimmt schnell zu deinem Bruder. Ich will nur, dass du weißt, dass es mir wirklich leid tut. Ich verstehe jetzt, warum du nicht mit mir geredet hast. Du bist natürlich nicht komisch, das darfst du nicht denken! Mein Mund ist einfach schneller als mein Gehirn. Tut mir echt leid. Willst du mir denn vielleicht noch irgendwie verraten, wie du heißt?« Leonard grinst und ich sehe ihm an, dass er seine Frage im nächsten Moment schon wieder ziemlich dumm findet, denn er erinnert sich daran, dass ich ihm nicht antworten kann. Er redet eben, bevor er denkt. Aber ich finde das nicht schlimm, das macht ihn sympathisch. Irgendwie muss auch ich plötzlich lachen.

»Ella! Sie heißt Ella!«, schreit plötzlich jemand über den Flur. Hannes. Hannes ist wirklich immer da, wenn man ihn braucht.

»Danke, wie auch immer du heißt!«, ruft Leonard zurück.

»Hannes. Ich heiße Hannes – wie auch immer du heißt!«, ruft er zurück.

»Leonard. Ich heiße Leonard!«, kontert Leonard.

Ich kann mir das Lachen nicht mehr verkneifen. Humor hat Leonard also auch.

»So, dann kümmere dich mal weiter um deine Flamme! Und vergiss nie: Sie heißt Ella!« Mit diesen Worten verschwindet Hannes wieder.

»Meine Flamme – alles klar.« Leonard schüttelt lachend den Kopf. »Aber du bist schon süß!« Er fährt sich wieder verlegen durch die Haare. »Du bist nur so … still.« Er lacht und ich sehe ihm an, dass er hofft, dass ich seinen Witz auch lustig finde. Ich lache nicht nur mit, um ihn nicht zu enttäuschen, ich finde ihn tatsächlich witzig. Galgenhumor. Er hat ja recht. Ich bin still. Zu still.

»Na ja, also vielleicht hast du ja mal Lust, was mit mir zu unternehmen? Also, ich will natürlich auch nichts überstürzen, und wenn du nicht willst oder dir das zu schnell geht, sag das! Aber ich würde mich echt freuen. Das mit der Verständigung kriegen wir schon irgendwie hin!«

Ich nicke und lächele, um meine Begeisterung auszudrücken.

»Das freut mich. Ich hatte echt Angst, dass du mir nie verzeihen würdest! Wie passt dir am Freitag um drei? An der Bahnhaltestelle vom Krankenhaus? Die kennen wir beide!« Galgenhumor.

Ich hebe meinen rechten Daumen hoch. Wenn man nicht spricht, muss man sich eben anders zu helfen wissen.

»Super. Dann bis in drei Tagen!«

Er setzt sich in Bewegung. Ich winke ihm zum Abschied. Und so schnell nimmt das Leben eine rasante Wendung. Mein Herz pocht. Ich habe ein … Date? Grinsend gehe ich zu Levin ins Zimmer. Plötzlich hält die Karte Leonard doch in meinem Kartenhaus. Und so baue ich es Stück für Stück wieder auf. Langsam. Aber es klappt.

Sofort beginne ich, meinem Bruder von der Begegnung vor seinem Zimmer zu erzählen. Ich plappere wie ein Wasserfall. Wenn er jetzt wach wäre, würde er mich wahrscheinlich irgendwann lachend unterbrechen und sagen: »Ganz ruhig, Ella, ganz ruhig!«, und danach frech grinsen. Irgendwie wünsche ich mir in diesem Moment, dass er mich unterbrechen würde. Aber er muss mir zuhören, ohne etwas sagen zu können. Doch das Glas ist ja immer halb voll und nicht halb leer, also beleuchte ich die Situation von der positive Seite: Ich kann einfach das sagen, was ich zu sagen habe, und niemand stört mich dabei. Levin hört mir zu – ob er will oder nicht. So habe ich wenigstens eine Person um mich herum, mit der ich mein Glück teilen kann. Ich denke einen Moment über meine eigenen Gedanken nach: mein Glück?

Ja, ich bin glücklich. Seit dem Tag, an dem wir den Unfall hatten, bin ich zum ersten Mal wieder wirklich glücklich. Und dafür ist ein Junge verantwortlich, den ich eigentlich kaum kenne. Verrückt, wenn ich so darüber nachdenke.

Ich weiß, dass alles gut werden wird. Mein Bruder wird aus dem Koma aufwachen und gemeinsam werden wir es schaffen, mit diesem Tag abzuschließen.

Vielleicht hat das Leben ganz bewusst auch unpassende Karten in die Schachtel gemischt – je schwieriger es ist, die passenden Karten zu finden, desto mehr freuen wir uns, wenn das fertige Haus vor uns steht. Vielleicht ist das der Sinn des Lebens. Das Finden der verschiedenen Karten, die das Leben komplett machen, die dein Herz zusammensetzen. Das Wissen, dass das Haus bei jedem Windstoß zusammenbrechen könnte, macht den Reiz so groß, es zu behüten. Und die Tage, an denen man es besonders viel beschützen muss, lassen die ruhigen Tage erst so richtig wertvoll werden. So spielt das Leben.

Kapitel 17

Meine Eltern und ich packen einen kleinen Umzugskarton mit Levins Lieblingssachen. Heute ist sein Geburtstag und wir wollen ein bisschen mit ihm feiern, auch wenn es nicht dasselbe ist. Im Karton liegen schon sein Motorradhelm, seine Musikbox und seine Fußballsachen. Ich packe noch seinen Teppich mit hinein, um gegen die sterile Atmosphäre im Krankenhaus ankämpfen zu können. Meine Mutter nimmt die Bilder von seiner Wand und packt sie auch in den Karton. Sie hat einen Kuchen gebacken, in dem neunzehn Kerzen stecken. Für neunzehn Lebensjahre. Für neunzehn Kämpferjahre. Sie sieht gut aus. Ihre Haare hat sie ordentlich zusammengesteckt, auf ihrem Gesicht hat sie ein dezentes Make-up aufgetragen. Zumindest an seinem Geburtstag möchte sie stark aussehen und so tun, als würde es ihr gut gehen. Das finde ich gut. Wir reißen uns heute alle zusammen. Mein Vater kommt aus dem Wohnzimmer zurück. Es fühlt sich komisch an, dass wir alle zusammen im Zimmer meines Bruders stehen, nur er fehlt.

»Guckt mal, ich habe noch ein paar Fotos von Levin herausgesucht. Die können wir an die Wand hängen!« Mein Vater hält den Stapel Bilder in die Luft, als hätte er gerade eine Medaille gewonnen.

»Es war eine tolle Idee, Levins Geburtstag einfach im Krankenhaus zu feiern, Ella!« Meine Mutter lächelt. Ich habe sie in letzter Zeit so selten lächeln gesehen. Schon allein dafür lohnt es sich.

»Danke. Ich bringe mal die Sachen ins Auto!«, sage ich. Ich möchte meinen Eltern ein paar Minuten für sich schenken. Diese kleinen Momente sind in letzter Zeit auf der Strecke geblieben. Sie wurden immer von Trauer und Sorge überschattet. Doch heute, an Levins Geburtstag, haben sie sich felsenfest vorgenommen, optimistisch zu sein. Das merkt man ihnen an. Sie geben sich sehr viel Mühe.

»Mach das«, sagt mein Vater. Ich schnappe mir den Karton und verlasse den Raum.

»Du siehst gut aus, Eva!«, höre ich meinen Vater leise flüstern, kaum dass ich aus der Tür bin. Ich muss lächeln. Ich bleibe kurz stehen, als sie mich nicht mehr sehen können. Mission geglückt. Mein Vater versucht immer wieder, meine Mutter glücklich zu machen und ihr Komplimente zuzuhauchen, weil er weiß, wie sehr sie diese Bestätigung im Moment braucht. Ich glaube, wenn sie meinen Vater nicht hätte, wäre sie schon längst an ihrer Sorge um Levin zerbrochen.

»Du auch«, flüstert meine Mutter zurück, und ich kann hören, wie sie leise lacht. In den letzten Wochen hat sie sich immer dagegen gewehrt, glücklich zu sein. Wahrscheinlich hat sie gedacht, es sei unfair, Glück zu empfinden, wenn ihr Sohn im Koma liegt. Doch heute macht sie eine Ausnahme. Heute gönnt sie sich einmal ein bisschen Ruhe und Glück. Und es steht ihr so verdammt gut.

Ich setze mich wieder in Bewegung. Bestimmt lassen die beiden ihren Blick gerade durch das Zimmer meines Bruders schweifen und schwelgen in Erinnerungen.

Ich könnte meinen Eltern heute vielleicht von Leonard erzählen. Jetzt, wo sie selber dazu bereit sind, einmal glücklich zu sein, ist eigentlich der beste Moment, um ihnen von meinem Glück zu berichten. Oder sollte ich lieber noch warten, bis ich mich übermorgen mit ihm getroffen habe? Denn was soll ich ihnen heute überhaupt erzählen? Ein Junge dachte, ich sei komisch, hat später darüber nachgedacht, dass vielleicht eine Krankheit hinter meinem Schweigen stecken könnte, und hat sich bei mir entschuldigt? Das klingt merkwürdig. Also entscheide ich mich doch dagegen, ihnen von ihm zu erzählen. Das kann ich später immer noch machen. Vielleicht hält das Glück ja bis morgen an.

Zurück im Zimmer meines Bruders hält meine Mutter gerade einen alten Teddybären in der Hand. Wo hat sie den denn aufgegabelt? Er sieht ziemlich verstaubt aus. Ich hatte recht: Sie schwelgen in Erinnerungen. Und sie sehen dabei so losgelöst aus.

»Kannst du dich an den noch erinnern, Martin? Den hat Levin zu seinem ersten Kindergartentag von meiner Mutter bekommen. Der musste immer überall mit hin!« Sie lacht.

»Oh ja! Er hat diesen Bären doch einmal im Kinderparadies vergessen, als wir seinen siebten Geburtstag dort gefeiert haben. Er hat dann mit Ella zusammen eine Vermisstenanzeige gebastelt.« Mein Vater muss lachen, als er daran zurückdenkt.

Und auch ich erinnere mich noch sehr gut daran. Levin und ich haben unser ganzes künstlerisches Talent in diese Anzeige gesteckt.

»Stimmt! Die haben sie mir dann ganz stolz präsentiert. Und sie haben darauf bestanden, dass ich sie im Kinderparadies abgebe.«

»Tja, Eva, deine Kinder haben eben schon immer einen genauso starken Willen gehabt wie ihre Mutter.«

Ich stehe immer noch im Türrahmen, aber sie scheinen so tief in ihren Erinnerungen versunken zu sein, dass sie mich überhaupt nicht bemerken.

»Levin wollte unbedingt mit der Geschäftsleitung des Ladens sprechen. Vorher hat er sich nicht zufrieden gegeben!«

»Dein Sohn weiß eben, was er will!«

Ich höre meinen Eltern gerne zu. Ich weiß, dass es ihnen guttut, über alte Zeiten zu sprechen. Vor allem an einem Tag wie diesem.

»Der Leiter hat die Sache tatsächlich ernst genommen und ihre Vermisstenanzeige an die Tür gehängt. Zwei Tage später hat

Levin seinen Teddy wiedergehabt!« Meine Mutter sieht den Teddy an, als würden in seinen Augen die Erlebnisse wie ein Film noch einmal ablaufen.

»Sie hätten vorher auch nicht aufgehört zu suchen.«

»Wenn er schon um einen Teddy so sehr kämpft, könnt ihr euch gar nicht vorstellen, wie sehr er darum kämpfen wird, wieder aufzuwachen«, sage ich. Sie drehen sich zu mir um.

»Stimmt. Und die Wahrscheinlichkeit, diesen Teddy zurückzubekommen, war ziemlich gering, aber Levin wollte es unbedingt!« Meine Mama lacht.

Einen Moment lang sehen wir alle schweigend den Bären an. Dann geht meine Mutter zum Schrank in ihrem Schlafzimmer, seufzt, sagt laut: »Jaja«, und stellt ihn wieder in die hinterste Ecke. Man kann ihn gar nicht mehr sehen. Hoffentlich verstaut meine Mutter mit diesem Teddy nicht auch all ihre Hoffnung im Schrank.

Als wir im Krankenhaus ankommen, sehe ich Leonard am Kaffeeautomaten stehen. Als er sich umdreht und mich sieht, lächelt er. Dann guckt er fragend auf den Kuchen und den Umzugskarton. Ich zeige auf die Kerzen.

»Du hast Geburtstag?«, fragt er. Leonard kommt mit seinem Kaffee auf mich zu.

Ich schüttle den Kopf.

»Dein Bruder hat Geburtstag?«, fragt er. Er hat es verdammt schnell kapiert, wie er mit mir umgehen muss.

Ich nicke.

»Das ist aber eine schöne Idee von euch, dass ihr ihm ein paar seiner Sachen in sein Krankenzimmer bringt und mit ihm feiern wollt!« Er lächelt.

Ich nicke. Er stellt sich bei meinen Eltern vor. Sie geben ihm die Hand. Das fühlt sich ganz schön seltsam an, so offiziell irgendwie.

»Na dann, viel Spaß beim Geburtstagfeiern. Und sagt ihm alles Gute von mir!« Leonard lacht, dann dreht er sich wieder um und verlässt das Krankenhaus. Eine kurze, aber schöne Begegnung. Ich wünschte, ich hätte den Mut dazu, mit ihm zu sprechen. Bestimmt geht er jetzt mit seiner Mutter in den Park. Ob er ihr schon von mir erzählt hat? Wahrscheinlich nicht.

Wir betreten den Aufzug. »War das dieser Junge, von dem du mir letztens erzählt hast?«, fragt meine Mutter sofort.

»Ja«, antworte ich.

»Woher kennt ihr euch?«

Ich weiß, dass meine Mutter nichts mehr hasst, als Gespräche, bei denen sie mir alles aus der Nase ziehen muss. Aber heute tut sie selbst dabei so, als wäre das vollkommen in Ordnung für sie. Eigentlich habe ich mir ja vorgenommen, ihnen nichts von ihm zu erzählen, aber diesen Gedanken kann ich jetzt wohl aus meinem Kopf streichen.

»Wir haben uns hier am Kaffeeautomaten kennengelernt. Wir verbringen beide viel Zeit hier und fanden uns sympathisch«, erzähle ich. Auf die Information, dass Leonards Mutter Lungenkrebs hat, weil sie zu viel geraucht hat, verzichte ich heute.

Mein Vater hört mir kritisch zu. Er überlegt wahrscheinlich, ob er es gut finden soll, dass ich mit jemandem ausgehe. Das ist wohl der typische Blick eines Vaters, wenn seine Tochter das erste Mal strahlend von einem Jungen erzählt.

»Seid ihr zusammen?«, fragt er wie aus der Pistole geschossen.

»Nein!« Ich sehe ihn entschlossen an. Er hat's aber eilig. »Wir kennen uns doch kaum. Aber am Freitag wollen wir was zusammen unternehmen.«

Sein Blick wird noch kritischer. »Deine Mutter hat mit dir darüber geredet …«

Ich verdrehe die Augen und unterbreche ihn. »Denk gar nicht erst dran! Ich bin doch kein kleines Kind mehr!«

Aber irgendwie ist es süß, dass er sich so um mich sorgt. Leonard und ich sind nur Freunde. Es gibt also keinen Grund, Panik zu bekommen. Seine Gesichtszüge entspannen sich wieder ein wenig.

Als wir in Levins Zimmer ankommen, schmücken wir es mit den Fotos. Ich stelle seinen Motorradhelm auf seinen Nachttisch und lege den Teppich auf den Boden. Als der Karton leer ist, zündet meine Mutter die Kerzen auf dem Kuchen an.

»Warte, Mama«, sage ich. »Wir könnten Hannes doch mitessen lassen, er kümmert sich immer so gut um Levin!«

»Das ist eine gute Idee. Ich suche ihn einmal.« Meine Mutter verlässt sofort den Raum. Beschäftigung braucht sie auch heute. Wenig später kommt sie mit Hannes zurück in Levins Zimmer.

Meine Eltern setzen sich auf die zwei Besucherstühle. Ich setze mich auf Levins Bett. Hannes bleibt stehen.

»Singen wir?«, fragt Hannes.

Wir sehen uns fragend an. Darüber haben wir uns noch gar keine Gedanken gemacht. Dann zucken wir mit den Schultern und beginnen zu singen. Es fühlt sich schön an, die gute Laune meiner Eltern zu spüren. Vielleicht überträgt sich dieses Gefühl ja auf meinen Bruder und er schöpft daraus neue Kraft.

»Die Kerzen könnt ihr jetzt alle drei zusammen stellvertretend für Levin auspusten!«, schlägt Hannes vor.

Wir sehen einander an, dann nicken wir und pusten die Kerzen aus. Wir wünschen uns alle dasselbe. Levin soll wieder gesund werden.

Meine Mutter nimmt die ausgepusteten Kerzen aus dem Kuchen, schneidet für jeden von uns ein Stück ab und verteilt ihn auf Servietten.

»Der Kuchen schmeckt herrlich, Frau Berendt!«, sagt Hannes, als er den ersten Bissen runtergeschluckt hat.

»Danke. Freut mich, dass es Ihnen schmeckt.« Sie lächelt. »Dieser Schoko-Kirschkuchen ist Levins Lieblingskuchen. Seit er klein ist, muss ich ihn immer backen, wenn er Geburtstag hat. Vielleicht merkt er ja, dass wir heute alle hier sind und ihn hochleben lassen.«

Das stimmt. Levin hat diesen Kuchen geliebt.

»Bestimmt spürt er das. Und es wird ihm ganz viel Kraft geben, dass ihr alle für ihn da seid!« Hannes lächelt. Wie immer. Sein Optimismus steckt einen sofort an.

»Ich glaube auch, dass er das merkt. Irgendwie zumindest«, stimme ich zu. Und das sage ich nicht einfach nur, das meine ich auch so.

»Das wäre schön.« Meine Mutter sieht Levin verträumt an. Ich möchte Levin nie so lange ins Gesicht sehen, denn wenn er genau in diesem Moment aufwachen und seine Augen öffnen würde, würde ich mich zu Tode erschrecken.

»Ella, du solltest mal backen lernen und mir jeden Tag so einen Kuchen vorbeibringen!«, scherzt Hannes. Ich stimme in sein Lachen ein. Dann bedankt er sich und geht zurück an die Arbeit, es warten schließlich noch andere Patienten.

Ich mache die Musik ein bisschen lauter, und dann sitzen wir einfach beisammen, sehen uns alte Fotos an und schwelgen in Erinnerungen, während im Hintergrund Levins Lieblingsband sein Lieblingslied in Dauerschleife spielt. Und ein bisschen habe ich das Gefühl, alles wäre wieder so wie früher, obwohl sich in den letzten Wochen so viel verändert hat. Doch vielleicht ist der Sinn eines Geburtstags gar nicht, das Geburtstagskind zu feiern. Vielleicht sind Geburtstage dafür da, damit der Mensch einen Tag im Jahr hat, an dem er alles um sich herum vergessen kann.

Kapitel 18

Heute ist es so weit. Ich treffe mich mit Leonard. Am Bahnhof warte ich auf ihn. Ich trage ein weites T-Shirt und eine Jeans. Die Sonne steht am Himmel und blickt auf uns herab. Ich glaube, mein Bruder würde genau das hier wollen. Ich soll glücklich sein, auch wenn er im Koma liegt. Ich betrachte die ersten Blumen, die am Rand der Schienen aus der Erde sprießen. All das verpasst mein Bruder gerade. Das erste Date seiner Schwester, die ersten Sonnenstrahlen in diesem Jahr. Er kann sie sich noch nicht einmal von seinem Krankenzimmer aus ansehen.

Ich gehe ein bisschen auf und ab, um die Zeit totzuschlagen, bis Leonard kommt. Ich bin gespannt, wie unser Treffen ablaufen wird. Leider habe ich gar keine Idee, was wir machen könnten; ich weiß gar nicht, was er mag, und fragen kann ich ihn auch nicht. Hoffentlich hat er sich irgendwas überlegt, sonst könnte der Tag ziemlich zäh werden. Vielleicht wird er auch nach zehn Minuten wieder verschwinden, weil er merkt, dass das mit der Kommunikation doch nicht so einfach ist, wie er sich das vorgestellt hat. Aber vielleicht habe ich auch Glück und er gibt mir einfach eine Chance.

»Na, Ella?« Leonard taucht plötzlich von hinten auf. Obwohl ich ihn an der Stimme erkannt habe, zucke ich erschrocken zusammen. Er ist ganz schön stürmisch unterwegs.

»Oh, sorry. Ich wollte dich nicht erschrecken!«, entschuldigt er sich sofort zerknirscht.

Ich lächle zur Beruhigung.

»Hast du Lust, in die Stadt zu fahren? Wir könnten bummeln und einfach ein bisschen erzählen? Wir kennen uns ja noch gar nicht richtig und ich dachte, da ist das genau das Richtige, um sich kennenzulernen. Im Kino zum Beispiel kann man sich ja immer so schlecht unterhalten, finde ich. Und ich würde schon gern ein bisschen mehr über dich erfahren.«

Zum Glück hat Leonard sich etwas überlegt. Und das klingt auch gar nicht so schlecht. Auch wenn Kino für uns wahrscheinlich besser wäre, wenn wir uns nicht unterhalten müssen. Ich wundere mich auch, dass er bummeln gehen möchte, aber wahrscheinlich möchte er damit einen guten Eindruck machen, weil er denkt, dass jedes Mädchen gerne shoppen geht.

»Also, ich erzähle, du hörst zu«, fügt er hinzu und zwinkert mir zu. Das beruhigt mich wieder ein bisschen.

»Wir können natürlich auch etwas ganz anderes machen, wenn du magst. Du müsstest mir nur irgendwie zeigen, was du machst willst. Es ist doch gar nicht so leicht, sich mit dir zu unterhalten«, sagt er.

Ich weiß, dass er es nicht böse meint, aber dennoch schäme ich mich, weil ich weiß, wie schwer es für ihn ist. Er gibt sich so viel Mühe und bekommt meinen ganzen Respekt, dass er noch nicht aufgegeben hat. Ich nicke. Mein Blick huscht wieder zu Boden. Schuhe sind schon was Interessantes. Er merkt, dass er mich mit seinen Worten verletzt hat.

»Aber das ist auch kein Problem! Ich habe ja gesagt, dass wir das irgendwie schaffen werden.« Er lächelt mir aufmunternd zu. Leonard scheint echtes Interesse daran zu haben, mich kennenzulernen. Ich sehe wieder zu ihm hoch. Vielleicht sucht er aber auch schon längst Gründe, um unsere Verabredung schnellstmöglich beenden zu können. Ich merke es nur noch nicht.

»Also, noch mal: Hättest du Lust dazu, einfach mit mir durch die Stadt zu schlendern? Natürlich werden wir jetzt keine riesengroße Shoppingtour veranstalten, sondern nur ein bisschen entspannen. Ich glaube, ein wenig Abstand vom Krankenhaus tut uns beiden gut.« Es schleicht sich ein trauriger Blick in seine Augen.

Ich nicke und lächle, um meine Zustimmung noch einmal zu unterstreichen.

»Super! Dann lass uns gehen!«

Und wir haben es doch geschafft, zu kommunizieren. Erleichtert lächle ich in mich hinein.

Wir setzen uns in Bewegung. Leonard beginnt sofort, zu erzählen. Am Anfang bin ich ziemlich nervös, aber er hat so viel Gelassenheit mitgebracht, dass ich mich langsam entspanne.

»Ich muss mich immer wieder daran erinnern, dass ich dir ja nur Fragen stellen kann, die du mit Ja oder Nein beantworten kannst. Das ist eine ganz schöne Herausforderung, aber für jemanden wie mich, bei dem der Mund manchmal schneller ist als das Gehirn, ist es vielleicht gar nicht so schlecht, mal ein bisschen darüber nachzudenken, was ich sage.« Er lacht über sich selbst.

Ich lache auch, damit ich überhaupt etwas zu unserem Gespräch beitragen kann, wenn ich schon nichts sage.

»Also: Warum liegt dein Bruder im Koma? Hmm, jetzt muss ich ja richtig nachdenken, welche Möglichkeiten es gäbe … Mensch, Ella!« Er lacht wieder.

Leonard ist witzig und ich mag ihn. Sehr. Es gefällt mir, dass er so direkt ist, sagt, was er denkt, und mich nicht behandelt wie ein rohes Ei, das einem gleich in der Hand zerbricht. Ich wünschte, ich könnte ihm das irgendwie zeigen. Vielleicht werde ich mich eines Tages, wenn ich ihn genauso gut kenne wie Charlotte, dazu bereit fühlen, mit ihm zu sprechen.

»Hat er einen Unfall gehabt?«, beginnt er zu raten.

Ich nicke.

»Wow, sehr gut! Da hab ich ja direkt ins Schwarze getroffen!« Er klopft sich anerkennend auf die Schulter. Man merkt, dass er sich anstrengt, um mein Vertrauen zu gewinnen. Aber das reicht nicht. Hannes vertraue ich auch, und trotzdem spreche ich nicht mit ihm. Da muss irgendwie mehr sein. Die Person muss mir so wichtig sein, dass es mein stärkster Wille ist, ihr unbedingt irgendwas Aufregendes zu erzählen. Zum Beispiel könnte ich Charlotte ja gar nicht von Leonard erzählen, wenn ich nicht mit ihr reden würde. Und das wäre sehr schade.

»Ist er alleine unterwegs gewesen?«, fragt er.

Ich schüttle den Kopf. Er verzieht sein Gesicht, als würde er angestrengt nachdenken.

»War er mit Freunden unterwegs?«

Wieder schüttle ich den Kopf. Eigentlich ist er schon mit Freunden unterwegs gewesen, aber die waren nicht im Auto, als wir den Unfall hatten. Jetzt sieht Leonard langsam enttäuscht aus, weil er im Dunkeln tappt. Aber man sieht ihm an, dass das alles nur Show ist. Das beruhigt mich sehr. Ich glaube, es tut ihm gut, hier einmal ein bisschen Show machen zu können, weil er sich im Krankenhaus den ganzen Tag immer so zusammenreißen muss.

»Mit dir?«, rät er weiter.

Ich nicke.

Seine Augen weiten sich. Er sieht plötzlich richtig besorgt aus.

»Bist du auch verletzt gewesen?«

Ich nicke wieder.

»Und seit dem Abend sprichst du nicht mehr?«

Ein drittes Nicken folgt. Er denkt jetzt zwar, dass ich wegen dem Unfall nicht mehr spreche, aber das ist ja nicht so wichtig. Ich kann ihm den richtigen Grund noch nicht nennen, dafür kennen wir uns nicht gut genug. Mal abgesehen davon würde er ja gar nicht auf die Idee kommen, dass etwas anderes passiert sein könnte. Ich müsste es ihm sagen, und das kann ich noch nicht.

»Das ist ja krass. Ich kann mir gar nicht vorstellen, wie das ist, plötzlich nicht mehr zu reden. Ich glaube, ich würde mich ständig dafür schämen, weil ich immer das Gefühl hätte, ich würde meinen Mitmenschen viel zu viel Arbeit machen!« Und schon wieder trifft er genau ins Schwarze. Ich streiche mir eine braune Haarsträhne aus dem Gesicht und tue so, als müsste ich mich total darauf konzentrieren, wo ich hintrete.

»Außerdem hätte ich, glaube ich, die ganze Zeit den Drang, irgendwas zu erzählen.« Er lacht wieder.

Ich lache auch und zucke dabei mit den Schultern.

»Aber es ist ja auch nicht so, dass du das machst, weil du da gerade mal Lust drauf hast.«

Ich nicke wieder.

»Na ja, also, es ist schon ein wenig schwierig, mit dir zu kommunizieren, weil ich dich ja gar nicht kenne, aber ich bin mir sicher, dass du die Mühe wert bist.«

Wow. Irgendwie plättet mich seine Offenheit. Mal wieder helfe ich mir damit, dass ich meinen Blick zu Boden senke.

»Wir schaffen das schon. Guck mal, wie sind zwei arme Schweine, die in ein Krankenhaus gepfercht werden, obwohl sie gar nicht krank sind, nur damit wir den Menschen, die wir lieben, nahe sein können. Das ist schon irgendwie unfair vom Leben. Andere Menschen haben in ihrem Leben noch nie ein Krankenhaus betreten. Und wir müssen in unserem jungen Alter schon unsere ganze Freizeit dort verbringen!« Er guckt nachdenklich geradeaus, tut so, als würde er auf den Verkehr achten, aber das tut er nicht.

Ich sehe das, denn ich kenne das Gefühl, wenn man eigentlich durch alle Menschen hindurchsieht. Leonard bekommt sofort zu spüren, dass das keine gute Idee ist. Er läuft gegen einen Radfahrer. Das Fahrrad stürzt geräuschvoll zu Boden, der Fahrer kann sich gerade noch so auf den Füßen halten. Unter ihm liegt sein Fahrrad. Vielleicht sind ein paar Kratzer dran, aber kaputt zu sein scheint es nicht. Leonard reibt sich sofort über seine Arme. Ich habe das Gefühl, der Schmerz, der gerade seinen Körper durchflutet, springt wie ein elektrischer Funken auf mich über.

»Pass doch mal auf, Junge!«, schimpft der Fahrer.

»Das tut mir total leid! Ich bin mit den Gedanken gerade ganz woanders gewesen.«

Ich weiß nicht, was ich tun soll. Ich könnte das Fahrrad aufheben oder mich ein bisschen näher an Leonard stellen, um ihm zu zeigen, dass ich ihm beistehe. Aber das kommt mir alles ziemlich affig vor, also bleibe ich einfach genau dort, wo ich jetzt stehe.

»Pass besser auf den Verkehr auf, wenn du schon auf der Straße rumrennst!«, gibt der Radfahrer ihm noch mit auf den Weg, dann steigt er auf sein Rad und braust davon.

»Noch einen schönen Tag!«, ruft Leonard ihm hinterher, doch er bekommt keine Antwort. Noch nicht einmal ein Danke.

»Manche Menschen, echt. Aber ich kenn das von meinem Vater. Wenn Männer gestresst sind, hört es auf mit der Freundlichkeit. Vielleicht ist er gerade auf dem Weg zu einem wichtigen Treffen und sowieso schon spät dran. Ich glaube, da würde ich auch so reagieren!«

Jetzt wird dieser unfreundliche Radfahrer auch noch von Leonard verteidigt. Er versucht ihn zu verstehen. Vielleicht hat Leonard recht: Man kann nie wissen, welche Geschichte hinter einem Menschen steckt.

Schweigend gehen wir nebeneinanderher. Es ist nicht dieses beharrliche, unangenehme Schweigen wie vor einigen Tagen im Aufzug. Es ist ein gutes Schweigen.

In der Innenstadt sitzen an jeder Ecke Obdachlose oder Bettler, die ein paar Euro haben wollen. Aber hier sind einfach viel zu viele Menschen auf einem Haufen. Man kann nicht jedem etwas geben, und schließlich kommen die meisten Leute hierher, um einzukaufen. Wenn sie jedem Bettler etwas geben würden, hätten sie am Ende wahrscheinlich kaum Geld für sich übrig. Man muss eine gute Balance finden. Ich finde, ein paar Euro sollte man den Bettlern geben und den Rest kann man für sich behalten.

Leonard kramt ein bisschen Kleingeld aus seiner Hosentasche und wirft es in einen Becher. Die Frau sagt noch nicht einmal Danke. Ich hole auch ein bisschen Geld raus und werfe es in den nächsten Becher.

»Danke. Vielen Dank!« Man sieht dem Mann richtig an, wie dankbar er für meine kleine Spende ist. Ich fühle mich direkt ein bisschen besser. Vielleicht habe ich diesem Mann gerade sein Abendessen gerettet.

»Die Frau schämt sich bestimmt dafür, dass sie hier sitzen muss, und schafft es deshalb nicht, zu sprechen. Aber vielleicht ist sie ja auch krank, wer weiß.« Leonard sieht erst mich an, dann lässt er seinen Blick weiter über die Menschen schweifen, die am Straßenrand hocken.

Ich nicke. Er hat recht.

Es wäre so schön, wenn wir ein richtiges Gespräch haben könnten und nicht nur er die ganze Zeit sprechen müsste, aber das geht nicht.

»Na ja. Manche besitzen eben genug Stärke, um in der Situation noch freundlich zu sein, und andere nicht. Man sollte sie deshalb nicht verurteilen, aber das machen bestimmt viele Menschen.«

Leonard und ich schlendern durch die Stadt, sehen in ein paar Schaufenster und werfen noch ein paar Obdachlosen ein bisschen Kleingeld in ihre Becher. Heute ist der Tag der guten Taten, denke ich. Nach einer Weile werden wir von einem Typen angesprochen.

»Hey, habt ihr einen Moment Zeit, um mir schnell ein paar Fragen zu beantworten?« Er springt uns fast ins Gesicht. Typische Eigenschaft von solchen Menschen. Ob sie das bei ihren Kollegen genauso seltsam finden wie der Rest der Menschheit bei ihnen?

Leonard seufzt. »Wenn's schnell geht.« Einer muss sich ja erbarmen.

Der Mann beginnt sofort zu reden, als würden die Worte aus seinem Mund raussprudeln wie Wasser, in das man eine Packung Brausepulver geschüttet hat.

»Wie sähe für dich das perfekte erste Date aus?«, fragt er.

Leonard überlegt einen Moment. »So, wie mein Date im Moment aussieht.« Er nimmt den Mann nicht ernst. Mein Herz schlägt ein bisschen schneller. Er hat das hier als Date bezeichnet. Und als perfekt. Ich muss grinsen, versuche aber, meine Freude nicht zu offensichtlich zu zeigen.

Der Umfragen-Heini runzelt kurz mit der Stirn und wendet sich mir zu. Er setzt alle Hoffnung in mich, doch von mir wird er keine Antwort bekommen. Das weiß er nur noch nicht.

»Und du?«, fragt er.

Ich senke meinen Blick, aber ich sage nichts. Ich kann nicht.

»Wieso redest du nicht mit mir?«, fragt er leicht genervt, als er merkt, dass aus meinem Mund die Worte nicht so sprudeln wie aus seinem.

Keine Reaktion.

»Weil halt nicht jeder mit dir reden möchte!«, erwidert Leonard genauso pampig, nimmt mich an der Hand und rennt los. Damit hätte der Mann nicht gerechnet. Ich kann mir seinen verdatterten Blick genau vorstellen.

Ich muss anfangen zu lachen. Ich würde Leonard so gerne dafür danken, was er gerade gemacht hat, aber ich schaffe es nicht. So schnell es gekommen ist, ist mein Hochgefühl wieder vorbei, aber Leonard lässt sich nichts anmerken und erzählt munter weiter. Ich höre seiner Stimme so gerne zu.

Als es langsam dunkel wird, verabschieden wir uns voneinander.

»Ich fand den Tag mit dir echt schön. Das können wir gerne mal wiederholen – wir werden uns ja bestimmt bald wieder im Krankenhaus begegnen.« Leonard steht vor mir und sieht mich an. Er hat seine Hände in den Hosentaschen vergraben. Ich merke, dass er nicht weiß, ob er mich umarmen soll oder nicht, aber ich weiß es auch nicht.

Ich lächle und nicke. Jetzt wäre ein guter Augenblick, um ein paar Worte zu sagen. Nicht viel. Sie liegen mir auf der Zunge und ich bin mir sicher, dass Leonard sich freuen würde, wenn ich etwas sagen würde, aber ich schaffe es nicht, meine Gedanken zu zusammenhängenden Sätzen zu formen. Meine Zunge fühlt sich lahm und nichtsnutzig an, und mein Hals wie zugeschnürt. Deshalb bleibe ich auch heute wieder still und komisch, während sich unsere Wege langsam trennen.

Kapitel 19

»Jetzt wird meine kleine Ella tatsächlich erwachsen!« Mein Vater seufzt theatralisch. Seit drei Tagen trauert er um mich. Und immer wieder erwähnt er, dass sein kleines Mädchen so schnell groß geworden ist. Vielleicht ist das die natürliche Reaktion eines Vaters auf die erste männliche Bekanntschaft im Leben seiner Tochter. Er versichert mir jedenfalls immer wieder, dass es allen Vätern so gehen würde, wenn ihre Tochter plötzlich verliebt ist. Keine Ahnung, ob das stimmt, ich hab ja nur einen Vater. Aber ich habe nie erwähnt, dass ich in Leonard verliebt bin. Wir verstehen uns einfach gut. Doch irgendwie ist da schon so ein zartes Kribbeln in meinem Bauch, wenn ich an ihn denke. Und meine Gedanken fliegen ziemlich oft zu ihm.

Er seufzt, während wir durch den Krankenhausflur gehen. Ich sehe mich immer wieder um, doch Leonard ist nirgends zu sehen. Genauso wenig wie in den letzten Tagen. Er verbringt jetzt wahrscheinlich jede Minute oben bei seiner Mutter. Trotzdem bildet sich in meinem Bauch ein nervöses Loch, denn ich hoffe immer noch, dass wir uns durch Zufall irgendwo kurz begegnen.

»Wenn dieser Kerl meiner Prinzessin das Herz bricht, kann er was erleben!«

Jetzt droht mein Vater ihm schon wieder. Das hat er in den letzten Tagen ständig getan. Er übertreibt total. Irgendwas hat mein Vater da falsch verstanden.

»Papa, bleib doch mal ruhig. Wir haben uns ein einziges Mal

getroffen. Wir sind noch nicht einmal zusammen!«, stelle ich klar. »Und selbst wenn, werde ich schon nicht gleich ausziehen und nie wiederkommen.«

»Ach ja, aber das zeigt mir eben, dass auch du langsam groß wirst!« Er seufzt ein weiteres Mal und betritt dabei den Aufzug.

»Irgendwann werden alle Kinder groß, Martin!«, mischt sich meine Mutter ein.

»Ich weiß, ich weiß!« Das nächste theatralische Seufzen folgt.

»Mensch, Papa. Bleib doch mal cool. Nur weil ich mich mit einem Jungen gut verstehe, heißt das doch nicht gleich, dass das was für die Ewigkeit ist! Und wenn, ich bleibe doch immer noch deine Tochter!«

»Ich hab einfach nur Angst, dass er dir das Herz bricht. Ich kenne ihn doch gar nicht!« Mein Vater wischt sich imaginären Schweiß von der Stirn. Es scheint wirklich ein harter Job zu sein, Vater zu sein.

»Papa, noch mal zum Mitschreiben: Wir führen keine Beziehung! Seine Mutter hat Krebs und könnte jede Minute sterben, er hat überhaupt keine Zeit, etwas mit mir anzufangen.« Langsam bin ich von diesem Thema genervt. Egal, wie oft ich es meinem Vater erkläre, er fängt immer wieder damit an. Vielleicht sollte ich einfach aufhören, darauf einzugehen. Dann lässt er es auch irgendwann bleiben.

»Aber du magst ihn doch«, verteidigt er sich. Er hat recht. Ich mag Leonard echt gerne. Er hat ein gutes Herz und Humor, und er lässt mich den Krankenhausalltag für ein paar Minuten vergessen. Ich glaube, das tut uns beiden ganz gut.

»Papa, wie du gesagt hast: Wenn er mir das Herz bricht, brichst du ihm die Nase. Ist doch jetzt okay. Warte erst einmal ab, was passiert, bevor du dich schon vorher verrückt machst!«

Der Aufzug hält an und wir steigen aus. Im Flur steigt mir dieser penetrante Putzmittelgeruch in die Nase. Ich habe das Gefühl, hier wird den ganzen Tag geputzt.

»Du hast keine Zeit dafür, dir den Kopf über etwas zu zerbrechen, das überhaupt noch nicht eingetreten ist. Du musst dich jetzt um deinen Sohn kümmern. Levin braucht dich mehr als ich.«

»Ja, du hast ja recht.« Er nickt. »Ich muss für Levin da sein! Du wirst schon wissen, was du da tust.«

Meine Mutter sitzt seufzend auf einem der ungemütlichen Besucherstühle und badet im Selbstmitleid. Als sie fertig damit ist, Levin zu erzählen, wie sehr er ihr fehlt und wie sehr sie sich wünscht, dass er endlich wieder aufwacht, ist mein Vater an der Reihe. Vielleicht steckt er gerade in einer Midlife-Crisis, jedenfalls wird auch er vollkommen sentimental, und ich warte auf den Moment, in dem er die Fassung verliert und in Tränen ausbricht. Aber er reißt sich zusammen, seufzt ein paarmal und beendet seinen Vortrag irgendwann. Wenn Levin hören könnte, was sie sagen, würden ihm wahrscheinlich die Ohren platzen. Er hat all das schon tausend Mal gehört, nicht nur von meinen Eltern, sondern auch von mir. Natürlich wünscht sich jeder von uns, dass sich sein Körper regeneriert. Natürlich möchte jeder von uns, dass es ihm bald besser geht. Das ist doch klar.

Es ist okay, dass meine Eltern ihm das sagen, ich erwähne es schließlich auch ständig, wenn ich hier sitze. Wenn man weiß, dass die Person sowieso nicht mitbekommt, was man sagt, denkt man gar nicht darüber nach, wie oft man irgendwas schon erzählt hat. Man sagt es einfach noch mal und noch mal, wenn einem gerade danach ist. Manchmal tut das verdammt gut. Ich glaube, es befreit meine Eltern, dass sie sich alles von der Seele reden können. Levin wehrt sich nicht dagegen, er hört ihnen einfach zu. Auch ich genieße es, ihre Stimmen zu hören, denn das zeigt mir, wie sehr sie ihren Sohn lieben. Und das zu wissen beruhigt mich sehr, auch wenn ich nie daran gezweifelt habe.

Heute kommt Dr. Sommerfeld zur Visite.

»Es geht Levin immer besser. Er ist ja auch tagtäglich in bester Gesellschaft! Wir müssen seine Entwicklung noch ein paar

Tage beobachten, aber wir möchten bald versuchen, ihn aus dem Koma aufzuwecken.«

»Wirklich?« Meine Mutter kann gar nicht glauben, was er gerade gesagt hat.

»Sein Gehirn hat sich gut von der OP erholt. Aus medizinischer Sicht spricht nichts dagegen.«

Ich sehe meiner Mutter an, dass sie gerade sehr glücklich ist. Natürlich kann immer irgendwas passieren, aber Levin ist auf einem guten Weg. Ich habe es von Anfang an gewusst. Er wird das schaffen. Er wird wieder der Alte werden.

»Das sind ja tolle Nachrichten!« Meine Eltern müssen sich zusammenreißen, um Dr. Sommerfeld nicht vor Freude um den Hals zu fallen.

»Ja. Ich muss Sie aber trotzdem warnen, dass wir uns nicht sicher sind, ob er wirklich aufwachen wird. Aber er ist auf einem guten Weg. Ich glaube, die Anwesenheit seiner Schwester hat ihm sehr gut getan!«

Ich weiß nicht, ob ich mich über seine Bemerkung freuen soll. Damit hat er den wundesten Punkt meiner Eltern getroffen. Sie haben sich immer wieder Vorwürfe gemacht, dass sie es nicht übers Herz bringen, meinen Bruder täglich zu besuchen. Vielleicht hat Dr. Sommerfeld ihnen absichtlich verdeutlicht, dass nicht sie diejenigen gewesen sind, die im Krankenhaus immer für Levin da waren. Das hat er geschafft. Ich sehe, wie ihre Mienen in sich zusammenfallen und meine Mutter händeringend versucht, sich vor dem Arzt nichts anmerken zu lassen.

»Er schafft das schon!«, werfe ich schnell ein, um die entstandene Stille mit Worten zu füllen.

»Ja. Ja, er schafft das!«, stimmt mein Vater mir zu.

Meine Mutter nickt nur. Sie wartet sehnsüchtig auf den Moment, in dem Dr. Sommerfeld endlich den Raum verlässt. Ich glaube, der Mann ist ihr schon jetzt unsympathisch, einfach weil er die Wahrheit gesagt hat. Wir Menschen sind doch ganz schön komische Wesen. Wir wollen alle nicht angelogen werden, vertragen es aber auch nicht, die Wahrheit zu hören. Als Leonard mir gesagt hat, dass ich komisch bin, hat mich das auch getroffen, obwohl es mir schon längst klar war, dass das auf andere so wirkt. Manchmal ist es doch viel schöner, sich selber zu belügen, als die Wahrheit zu akzeptieren.

»Ich muss dann auch mal weiter. Haben Sie noch irgendwelche Fragen?« Der Arzt räuspert sich. Meine Eltern schütteln die Köpfe.

»Gut. Dann wünsche ich Ihnen noch einen schönen Tag. Es ist toll, dass Sie es zumindest ab und zu schaffen, Ihren Sohn zu besuchen!« Macht er das wirklich extra oder geht er tatsächlich davon aus, dass es meine Eltern vollkommen kalt lässt, dass sie Levin hier so oft allein gelassen haben? Ich fand das auch nicht gut von ihnen, aber oft habe ich es einfach heruntergeschluckt, weil ich wusste, dass es sie verletzen würde. Doch diesen Mann scheint das nicht zu interessieren.

»Ihnen auch!«, sagt mein Vater schnell. Ich werfe meiner Mutter einen kurzen Blick zu. Ich habe das Gefühl, ihre Augenringe sind dunkler geworden. Sie sieht müder aus als noch vor zehn Minuten.

Dann dreht Dr. Sommerfeld sich um und geht. Meine Eltern brauchen einen Moment, um wieder im Hier und Jetzt anzukommen. Sie atmen beide einmal tief durch. Und dann überlegen sie, ob sie sich über Levins Genesung freuen oder über Dr. Sommerfeld aufregen sollen.

»Wir hätten Levin wirklich öfter besuchen sollen!«, durchbricht mein Vater unser Schweigen. Immerhin irgendeine Reaktion.

»Ja, hätten wir.« Meine Mutter sieht traurig aus und legt ihre Hand auf die Decke über Levins Bein.

»Nein, hättet ihr nicht«, sage ich. Sie drehen sich beide zu mir um und sehen mich erschrocken an. Damit hätten sie nicht gerechnet. »Das hätte euch nur noch kaputter gemacht, als ihr sowieso schon seid. Ich habe doch gesehen, dass ihr beide auf eure eigene Art und Weise an der Situation zerbrochen seid. Mama, du hast begonnen, wie eine Verrückte das

Haus zu putzen und rauchst Kette.« Ich werfe meiner Mutter einen kurzen Blick zu, ehe ich fortfahre. »Papa, du hast dich in Arbeit ertränkt und lenkst dich mit blutigen Krimis ab, um vor der Realität zu fliehen. Das ist eure Art zu trauern. Natürlich habe ich es auch toll gefunden, wenn ihr hier gewesen seid, und ich habe euch ja auch immer wieder dazu überredet, aber ich glaube, wenn ihr jeden Tag hier gesessen hättet, so wie ich, hätte euch das noch viel fertiger gemacht. Zu Hause oder auf der Arbeit habt ihr Ablenkung gefunden und musstet nicht den ganzen Tag darüber nachdenken, wie hilflos ihr der Situation ausgeliefert seid. Das hätte euch hier, in vollkommener Stille und ohne Beschäftigung, in den Wahnsinn getrieben. Es ist besser für uns alle gewesen, dass ihr nicht jeden Tag hier gewesen seid.«

Ich hole tief Luft und sehe erst meine Mutter, dann meinen Vater an. Beide scheinen erschöpft zu sein. Die Sorgenfalten auf ihrer Stirn zeichnen sich deutlich ab. Mit jedem Tag mehr. Aber ich glaube, es tut ihnen gut, dass ich ihnen sage, dass sie das Richtige getan haben. Das beruhigt sie.

»Es gibt keinen Grund, euch Vorwürfe zu machen. Es ist alles okay, wirklich!«

Mein Vater senkt seinen Blick und sieht Levin für einen Moment an, als könnte er in seinem Gesicht ablesen, ob ich recht habe oder nicht.

»Ja, es stimmt, was du sagst, Ella. Vielleicht ist alles richtig so, wie es passiert ist. Kann schon sein, dass es so kommen musste«, sagt er, aber es klingt, als wäre er mit seinen Gedanken gar nicht richtig bei uns.

»Bestimmt. Und jetzt haben wir schon ganz bald wieder unseren Levin bei uns!«, sage ich aufmunternd.

Meine Mutter nickt und streicht sich dabei eine Haarsträhne aus der Stirn. »Hoffentlich.«

»Fängst du auch wieder an zu sprechen, wenn er aufgewacht ist? Ich meine, wenn dein Bruder wieder bei uns ist, könntest du doch wieder anfangen, mit Fremden zu reden?«, sagt sie nach ein paar Minuten. Und damit trifft sie meinen wunden Punkt. Volltreffer genau in die Mitte der Zielscheibe.

»Vielleicht. Es liegt ja nicht an Levin. Aber vielleicht werde ich dann die Kraft finden, mit meinen eigenen Problemen fertigzuwerden«, sage ich. Diesmal bin ich diejenige, die ziemlich nuschelt und nicht ganz bei der Sache ist.

Meine Mutter lehnt sich beruhigt zurück. Diese Antwort reicht ihr. Ich hätte nicht gedacht, dass es sie so beschäftigt, dass ich nicht mit Fremden spreche. Aber sie hat recht. Wenn Levin aus dem Koma aufgewacht ist, kann ich meine Kraft dafür verwenden, endlich mal Ordnung in mein eigenes Chaos zu bringen. Das bin ich mir schuldig. Und Leonard. Ich muss ihm danken für das, was er bei unserem Treffen für mich getan hat. Das schulde ich ihm.

Kapitel 20

Die Klingel ertönt. Als Frau Freitag den Raum betritt, setzen sich alle sofort auf ihre Plätze, bevor sie auch nur ein Wort gesagt hat. Sie ist eine nette und herzliche Lehrerin, aber sie hat etwas an sich, das dafür sorgt, dass die ganze Klasse Respekt vor ihr hat.

Sie begrüßt uns wie jeden Morgen hochmotiviert. Dann lässt sie sich mit einem Seufzen auf ihren Stuhl sinken, als hätte sie schon einen harten Tag hinter sich. Frau Freitag gehört zu den Lehrerinnen, die gerne Aufmerksamkeit bekommen – das genaue Gegenteil von mir. Sie liebt es, wenn sich die Welt um sie dreht. Und so genießt sie auch diesen Moment, als alle Augen auf sie gerichtet sind. Sie lässt sich noch einen Augenblick Zeit, dann beginnt sie, zu sprechen.

»Ihr habt es geschafft!«, verkündet sie stolz. Jedem im Raum ist das bewusst und doch tun wir alle so, als hätten wir es ohne ihre Bemerkung nie erfahren. Sofort geht ein erleichtertes Seufzen durch die Klasse und jeder lässt sich noch ein bisschen tiefer in seinen Stuhl sinken.

»Wochenlang habt ihr euch darauf vorbereitet, Dialoge vorzutragen. Die beiden anderen Prüfer waren hellauf begeistert davon, wie toll ihr das gemacht habt!« Frau Freitag strahlt über das ganze Gesicht. Sie ist stolz auf uns. Und ein bisschen auch auf sich selbst. Schließlich hat sie uns all das beigebracht. »Ich würde gleich gerne eure Noten mit euch besprechen. Dafür rufe ich euch in alphabetischer Reihenfolge nach draußen!«, verkündet sie. »Luca, du bist der Erste!«

Ihr Blick wandert zu dem Jungen in der letzten Reihe, der nie viel sagt und auch sonst fast noch weniger auffällt als ich. Wenn er krank ist, bemerkt man das erst, wenn der Lehrer fragt, wer fehlt. Das ist schon immer so gewesen.

Frau Freitag verlässt mit Luca den Raum. In der Klasse entsteht sofort eine große Unruhe. Alle plappern wild durcheinander. Jeder wippt nervös auf seinem Stuhl hin und her, weil er es kaum aushält, so lange zu warten. Obwohl Luca erst seit höchstens einer Minute vor der Tür ist, kommt es uns allen vor, als wäre er schon seit einer halben Ewigkeit dort. Die Minuten ziehen sich wie kaltes Kaugummi.

Luca kommt wieder rein und der Nächste geht raus. Das sind die Sekunden, in denen alle Gespräche eingestellt werden, denn jeder weiß, wenn wir zu laut sind, wird Frau Freitag uns mit Aufgaben zupflastern. Und das wollen wir natürlich nicht riskieren. Als die Tür wieder geschlossen ist, gehen die Gespräche weiter. Nur meine beste Freundin und ich schweigen.

Charlotte guckt starr geradeaus, als wäre sie eine Erstklässlerin, die vollkommen fasziniert von der Tafel ist. Grün, wow, wie das Gras. Als sie merkt, dass ich sie ansehe, wendet sie mir ihren Blick zu.

»Bist du aufgeregt?«, fragt sie. Ihre Stimme klingt, als wüsste sie nicht, was sie sonst fragen könnte. Doch die Hauptsache ist, sie sagt irgendwas, sonst werde ich noch verrückt vor Aufregung. Sie versucht cool zu wirken, aber ich merke, dass sie innerlich fast verrückt wird vor Nervosität. Obwohl sie ihre Hände im Schoß verschränkt, entgeht mir nicht, dass sie leicht zittern. Doch meine beste Freundin braucht sich überhaupt keine Sorgen zu machen. Sie wird sowieso eine total gute Note bekommen, schließlich hat sie einen sehr guten Dialog vorgetragen. Und das, obwohl ich es ihr echt schwer gemacht habe.

»Eigentlich nicht«, sage ich und zucke mit den Schultern. »Ich meine, ich weiß sowieso, dass ich nicht gut abgeschnitten habe. Ich habe ja kaum etwas gesagt. Aber mir geht es auch viel mehr darum, dass ich es überhaupt geschafft habe, etwas zu sagen, als darum, welche Note ich dafür bekommen werde!«, sage ich leise, so dass mich nur Charlotte hört.

Sie nickt. »Stimmt, da hast du recht. Ich bin total gespannt, welche Note ich bekommen werde. Ich habe mir echt Mühe gegeben!«

»Ich weiß. Und ich bin mir sicher, dass du eine sehr gute Note bekommen wirst. Alles andere wäre unfair!« Ich schenke ihr ein aufmunterndes Lächeln.

»Wie geht es eigentlich deinem Bruder?«, wechselt sie abrupt das Thema. Ich bin ein bisschen verwundert, aber ich beantworte ihre Frage. Es tut mir gut, mit jemandem über Levin reden zu können. Und irgendwie müssen wir die Zeit totschlagen.

»Besser. Der Arzt hat gestern gesagt, dass sie ihn bald aufwecken können!« Ich grinse sie an. Es erleichtert mich so sehr, dass ich weiß, dass ich Levin bald wieder zurückhaben werde.

»Das ist ja toll! Wird er dann noch sprechen oder laufen können oder wird er das alles wieder neu lernen müssen?«

Ich zucke mit den Achseln. »Keine Ahnung, aber es ist mir auch egal. Hauptsache, er ist wieder bei uns!«

»Stimmt. Ach, Ella, Levin hat so ein Glück, dass er so eine tolle Schwester wie dich hat.«

»Er hätte dasselbe für mich getan«, erwidere ich voller Überzeugung.

Sie nickt. »Das stimmt!«

Unser Gespräch wird davon unterbrochen, dass Tobias, der vor mir in der Liste steht, wieder reinkommt. Ich bin an der Reihe. Ich werfe Charlotte noch einen ermutigenden Blick zu, dann stehe ich auf und gehe vor die Tür. Jetzt fängt mein Herz doch ganz schön zu klopfen an, obwohl ich mir fest vorgenommen habe, nicht nervös zu sein.

»Ella!« Frau Freitag strahlt mich an. Ich setze mich ihr gegenüber und lächle verlegen.

»Ich bin wirklich begeistert! Ich habe es dir ja schon nach der Prüfung gesagt, aber ich sage es dir gerne noch einmal: Ich bin so stolz auf dich! Es ist wirklich toll, dass du dich getraut hast, etwas zu sagen. Natürlich hat man gemerkt, dass es dich viel Überwindung gekostet hat, aber du hast das ganz toll gemacht. Ich bin ehrlich stolz auf dich.«

»Danke«, sage ich leise und lächle verlegen. Ich wünschte, ich könnte das auch vor Leonard. Ich weiß nicht, wo ich hingucken soll, deswegen sehe ich die Tischplatte an.

»Kommen wir jetzt zu deiner Note …«

Ich habe das Gefühl, mein Herz würde noch ein bisschen kräftiger gegen meine Brust schlagen, als sie diese Worte ausspricht.

»Du kannst dir wahrscheinlich schon denken, dass deine Note jetzt nicht die allerbeste ist. Deine Partnerin ist ziemlich gut gewesen und eigentlich das genaue Gegenteil von dir – redefreudig und entspannt. Im Herzen würde ich dir sofort eine Eins geben – dafür, dass du seit so vielen Wochen kein einziges Wort in meinem Unterricht gesagt hast, hast du das echt gut gemacht. Aber Noten beurteilen eben nur die Leistungen, die in dem Moment erbracht worden sind. Deshalb kann ich dir leider nur eine Vier geben. Zumindest auf diese Prüfung. Bei der Gesamtnote werde ich deine Krankheit berücksichtigen, aber auf diesem Zettel hier muss das stehen, was du erbracht hast. Doch du hast ja auch noch die schriftliche Abschlussprüfung, um das wieder rausholen zu können.« Sie lächelt.

Ich weiß, dass sie mich beruhigen will, dabei bin ich vollkommen entspannt. Eine Vier ist toll. Hätte ich gar nichts gesagt, hätte ich eine Sechs bekommen. Für mich ist diese Note vollkommen okay. Ich nicke.

»Feiere deinen Erfolg ein bisschen. Eines Tages wirst du bestimmt genug Kraft haben, um dein traumatisches Erlebnis zu verarbeiten und wieder zu sprechen. Ich würde es mir sehr für dich wünschen!« Sie lächelt. Ich nicke.

»Na dann hol mal den Nächsten raus! Die sind alle ganz schön nervös, was?«

Ich nicke erneut. Für heute habe ich genug mit ihr geredet.

Ich stehe auf und gehe wieder rein.

»Und, was hat Frau Freitag gesagt?«, fragt Charlotte direkt, als ich mich auf meinen Platz fallen lasse. Sie guckt mich mit großen Augen an.

»Dass sie mir im Herzen direkt eine Eins geben würde, aber sie meine Leistung beurteilen muss. Deswegen habe ich nur eine Vier bekommen. Aber sie meint, das kann ich mit der schriftlichen Prüfung wieder retten! Außerdem bin ich zufrieden mit der Note. Es hätte wirklich schlimmer kommen können«, sage ich.

»Das ist doch klasse! Ich bin wirklich stolz auf dich!« Charlotte strahlt.

»Danke!«, erwidere ich. »Und sie hat gesagt, dass du es sehr gut gemacht hast – du hast also gar keinen Grund, so nervös zu sein!«

Charlotte sieht sofort ein bisschen erleichtert aus. Der erste Stein fällt ihr vom Herzen.

Die Stunde zieht dahin, alle wippen nervös auf ihren Stühlen und warten, dass sie endlich ihre Noten erfahren. Als auch Charlotte an der Reihe ist, bleibe ich alleine zurück und habe ein paar Minuten für mich, um darüber nachzudenken, was eigentlich passiert ist. Ich habe tatsächlich wieder vor jemandem gesprochen, den ich nicht kannte. Und nur deshalb habe ich meine Prüfung nicht vermasselt. Das lässt sich in Schulnoten überhaupt nicht ausdrücken.

Charlotte kommt ziemlich schnell wieder rein. Bei ihr hat Frau Freitag wahrscheinlich nicht viel zu sagen gehabt, sie hat eine so gute Prüfung abgelegt. Ihr Gesichtsausdruck bestätigt diesen Gedanken.

»Ich habe eine Zwei bekommen! Danke, Ella, dass du wenigstens ein paar Worte gesagt hast und ich somit die Chance hatte, zu zeigen, was ich kann! Wirklich, danke. Mir ist bewusst, dass dir das nicht leicht gefallen ist!« Meine beste Freundin fällt mir überglücklich um den Hals.

»Ich wusste, dass dir diese Prüfung wichtig ist. Das bin ich dir nach all dem, was du in letzter Zeit für mich getan hast, wirklich schuldig gewesen! Und das ist der beste Weg gewesen, um dir einmal Danke zu sagen.«

»Ach Quatsch! Nein, wirklich. Ich habe ja gemerkt, wie nervös du warst und wie schwer es dir gefallen ist, vor den dreien zu sprechen. Trotzdem hast du es so toll gemacht. Danke.« Charlotte löst sich von mir und strahlt überglücklich.

»Bitte!«

Als alle ihre Noten gesagt bekommen haben, spürt man die Erleichterung in der Klasse. Manche grinsen, als hätten sie gerade ein Rennen gewonnen, andere sehen eher so aus, als wären sie knapp am Siegertreppchen vorbeigeschlittert. Aber alle sind sie froh, dass sie den Wettbewerb hinter sich gebracht haben.

Der Rest des Tages fliegt an jedem von uns vorbei. Jetzt kann uns erst einmal nichts mehr passieren. Bis zu den schriftlichen Prüfungen sind es noch drei Monate, und danach werden sich unsere Wege trennen, obwohl wir uns sechs Jahre lang begleitet haben. Von heute auf morgen wird plötzlich alles vorbei sein. Doch bis dahin wird noch so viel passieren. Und die erste Hürde haben wir jetzt alle mit Bravour gemeistert.

Als ich zu Hause ankomme, ist es still im Haus. Komisch. Meine Mutter ist doch sonst immer da. Vielleicht sortiert sie im Keller irgendwelche alten Sachen. Ich gehe nach unten, um nachzusehen, ob sie dort ist. Aber im Keller ist es dunkel. Vielleicht hat sie sich endlich mal wieder mit einer ihrer Freundinnen getroffen. Jetzt, wo sie weiß, dass Levin wieder aufwachen wird, könnte sie ja langsam mal damit anfangen, ihre sozialen Kontakte wieder zu pflegen. Sie kann aufhören, sich solche Sorgen zu machen. Natürlich kann jederzeit etwas passieren, aber man muss nicht immer vom Schlimmsten ausgehen. Levin wird bald wieder aufwachen, und meine Eltern werden hoffentlich wieder die werden, die sie vor dem Unfall gewesen sind. Vielleicht verbrennt meine Mutter gerade auch ihre Zigaretten, weil sie die jetzt gar nicht mehr braucht. Wenn sie keine Kippen mehr besitzt, kann sie gar nicht erst in die Versuchung kommen, eine zu rauchen.

Ich gehe in die Küche. Es riecht nach leckerem Essen. Erst jetzt spüre ich, was ich eigentlich für einen Hunger habe. Mein Blick schweift über die Arbeitsfläche. Leider steht ihr Aschenbecher immer noch neben dem Herd und auch der kleine Turm aus Zigarettenschachteln liegt noch da. Ich glaube, sie wird erst aufhören sich Sorgen zu machen, wenn sie die Gewissheit hat, dass Levin tatsächlich wach ist und dass mit ihm alles in Ordnung ist. Wahrscheinlich sorgt sie sich im Moment darum, dass er irgendwelche bleibenden Schäden davonträgt. Sie macht sich einfach viel zu verrückt.

Ich sehe mich in der Küche um. Auf der Arbeitsplatte liegt ein Zettel, auf dem steht, dass sie einkaufen gefahren ist. Das erklärt die Stille im Haus.

Ich nehme mir etwas von dem Gemüseauflauf, der zum Warmhalten im Backofen steht, und gehe damit in mein Zimmer. Vielleicht wird ja bald wieder alles in Ordnung sein. Vielleicht werde ich eines Tages wieder sprechen. Und dann wird Levin wieder mit mir gemeinsam am Mittagstisch sitzen und die Stille im Haus mit Worten füllen.

Kapitel 21

Ich sitze an meinem Schreibtisch und kaue auf einem Stück Aubergine. Seit einer Viertelstunde brüte ich über einem Text zum Thema Erbkrankheiten. Eigentlich finde ich die Thematik interessant, aber meine Gedanken flitzen immer wieder zu Leonard. Ich vermisse ihn. Hoffentlich kommt er noch einmal auf mich zu, wenn wir uns im Krankenhaus sehen. Obwohl ich auch verstehen würde, wenn ihm das alles zu viel ist. Seine Mutter ist schließlich todkrank. Das verlangt viel Kraft von ihm.

Ich vernehme das Knacken unseres Haustürschlosses. Kurz darauf betritt meine Mutter das Haus.

»Hallo, Ella!«, ruft sie. »Ich bin wieder da!«

Ich löse mich von meinen Hausaufgaben und mache mich auf den Weg nach unten. Eigentlich stehe ich nie sofort auf, wenn sie mich ruft, aber so habe ich wenigstens eine Ausrede, um nicht weiter Hausaufgaben machen zu müssen. Als ich unten ankomme, ist meine Mutter schon in die Küche verschwunden, wie eigentlich immer in den letzten Wochen.

Zwei prall gefüllte Tüten stehen auf der Arbeitsfläche und meine Mutter ist damit beschäftigt, sie zu leeren.

»Hallo, Mama«, sage ich, als ich in der Küche ankomme.

»Hallo«, erwidert sie, obwohl sie mich eben schon begrüßt hat.

»Hast du neues Nutella gekauft?«, frage ich.

Sie nickt und hält es in die Höhe. Vielleicht sollte meine Mutter anfangen, Nutella in Massen zu sich zu nehmen. Es heißt ja, dass Schokolade gegen Kummer helfen soll. Man wird dann zwar dick, aber psychisch soll es einem davon wesentlich besser gehen. Und auch körperlich wäre es mit Sicherheit besser, ein ganzes Glas Nutella am Tag zu löffeln, als auch nur eine einzige Zigarette zu rauchen.

Sie räumt die restlichen Lebensmittel in die Kühltruhe und in die Schränke. Ich sehe ihr dabei zu.

»Als ich vor ein paar Tagen die Zeitschriften im Wohnzimmer geordnet habe, sind mir einige tolle Rezepte in die Hände gefallen! Ich wollte ein paar davon mal ausprobieren, aber ich kann mich einfach nicht entscheiden, mit welchem ich beginnen soll.« Meine Mutter sieht mich zähneknirschend an. »Möchtest du dir ein Rezept aussuchen? Vielleicht bist du entscheidungsfreudiger als ich. Die Papierschnipsel liegen im Wohnzimmer auf dem Regal.«

Ich kann mir genau vorstellen, was das für Rezepte sind. In diesen Klatsch-Zeitschriften sind doch immer entweder irgendwelche Kochanleitungen, mit denen man angeblich perfekt abnehmen kann, oder aber Gerichte, die ungenießbar sind. Ich weiß gar nicht, warum die so etwas überhaupt drucken. Sie sollten auch mal an die Menschen denken, die so was dann essen müssen. Aber ich weiß, dass meine Mutter sich freut, wenn ich ihr ein Rezept raussuche. Und vielleicht schmeckt es ja gar nicht so schlimm, wenn sie es mit ganz viel Liebe für uns kocht.

»Ja, ich geh gleich mal ins Wohnzimmer und schaue, was du da herausgesucht hast!«, sage ich. »Aber was ist, wenn ich keins der Rezepte sonderlich appetitlich finde?« Vielleicht habe ich bisher nur schlechte Frauenzeitschriften zwischen die Finger bekommen, aber ich habe das Gefühl, dass diese Frage berechtigt ist.

»Du wirst sie super finden, Ella!«, entgegnet meine Mutter euphorisch.

»Das war nicht meine Frage«, erwidere ich. Ich meine es wirklich ernst. Ich esse bestimmt kein Garnelensüppchen mit Mangoeinlage und Kümmelbrot. Mein Vater würde so was auch nur aus Liebe zu meiner Mutter verdrücken. Es gibt bestimmt Menschen, die so etwas mögen, aber ich nicht. Das weiß meine Mutter ganz genau.

»Dann nimmst du das, was dir am wenigsten unappetitlich erscheint!«, antwortet sie. Sie faltet die leere Plastiktüte zusammen.

Ich merke, dass sie es nicht gut findet, dass ich diesen Rezepten noch nicht einmal eine Chance gebe. Ich glaube, meine Mutter hält mich sowieso für vollkommen unkulinarisch. Aber sie kocht diese Rezepte ja auch nur, um eine Beschäftigung zu haben. Das heißt, sie wird sie einmal kochen und dann nie wieder. Wenn Levin aus dem Koma aufgewacht ist, wird es bei uns wieder normale Kost geben. Es sei denn, meiner Mutter schmeckt ein Gericht so gut, dass sie es dann als feste Mahlzeit einplanen wird. Da kann ich nur hoffen, dass diese Woche etwas Essbares für normale Menschen im Rezepte-Sortiment dabei ist. Lustlos gehe ich ins Wohnzimmer und frage mich, ob ich Angst davor haben muss, was mich gleich erwartet.

Meine Mutter hat einen ganzen Stapel an Rezepten herausgesucht. Entweder will sie die Nachbarschaft gleich mit versorgen, oder sie will genug ausgefallene Gerichte auf Vorrat haben, falls Levin noch ein bisschen länger im Koma liegen bleiben muss. Seufzend setze ich mich auf den Wohnzimmerboden und breite die Rezepte vor mir aus. Zwanzig Stück. Es scheint offensichtlich sehr viele komische Gerichte zu geben. Ich frage mich, ob so was die Leute nicht abschreckt, wenn sie das lesen. Schon allein wegen dieser Rezepte würde ich die Zeitschrift nicht kaufen.

Eine geschlagene Viertelstunde verbringe ich damit, die schlimmsten Rezepte auszusortieren und die essbaren auf einen anderen Stapel zu legen. Wer zur Hölle möchte schon Quinoa-Gemüsepuffer mit Tofufleisch essen? Die Armen, die das nach einem anstrengenden Arbeitstag vor die Nase gesetzt bekommen. Da geht man ja lieber hungrig ins Bett. Auch das Erdnuss-Ingwer-Hühnchen mit Vollkornnudeln an Salbei-Soße spricht mich jetzt nicht wirklich an. Ich seufze. Man muss schon extrem viel Langeweile haben, um so etwas kochen zu wollen. Oder eben ein krankes Kind.

Als ich vor dem zweiten Stapel sitze (der deutlich kleiner ausfällt als der Stapel der aussortierten Rezepte), gehe ich die verschiedenen Kreationen noch einmal durch. Genau zwei von zwanzig haben es auf diesen Stapel geschafft, besser, als ich gedacht habe. Aber unbedingt essen müssen, muss ich das alles nicht.

Ich schwanke zwischen Gemüseomelette mit Feta-Käse und Spinat-Quiche mit Pinienkernen. Am Ende gewinnt das Omelette. Die verschiedenen Gemüsesorten klingen alle ganz lecker. Und – wie gesagt – ich werde es nie wieder essen müssen. Das werde ich überleben. Ein bisschen Gemüse schadet mir ja nicht. Mein Vater wird wahrscheinlich nicht so begeistert davon sein. Wenn er wüsste, was ihn hier zu Hause erwartet, würde er auf dem Rückweg von der Arbeit noch einen Stopp bei McDonald's einlegen. Doch er weiß es nicht. Vielleicht ist das auch besser so.

Ich packe die restlichen Rezepte zusammen und gehe wieder in die Küche.

»Ich hab was gefunden!«, verkünde ich freudig.

»Na, siehst du. Ich wusste, dass da auch was für dich dabei ist«, erwidert meine Mutter. »Man muss nicht immer erst einmal meckern, Ella!«

Ich gehe nicht auf ihre Bemerkung ein und reiche ihr das Rezept. »Gemüseomelette mit Feta-Käse.«

»Toll! Es schadet unserer Familie nicht, wenn wir uns mal ein bisschen gesünder ernähren. Immer dieses fettige Essen tut uns auf Dauer sowieso nicht gut.« Meine Mutter klingt euphorisch. In den letzten Wochen ist die Zubereitung von Essen zu ihrer großen Liebe geworden. Wenn meine Mutter irgendwann wieder arbeiten geht, wird sie bestimmt eine Umschulung zur Ernährungswissenschaftlerin machen. Levin muss ganz schnell aus dem Koma aufwachen, sonst werden ihre Rezepte immer ausgefallener werden. Spätestens in zwanzig Tagen werden wir dann doch bei den Quinoa-Gemüsepuffern landen. Am besten quartiere ich mich frühzeitig aus. Charlotte wird mein Leid bestimmt gut nachvollziehen können und zur Entschädigung erst einmal mit mir einen Burger essen gehen.

Meine Mutter liest sich das Rezept konzentriert durch, obwohl ich mir sicher bin, dass sie alle zwanzig auswendig aufsagen könnte. Wenn ich so darüber nachdenke: Ich glaube, sie lagen auf dem Stapel nach dem Alphabet geordnet. Vielleicht sollte ich schnell ins Wohnzimmer zurückgehen und sie neu sortieren. Meine Mutter findet es bestimmt nicht gut, wenn jemand ihre Ordnung durcheinanderbringt. Aber wenn ich es nicht tue, hat sie morgen früh immerhin ein bisschen was zu tun. Und damit tue ich ihr eigentlich den größten Gefallen.

Auf meine Hausaufgaben habe ich jetzt eigentlich keine Lust. Deswegen mache ich mir in meinem Zimmer den Fernseher an und sehe mir irgendeine Nachmittagssendung an. Zwar nicht das Niveauvollste, was das Fernsehen zu bieten hat, aber unterhaltsam.

Sofort kreisen meine Gedanken wieder um Leonard. Ich frage mich, was er gerade macht. Sitzt er mit seiner Mutter im Park? Oder lenkt er sich auch damit ab, dass er fernsieht? Denkt er manchmal an mich? Ich kann mich kaum auf die Handlung der Sendung konzentrieren. Viel lieber wäre ich jetzt bei ihm und würde ihm beistehen. Ich möchte mir gar nicht vorstellen, in seiner Situation zu sein. Er wird bald keine Mutter mehr haben. Und seit Wochen wacht er jeden Morgen auf und weiß nicht, ob sie auch aufgewacht ist. Ich glaube, es gibt nichts Schlimmeres, als in seiner Lage zu sein. Leonard ist noch viel zu jung, um so was durchmachen zu müssen. Ich mache den Fernseher wieder aus. Das ergibt jetzt sowieso keinen Sinn. Doch alleine in meinem Zimmer habe ich auch das Gefühl, dass mir die Decke auf den Kopf fällt. Ich mag jetzt nicht alleine sein.

Meine Mutter steht in der Küche und raucht. Ich habe nichts anderes erwartet, und doch fühlt es sich komisch an, sie schon wieder qualmen zu sehen. Es stinkt penetrant nach Tabak. Es würde nichts bringen, mit ihr darüber zu diskutieren. Sie wird es erst lassen, wenn Levin wieder bei uns ist. Deshalb tue ich einfach so, als würde es mich überhaupt nicht stören, dass sie mit einem halbverglühten Glimmstengel zwischen den Fingern am Herd steht und die Wand anstarrt. Ich kenne das Gefühl, das ihr in diesem Moment im Magen liegt. Ich weiß, wie es ist, wenn man einfach auf einen Punkt starrt, weil man einen Ruhepol sucht, um nicht zu explodieren. In ihrem Kopf ist es dafür umso lauter. Viel zu laut.

Ich setze mich auf die Arbeitsplatte. Meine Mutter erwacht aus ihrer Trance und holt eine Reihe an Gemüsesorten heraus. Sie sagt kein einziges Wort, wahrscheinlich hat sie einfach keine Lust, zu reden. Und das ist okay.

Für einen Moment hat es sie glücklich gemacht, dass sie weiß, dass Levin auf dem Weg der Besserung ist. Doch schon im nächsten Moment ist ihr klargeworden, dass noch nichts feststeht. Man ist nie auf der sicheren Seite, bis zu dem Moment, in dem mein Bruder seine Augen öffnet. Und bis zu diesem Augenblick wird sie sich Sorgen um ihn machen. Bis zur letzten Sekunde.

»Soll ich dir beim Schnippeln helfen?«, frage ich.

»Nein, nein, das mache ich schon!«, entgegnet sie und legt hastig ihre Hände auf die Paprikaschoten, als müsste sie sie vor mir beschützen. Eigentlich ist das genau die Antwort, die erwartet habe. Trotzdem fühlt es sich komisch an.

»Ich habe eine Vier in der mündlichen Prüfung in Englisch!«, erzähle ich, um ein Gespräch anzufangen. Ich kann diese Stille nicht ertragen.

»Du hast gesprochen?«, fragt sie ungläubig.

»Ja. Sonst hätte ich Charlottes Prüfung versaut, und das wäre nicht fair gewesen«, erwidere ich.

»Wow, damit hätte ich nicht gerechnet! Eine Vier ist toll. Und die Note kannst du mit der schriftlichen Prüfung noch aufbessern!« Meine Mutter kippt die Stückchen der ersten Paprikaschote in eine Schüssel. Ich hätte nicht gedacht, dass sie sich so freuen würde. Aber vielleicht ist das einer der Glücksstrohhalme, an denen sie sich so verbissen festklammert.

Auf meine Lippen schleicht sich ein Lächeln. »Ja, das hat Frau Freitag auch gesagt.« Ich nicke und schiebe mir ein Stück Paprika in den Mund.

Und dann versinken wir wieder im Meer des Schweigens. Meine Mutter schneidet das restliche Gemüse. Sie macht sich die nächste Zigarette an. Macht sie sich keine Gedanken darüber, dass unser Essen gleich nach Tabak schmeckt? Wahrscheinlich spürt sie das auf der Zunge gar nicht mehr, weil ihre Geschmacksnerven schon so sehr daran gewöhnt sind. Ich wünschte, sie würde die Zigarette weglegen und merken, dass uns das nicht weiterbringt. Doch leider bleibt das nur ein Wunsch. Nichts geschieht.

»Du machst dir Vorwürfe, weil du Levin so selten besucht hast, oder?«, werfe ich in die Stille. Vielleicht werde ich es gleich bereuen, meine Gedanken laut ausgesprochen zu haben, aber es tut weh, meine Mutter so fertig zu sehen, auch wenn ich seit Wochen kein anderes Bild zu sehen bekomme und mich langsam daran gewöhnt haben müsste. Heute ist nicht Levin der Grund dafür, dass ihre Augen nicht mehr leuchten. Heute ist sie selbst der Grund dafür. Das ist neu.

»Ja.« Sie pustet den Rauch langsam aus. »Es war ein Fehler, ihn nicht zu besuchen. Da hat Dr. Sommerfeld recht. Du warst es, die ihm Kraft gegeben hat. Nicht Papa und ich«, sagt meine Mutter nachdenklich.

»Mama, du kennst meine Meinung dazu. In meinen Augen ist das kein Fehler gewesen. Dieser Arzt ist immun gegen Gefühle, er hat in seinem Berufsalltag gelernt, die Schicksale seiner Patienten nicht zu nah an sich heranzulassen. Dieser Mann kennt euch gar nicht. Er hat überhaupt kein Recht, so was zu behaupten«, kontere ich.

»Trotzdem fühlt es sich irgendwie falsch an.« Sie konzentriert sich wieder auf das Schneiden der Paprika.

»Hör auf, dir Vorwürfe zu machen. Damit hilfst du Levin auch nicht, und du leidest so schon genug!«

Meine Mutter denkt nach über das, was ich gerade gesagt habe. »Ich weiß. Aber er ist unser Sohn. Unser Verhalten war nicht richtig. Daran kannst auch du nichts ändern.«

Obwohl es noch so viel gibt, was ich ihr entgegnen könnte, schweige ich. Wir müssen jetzt zusammenhalten und füreinander stark sein. Das ist das, was zählt. Nicht, wer recht hat.

Kapitel 22

Am nächsten Tag gehe ich meinen Bruder besuchen. Ich glaube, es hat mir gutgetan, einen Tag Abstand vom Krankenhaus zu bekommen. Jetzt habe ich wieder genug Kraft, um an Levins Bett sitzen zu können.

Ich gehe durchs Treppenhaus. Auch hier riecht es so stark nach Desinfektionsmittel, dass meine Nase kribbelt. Niemand begegnet mir. Die meisten Menschen haben nicht die Kraft dazu, diese Treppen zu steigen, deswegen nehmen sie lieber den Aufzug. Die einen, weil ihre Krankheit sie so auslaugt; die anderen, weil es sie so fertig macht, dass einer der Menschen, der ihnen nahesteht, im Krankenhaus liegt.

Ich nehme zwei Stufen auf einmal. Es tut mir gut, meinen Körper zu spüren und zu wissen, dass von mir auch noch ein Teil übrig ist. In den letzten Wochen habe ich mein ganzes Leben nach Levin ausgerichtet. Ich muss für meinen Bruder da sein, doch am Ende bleibt nur wenig von mir selber übrig. Es ist, als wären die Fußabdrücke, die ich hinterlasse, nicht meine eigenen, sondern Levins. Ich spreche nicht mehr mit Fremden; noch nicht einmal mit Hannes, den ich fast jeden Tag sehe und den ich echt mag. Ich habe aufgehört, Bücher zu lesen, obwohl ich es früher so oft getan habe. Ich fühle mich wie der Klebstoff zwischen meinen Eltern und meinem Bruder. Ich werde zerquetscht von ihren Gefühlen, obwohl ich selber müde und kaputt bin. In dem Moment, als ich heulend auf der Toilette saß, habe ich es mir zum ersten Mal eingestanden: Ich bin genauso kaputt wie meine Mutter und mein

Vater und wie alle anderen, die am Bett eines Komapatienten sitzen müssen, aber ich bin immer davor weggerannt. Eigentlich sind es nicht meine Eltern, die vor irgendetwas wegrennen. Sie sind die, die ehrlich zu sich selbst sind und sich darüber im Klaren sind, dass es sie zerstören würde, jeden Tag hier zu sitzen. Ich bin die, die sich selber belogen hat, weil sie das Gefühl gehabt hat, es sei ihre Pflicht, dass wenigstens einer von uns an Levins Bett wacht. Still und heimlich hat mich das kaputtgemacht, ich habe meine eigene Krankheit hintangestellt, um mich voll und ganz meinem Bruder widmen zu können. Damit muss ich aufhören. Ich muss mich meinen eigenen Problemen stellen. Ich habe Mutismus. Ich bin krank. Und ich möchte wieder sprechen können. Ich schäme mich dafür, dass ich nicht mit Leonard rede, obwohl er so nett zu mir ist. Das muss ich ändern. Aber ich weiß, dass ich es nicht schaffen werde, während mein Bruder im Koma liegt. Ich habe einmal angefangen, für ihn da zu sein, also muss ich das jetzt auch bis zum Schluss durchziehen.

Auf der Station angekommen muss mich erst mal orientieren, weil das Treppenhaus an einem anderen Punkt liegt als der Aufzug. Als ich das Zimmer gefunden habe, atme ich noch einmal tief durch, bevor ich auf die Tür zugehe. Dr. Sommerfeld hat gesagt, dass Levin bestimmt bald aufwachen wird. Das heißt, dass es ihm den Umständen entsprechend gut gehen muss. Und das beruhigt mich.

Ich lasse mich auf einen der harten Besucherstühle sinken und brauche wie immer einen Moment, um eine angenehme Sitzposition zu finden. Heute habe ich keine Lust, zu sprechen. Ich könnte es, wenn ich es wollte, aber ich will nicht. Ich genieße die Stille im Raum. Niemand stört sie. Selbst die Musik lasse ich heute aus. Vielleicht tut es meinem Bruder auch mal ganz gut, wenn er zwar jemanden an seiner Seite hat, aber dennoch seine Ruhe. An welchem Ort findet man schon mehr Stille als am Bett eines Komapatienten?

Eine halbe Stunde vergeht, in der ich den ersten Knospen

vor dem Fenster beim Sprießen zusehe und die Umgebung des Krankenhauses in mich einsauge wie ein nasser Schwamm, obwohl ich sie mir schon so oft angesehen habe. Es ist immer noch so still, dass mir mein eigener Atem verdammt laut vorkommt. Doch dann klopft es plötzlich.

»Guten Tag, Ella!« Hannes strahlt. Er wirkt sehr motiviert, wie immer eigentlich, aber heute macht er damit meine Ruhe kaputt. Und das stört mich. Trotzdem lächle ich vorsichtig.

»Heute ist es ja ganz schön still hier. Keine Musik, keine Erzählungen. Ruhe«, stellt er überrascht fest.

Ich nicke.

»Na, dann möchte ich eure Stille auch gar nicht weiter stören. Ich muss nur mal schnell gucken, ob bei deinem Bruder alles okay ist.« Er wendet sich den Maschinen zu, macht Häkchen auf ein Blatt Papier und kritzelt irgendwas darauf. Innerlich lache ich bitter. Es ist fast lustig. Er sieht eigentlich nicht nach, wie es meinem Bruder geht, sondern er prüft, ob die Maschinen, die ihn am Leben halten, ihre Funktion erfüllen.

»Alles super!«, stellt er nach wenigen Minuten fest.

Ich nicke. Mir ist eigentlich nicht nach lächeln zu Mute. Trotzdem tue ich es, um Hannes nicht zu beunruhigen.

»Ich wünsche dir noch einen schönen Tag!« Als ich nicke, dreht er sich um und geht. Endlich, denke ich, obwohl es nur wenige Minuten gewesen sind.

Das Zimmer wird wieder von Stille erfüllt. Ich atme tief durch, um die Ruhe in mich aufzunehmen. Die Zeit zieht einfach an mir vorbei und ein weiterer Tag nimmt seinen Lauf.

Als ich im Krankenhausfoyer ankomme, steht Leonard am Kaffeeautomaten. Bald wird er vom Koffein abhängig sein. Aber manchmal ist Kaffee eben das Einzige hier, das einem zeigt, dass man noch lebt. Ich bleibe stehen und hoffe, dass er mich anspricht. Selber traue ich mich nicht, auf ihn zuzugehen. Damit ich nicht zu bescheuert aussehe, hole ich mein Handy raus und tue so, als würde ich eine ganz wichtige Nachricht lesen.

»Hey, Ella!«, höre ich nach einigen Sekunden Leonards Stimme neben meinem Ohr. Sein warmer Atem auf meiner Haut fühlt sich gut an. Irgendwie vertraut.

Ich blicke von meinem Handy auf und verstaue es hastig in meiner Tasche. Auf meinen Lippen liegt ein breites Grinsen. Verdammt. Jetzt führe ich mich doch auf wie ein verliebter Teenager. Aber bin ich das nicht? Ein verliebter Teenager, der einfach in den letzten Wochen viel zu schnell erwachsen werden musste? Ich presse meine Lippen aufeinander. Ich hätte mich nicht in ihn verlieben dürfen. Aber es sieht so süß aus, wenn er lacht.

»Geht es dir gut?«, fragt er und nippt an seinem Kaffeebecher.

Ich nicke. Ihm ist klar, dass es nicht besonders toll ist, seine Freizeit hinter diesen kahlen Mauern verbringen zu müssen. Aber wenn ich ihn sehe, wird das Ganze hier irgendwie erträglich. Das ist ein Grund, mich fast schon darauf zu freuen, endlich wieder ins Krankenhaus fahren zu können.

»Möchtest du mal?«, fragt er und hält mir seinen Kaffeebecher hin. Ich gucke einmal zwischen ihm und dem Becher hin und her. Er lächelt immer noch. Ich nehme ihm den Becher aus der Hand und trinke einen Schluck. Einfach, weil es *sein* Becher ist. Und irgendwie habe ich das Gefühl, dass der Kaffee heute besser schmeckt als sonst. Ich gebe ihm den Becher zurück. Leonard hat kleine, süße Grübchen, wenn er lächelt.

»Ähm, Ella?« Er fährt sich verlegen durch seine blonden Haare. »Also … Ich wollte dich fragen, ob du vielleicht Lust hättest, mal meine Mutter kennenzulernen? Ich glaube, sie würde sich wirklich freuen, dich zu sehen.« Er sieht mich mit strahlenden Augen an. »Und wer weiß, wie lange ihr noch bleibt«, fügt er hinzu und senkt seinen Blick.

Auch wenn ich ihm nicht in die Augen blicken kann, kann ich mir doch genau vorstellen, wie matt und müde sie plötzlich aussehen. Er hat ihr also tatsächlich schon von mir erzählt. Seine Gedanken rattern und ich sehe ihm an, dass er sich fragt, ob es richtig gewesen ist, diese Frage zu stellen. Er sieht wieder zu mir hoch.

Ich nicke schnell, um ihm seine Angst zu nehmen. Es ist so traurig, dass er sich Gedanken darüber machen muss, wie viel Zeit seiner Mutter noch bleibt.

Er strahlt. »Jetzt?«, fragt er.

Ich nicke wieder. Eigentlich hatte ich vor, jetzt nach Hause zu fahren, aber in einem Krankenhaus weiß man nie, was morgen passieren wird. Vielleicht ist seine Mutter morgen schon tot.

Er geht in Richtung Aufzug und drückt auf den Knopf. Wir stellen uns nebeneinander in den Lift, aber betrachten beide unsere Schuhe, weil wir nicht so wirklich wissen, wohin mit unseren Blicken. Keiner von uns sagt etwas.

Als wir auf der Station für Krebspatienten ankommen, geht Leonard zielstrebig auf das Zimmer seiner Mutter zu. Wahrscheinlich würde er es im Schlaf finden, genauso wie ich das meines Bruders.

Er wirft mir einen Blick zu, um sich zu versichern, dass ich bereit bin, und erst als ich nicke, öffnet er die Tür. Er geht mit festen Schritten auf das Bett seiner Mutter zu. Ich folge ihm vorsichtig. Hier wirkt es noch steriler als in Levins Zimmer. Das erschreckt mich irgendwie.

»Mama, ich hab Besuch mitgebracht!«, verkündet er freudig.

Seine Mutter lächelt nur schwach. Ich sehe ihr an, wie anstrengend diese eine Bewegung gerade für sie war. Sie wirkt, als hätte sie eigentlich keine Kraft dazu, ihre Mundwinkel zu heben. Das hat sie nur mir zuliebe getan. Dieses Wissen lastet auf meinem Herzen.

Ich merke, dass Leonard schlucken muss, als ihm wieder bewusst wird, wie krank seine Mutter ist, aber er überspielt es gekonnt wie ein erfahrener Schauspieler, der einen Texthänger gehabt hat.

»Das ist Ella! Ich hab sie am Kaffeeautomaten kennengelernt und wir sind vor ein paar Tagen zusammen in der Stadt gewesen. Ella spricht nicht. Aber sie ist ein tolles Mädchen!«, erzählt er und setzt sich auf den Stuhl neben dem Bett. »Das hab ich dir ja schon erzählt.«

Ich bleibe stehen und gucke beschämt zu Boden. Ich fühle mich wie ein kleines Mädchen, das zum ersten Mal vor seiner neuen Klasse steht und sich nicht traut, etwas zu sagen.

»Schön.« Seine Mutter haucht dieses Wort eher, als dass sie es sagt. Sofort schnappt sie nach Luft. Erst jetzt bemerke ich den kleinen Schlauch, der unter ihrer Nase entlangläuft und sie mit Sauerstoff versorgt. Ihre Haare sind alle ausgefallen und auch ihr Gesicht ist vom Krebs gezeichnet. Ihre Wangen sind eingefallen, ihre Haut sieht alt aus und ihre braunen Augen wirken, als hätten sie ihre Farbe verloren. Das Bild, das sie zeigt, sieht so traurig aus, und doch wirkt sie irgendwie glücklich. Ich glaube, sie ist froh darüber, dass ihr Sohn an ihrer Seite ist. Gleichzeitig wirkt sie, als würde sie sich Sorgen darum machen, was aus ihm werden wird, wenn sie gestorben ist. Plötzlich erinnere ich mich an den Tag, an dem ich den beiden im Aufzug begegnet bin und sie ihm erklärt hat, wie man Wäsche wäscht. Diese Erinnerung versetzt meinem Herzen wieder einen Stich.

»Setz dich doch, Ella!«, sagt Leonard, als er merkt, dass ich noch stehe, und bietet mir einen weiteren ungemütlichen Stuhl an.

»War der Arzt schon da?«, fragt Leonard seine Mutter.

Sie nickt schwach.

»Hast du Schmerzen?«

Daraufhin schüttelt sie sehr sachte den Kopf und versucht zu lächeln, aber es gelingt ihr nicht.

»Weißt du, Ella, die Behandlung meiner Mutter ist nur noch dafür da, dass sie keine Schmerzen hat.« Leonard guckt mich kurz an und beißt sich auf die Lippe. Dann sieht er schnell wieder zu seiner Mutter, als müsste er jede Sekunde genießen, bis das Bild von der Fläche verschwindet.

Ich fühle mich immer schlechter. Ich rede nicht mit ihr, obwohl sie bald sterben wird. Vielleicht werde ich nie wieder die Chance haben, mit ihr zu reden. Doch ich nutze sie trotzdem nicht. Und sie tut so, als sei das normal, obwohl ich selber weiß, dass es das nicht ist.

Leonard lächelt, damit sich seine Mutter keine Sorgen macht. Wie das Schauspieler eben so machen.

»Ich dachte, es ist ganz schön, wenn du Ella einmal kennenlernst«, sagt er.

Sie nickt wieder. »Ja, ich freue mich.« Ihre Stimme klingt so leise und gebrechlich wie die einer alten Frau, obwohl sie höchstens Mitte vierzig ist. Weil Leonard weiß, dass ich nichts zu diesem Gespräch beitragen werde, redet er einfach weiter.

»Ihr Bruder liegt seit einem Unfall im Koma. Und sie spricht seit dem Tag nicht mehr. Ganz schön krass. Stell dir mal vor, ich würde mit niemandem mehr reden!«

Ich schäme mich dafür, dass ich nicht spreche. Sie liegt im Sterben und ich habe nichts Besseres zu tun, als schweigend hier zu sitzen. Aber so sehr ich es mir auch wünsche, die Worte bleiben mir in meiner trockenen Kehle stecken. Weil ich nicht weiß, wo ich hinsehen soll, betrachte ich die Bettdecke, unter der sich ihre zerbrechlichen Beine abzeichnen.

»Aber eigentlich ist sie echt nett! Vielleicht werde ich ihre Schale ja eines Tages knacken!« Er lacht. »Auch wenn sie es einem ganz schön schwer macht.«

Es fühlt sich komisch an, dass Leonard über mich redet, doch er hat keine andere Wahl. Wer weiß, wie lange er noch die Möglichkeit hat, seiner Mutter etwas zu erzählen. Er hat keine Zeit, um zu warten, bis ich wieder spreche. Vielleicht werde ich das nie wieder tun.

Seine Mutter lächelt müde. Man sieht ihr an, dass sie glücklich darüber ist, dass ihr Sohn so fröhlich aussieht. Und es fühlt sich seltsam an, dass ich der Grund dafür zu sein scheine, obwohl ich kein einziges Wort herausbekomme. Seine Mutter gähnt.

Leonard erkennt sofort, was das bedeutet. »Möchtest du jetzt lieber alleine sein und ein bisschen schlafen?«, fragt er. Sie nickt. Die beiden sind ein perfekt eingespieltes Team.

»Ich bringe Ella eben zur Tür, dann komme ich wieder!« Er steht sofort auf.

Ich weiß nicht, wie ich mich von ihr verabschieden soll.

»Tschüs«, haucht sie. Ich lächle und fühle mich so schlecht wie noch nie, dass ich es nicht übers Herz bringe, ein einziges Wort zu sagen. Vielleicht sehen wir uns nie wieder, und ich habe meine Chance nicht genutzt, die Frau, ohne die Leonard gar nicht existieren würde, wirklich kennenzulernen und davon zu überzeugen, dass ich ihm guttun werde.

Wir verlassen den Raum. Leonard schließt die Tür hinter uns.

»Tut mir leid, dass das Gespräch nur so kurz gewesen ist, aber meine Mutter schläft sehr viel. In letzter Zeit hat sie keine Kraft mehr für lange Gespräche. Aber immerhin konnte sie dich jetzt mal kennenlernen! Ich glaube, sie findet dich sympathisch.« Einen Moment lang breitet sich Stille zwischen uns aus.

»Hast du vielleicht Lust, heute Abend noch etwas mit mir zu unternehmen? Ich habe noch nichts vor und ich kenne da was ganz Aufregendes!« Seine Augen funkeln verschwörerisch.

Ich nicke sofort und grinse. Etwas Aufregendes? Das klingt, als würde es uns beide bestens von unserem Krankenhausalltag ablenken.

»Schön! Um acht an der Bahnstation?«, fragt er.

Wieder nicke ich.

»Super. Ich freue mich. Bis später!« So schnell kann man ein Date beschließen, wenn der eine nicht spricht. Keine langen Diskussionen.

Auf der einen Seite bin ich glücklich, dass er mich gefragt hat, ob ich noch einmal etwas mit ihm unternehmen möchte, und ich bin gespannt, was für einen aufregenden Ort er kennt. Auf anderen Seite fühle ich mich schlecht, dass ich es nicht geschafft habe, mit seiner Mutter zu reden.

Ich meinem Magen breitet sich ein flaues, nervöses Gefühl aus, wenn ich an heute Abend denke, während in meinem Hals bei jedem Schlucken ein Kloß schmerzt, weil ich mich so mies fühle. Wie kann das Leben so widersprüchlich sein? Wieso liegen Glück und Leid manchmal so nah beieinander, dass dein Körper sich gar nicht entscheiden kann, ob er lachen oder weinen soll?

Kapitel 23

Der Himmel hat sich dunkelblau gefärbt und einzelne Sterne stehen am Himmel. Der Mond zeichnet sich ab. Leonard geht schweigend neben mir her, während der kühle Frühlingswind um unsere Nasen pfeift. Ich fühle mich wohl in seiner Nähe. Es tut gut, ihn neben mir gehen zu sehen. Irgendwann durchbricht er die Stille.

»Weißt du, Ella, manchmal wünsche ich mir, dass du mit mir sprechen würdest. Ich weiß überhaupt nicht, was du für Wünsche hast. Das ist irgendwie schade, auch wenn ich weiß, dass du das nicht absichtlich machst.« Er wirft mir einen langen Blick zu. Sekunden, in denen mein Gehirn verarbeiten kann, was er gerade gesagt hat.

Manchmal hofft er, dass ich mit ihm sprechen würde. Er glaubt gar nicht, wie sehr ich mir wünsche, dass ich das könnte, aber ich kann es nicht. Von dieser Stille wird auch der Abend gekennzeichnet sein; nur Leonard wird reden und erzählen. Er umgibt sich mit einem Mädchen, über das er nur wenig weiß. Und doch bemüht er sich immer wieder, zu mir durchzudringen und mich zum Sprechen zu bewegen. Bisher hat er es noch nicht geschafft, aber vielleicht wird er es eines Tages hinbekommen.

Wir biegen in ein Feld ein. Es riecht nach nasser Erde.

»Du bist ein tolles Mädchen. Irgendwie macht es dich interessant, dass du nicht redest. Ich möchte unbedingt mehr über dich erfahren, aber dir auch meine kleine Welt zeigen. Mit meiner Mutter hat es heute angefangen. Sie ist wohl der größte Baustein meiner Welt. Sie ist alles für mich, und langsam muss ich mich an den Gedanken gewöhnen, dass sie sterben wird.«

Er macht eine kurze, bedeutungsschwere Pause. Das Wissen, dass sie das wichtigste Puzzleteil in seinem Puzzle ist, gibt seinen Worten einen bitteren Beigeschmack. Dieses Puzzleteil wird bald für immer verschwunden sein.

»Aber ich weiß, dass es ihr dort oben besser gehen wird. Und dann wird sie immer auf mich heruntersehen.« Er senkt seinen Blick. »Weißt du, ich glaube, es gibt nichts, was einen auf den Tod seiner Eltern vorbereitet. Ich sehe sie seit Monaten leiden, und ich leide mit ihr und weiß, dass es ihr nicht gut geht. Jeden Abend verabschiede ich mich von ihr mit dem Wissen, dass es für immer sein könnte. Seit Wochen bereite ich mich darauf vor, dass jederzeit der Morgen gekommen sein könnte, an dem sie nicht mehr aufwacht.« Er atmet tief durch. Es fällt ihm schwer, über seine Mutter zu sprechen, aber gleichzeitig habe ich das Gefühl, dass es ihm guttut, sich alles von der Seele zu reden. Und das bei einem Menschen, der ihm schweigend zuhört und ihm nicht irgendwelche belehrenden Ratschläge gibt.

Ich würde ihn so gerne einmal fragen, was mit seinem Vater ist oder wie sein Leben ohne Mutter aussieht, aber ich kann einfach nicht. Warum fühlt sich mein Kehlkopf bloß wieder so trocken an?

»Als wir zusammen in der Stadt waren, da habe ich versucht, stark zu sein und alles mit Witzen zu überspielen. Aber irgendwann reicht kein Galgenhumor mehr aus. Ich habe einfach so große Angst vor dem Tag, an dem sie sterben wird!«

Es berührt mich sehr, wie offen er mit mir umgeht. Wir kennen uns kaum und er erzählt mir das, was er die ganze Zeit wie schwere Backsteine mit sich herumschleppt. So was erzählt er wahrscheinlich nicht einmal seinem besten Freund, aber mir kann er es erzählen – weil er weiß, dass ich keines seiner Geheimnisse weitersagen werde.

Ich presse meine Lippen aufeinander und beiße auf meine

Unterlippe. Ich weiß nicht, wie ich darauf reagieren soll, was er gesagt hat. Er tut mir so unfassbar leid. Mein Herz blutet, wenn ich darüber nachdenke, was gerade in ihm vorgeht, aber ich schaffe es nicht, mich ihm gegenüber zu öffnen. Mein Blick schwebt über die Maisfelder, die sich rechts und links von uns erstrecken. Ich bleibe still. Wie immer.

»Seit Wochen habe ich Zeit, mich auf ihren Tod vorzubereiten, aber ich glaube, wenn es so weit ist, wird es mich komplett aus der Bahn werfen!« Er tritt auf einen Ast, der leise unter seinen Füßen knackt. Ansonsten ist es still. Ich denke, man kann sich auf so etwas nicht vorbereiten. Egal, wie lange er seine Mutter hat leiden sehen, ihr Tod wird ihn vollkommen überraschen. Und dann wird sein Leben nie mehr das sein, das es gewesen ist, als sie noch da war. Das Krankenhaus verbindet uns, aber es trennt uns auch. Ich werde meinen Bruder zurückbekommen – seine Mutter wird für immer gehen.

Ich würde ihm gerne aufbauende Worte zusprechen oder ihm sagen, dass ich für ihn da bin, wenn etwas ist, aber es klappt nicht. Obwohl die Worte mir auf der Zunge liegen und ich den Mund nur noch öffnen müsste, bringe ich es nicht über mich, etwas zu sagen. Stattdessen senke ich meinen Blick und betrachte meine Füße beim Gehen.

Leonard seufzt hörbar laut. »Na ja. Es wird mich sowieso bald treffen. Aber ich glaube, es beruhigt meine Mutter, dass ich dich an meiner Seite habe. Sie sagt, ich sehe glücklich aus, wenn du dabei bist.« Er lächelt und sieht verlegen zu Boden. Auch ich muss lächeln. Ich bin glücklich, genau in diesem Moment. Obwohl das, worüber wir uns gerade unterhalten, so traurig ist, bin ich glücklich, dass Leonard Zeit mit mir verbringen möchte, auch wenn ich so kompliziert bin.

Er bleibt vor einem Bauernhof stehen.

»Lass uns den Trecker ausleihen!«, sagt er plötzlich. Mein Herz setzt einen Takt aus. Meint er das wirklich ernst? Ich werfe einen Blick in die Scheune, die einen Spalt offen steht. Sie liegt totenstill auf dem großen Hof. Wo will er den Traktor überhaupt herbekommen? Und wie will Leonard damit fahren?

»Das hättest du jetzt wahrscheinlich nicht von mir erwartet, was? Ich bin nur einmal jung, ich will Dinge machen, die man eigentlich nicht machen sollte! Dinge, über die man mit dreißig lacht, wenn man sich nach dieser Unbeschwertheit sehnt. Ella, wir müssen im Krankenhaus viel zu schnell erwachsen werden. Wir sitzen abends in einem kahlen Raum zwischen Infusionen und Atemgeräten, anstatt auf Partys zu gehen. Lass uns mal was Verrücktes machen!«

Er sieht, dass ich an dem zweifle, was er vorgeschlagen hat. Ich bin nicht gerade begeistert davon, einen Traktor zu klauen. Eigentlich habe ich nicht geplant, mich in meiner Jugend strafbar zu machen, doch ohne Fehler, von denen man mit sechzig schmunzelnd seinen Enkeln erzählt, wäre es auch langweilig. Wir sind nur einmal jung. Und heute Abend müssen wir unsere Jugend leben, als wäre alles in bester Ordnung.

Ich lächle, um ihm zu zeigen, dass mir sein Plan gefällt. Aber ich frage mich immer noch, wie er den Trecker zum Fahren bringen will. Als könnte er meine Gedanken lesen, beantwortet er meine Frage.

»Früher bin ich manchmal mit meiner Mutter hier gewesen und habe Kaninchen gestreichelt und so. Daher weiß ich, dass der Bauer den Schlüssel immer unter dem Sitz versteckt, wenn er abends nach Hause geht. Und ein bisschen fahren hat er mir auch beigebracht.« Leonard klingt ein wenig stolz auf sich. Ich muss grinsen. Er steuert zielstrebig auf den Trecker zu. Ich folge ihm mit kleinen Schritten und weiß immer noch nicht so genau, was ich von seinem Vorhaben halten soll. Er führt mich über den Hof. Ein Stück abseits vom Haus parkt der Traktor. Zum Glück, denn sonst wäre unser Plan nicht aufgegangen. Der Bauer wäre sofort aufgewacht.

Leonard zieht einen einzelnen Schlüssel unter dem Sitz hervor. Wieso nimmt der Bauer den nicht mit ins Haus? Da braucht er sich nicht zu wundern, wenn sein Traktor eines Morgens nicht mehr vor der Scheune steht. Wahrscheinlich schenkt man sich hier auf dem Dorf einfach viel zu viel Vertrauen.

»Wir werden ihn natürlich nach unserem kleinen Ausflug wieder zurückbringen!«, versichert Leonard mir. Ich nicke.

»Na komm, Ella! Steig auf!«

Mir zittern die Knie. Weiß er, welcher Gefahr er uns aussetzt? Ein Unfall reicht mir eigentlich. Mit klopfendem Herzen werfe ich ihm noch einen unsicheren Blick zu, dann schwinge ich mich etwas unbeholfen auf den Traktor. Als auch Leonard Platz genommen hat, geht die Fahrt los.

Ich darf gar nicht darüber nachdenken, was alles passieren könnte. Wir könnten Tiere oder gar Menschen umfahren! Der Graben links neben uns scheint auch immer näher zu kommen, und ich sehe schon, wie wir kopfüber darin feststecken. Hoffentlich kann Leonard das Teil auch nur ansatzweise lenken. Wenn wir einen Unfall bauen, fliegen wir erst recht auf. Doch irgendwie habe ich das Gefühl, bei Leonard wäre ich sicher.

Er tuckert langsam los. Der kühle Fahrtwind weht uns um die Nase. Für einen Moment genießen wir das Adrenalin der Jugend in unseren Adern.

»Es tut gut, einfach mal von allem wegzukommen«, ruft Leonard über das Knattern des Motors hinweg. Er dreht sich zu mir, um meine Reaktion sehen zu können. Langsam wird es dunkel und auf dem Feld gibt es kaum Licht, das uns den Weg leuchtet. Ich nicke schnell, damit er sich wieder auf den Feldweg konzentriert.

»Es ist irgendwie seltsam, dass man mit einem so schrecklichen Ort wie einem Krankenhaus etwas so Tolles wie dich verbinden kann. Wenn ich an das Krankenhaus denke, denke ich nicht nur an Sauerstoffmasken und Chemotherapien, sondern auch an ein Mädchen, das mich fasziniert.« Er lacht leise. »Der Onkologe meiner Mutter hat einmal zu mir gesagt, dass ich hier mit allem rechnen muss. Ich dachte, er meint damit den Krankheitsverlauf meiner Mama. Aber ich glaube, er hat damit den Verlauf meines Lebens gemeint.« Leonards Stimme wird immer leiser, und am Ende kann ich ihn kaum noch verstehen. Er klingt sehr nachdenklich. Endlich spricht er das aus, was ich schon immer gedacht habe. Im Krankenhaus passieren nicht nur schreckliche Dinge. Und vielleicht hatte dieser Arzt recht. Du kannst nie wissen, was dich erwartet, wenn du das erste Mal durch die große Drehtür da unten gehst.

Ich beiße mir auf die Lippe, doch er sieht es nicht. Zum Glück, denn er hält mich wahrscheinlich schon für verrückt, so oft, wie ich auf meiner Unterlippe kaue. Ein Wunder, dass ich nicht schon ein Stück davon abgebissen habe. Ich würde ihn so gerne unterstützen in dem, was er gesagt hat, und ihm zeigen, dass ich das auch so sehe. Er ist nicht alleine mit seinen Gedanken; ich fühle dasselbe wie er. Ich kann genau nachempfinden, wie schlimm es ist, ein bangender Angehöriger zu sein. Gerne würde ich mein Mitgefühl in Worten ausdrücken, aber das schaffe ich nicht. Deshalb lege ich ihm vorsichtig meine Hand auf die Schulter. Er drückt sie leicht und ich entspanne mich ein bisschen.

»Es ist so schön, hier entlangzufahren und einfach das pure Leben zu spüren!«, wechselt er das Thema. Er atmet tief durch und ich merke, dass er sich noch ein bisschen tiefer in den Sitz sinken lässt. Er fährt zielsicher geradeaus, als wüsste er genau, was er da tut. Bisher hat sich ihm auch noch kein Hindernis in den Weg gestellt.

Langsam entspanne ich mich. Ich komme hier sowieso nicht runter. Er wird das schon irgendwie hinbekommen. Wir fahren in den Abend hinein und sagen nicht viel, aber wir genießen beide den kühlen Wind um unsere Nasenspitzen. Trotzdem halte ich mich gut fest. Ich möchte kein Risiko eingehen.

Leonard sieht mich an. »Weißt du, meine Mutter hat in dem Hofladen des Bauernhofs als Verkäuferin gearbeitet. Manchmal hat sie mich dann nach der Schule mit zum Hof genommen, wenn sie noch arbeiten musste. Mein Vater ist oft auf Geschäftsreise unterwegs.« Er seufzt. »Eines Tages, meine Mutter war gerade im Laden und hat Kunden bedient, ist der Bauer mit seinem Trecker rausgefahren. Ich wollte unbedingt mitfahren. Meine Mutter war gar nicht begeistert, aber er hat sie überzeugt.« Leonard lacht, als er daran zurückdenkt. »Von dem Tag an hat er mich immer wieder mitgenommen, wenn er mit dem Traktor gefahren ist. Als ich dann ungefähr zehn war, hat er mir auf dieser Strecke beigebracht, wie das Traktorfahren funktioniert! Ich bin also ein Profi, du kannst mir vollkommen vertrauen!«

Wir beide lachen. Ich genieße es, ihm zuzuhören. Es ist schön, die Geschichte zu hören, die hinter diesem Traktor steckt, und ich bin froh darüber, dass er sie mit mir geteilt hat.

Und so fahren Leonard und ich vollkommen befreit von allen Zweifeln, Sorgen und Ängsten durch die Nacht, als gäbe es kein Morgen. Und für ein paar Stunden habe ich das Gefühl, meine Welt wäre heil. Vielleicht bin ich nicht nur der Klebstoff meiner Eltern, sondern habe mit Leonard auch meinen gefunden. Vielleicht wird mit ihm an meiner Seite alles gut werden. Ich werde alles dafür geben, auch sein Klebstoff sein zu können. Einer, der für immer hält. Das hat er verdient.

Kapitel 24

Am nächsten Nachmittag liegt mir die Nacht mit Leo immer noch in den Knochen. Die Schule ist nur schleppend an mir vorbeigezogen. Immer wieder musste ich daran denken, wie frei wir gewesen sind und wie sehr wir jetzt schon wieder von unserem Leben eingeengt werden.

Ich glaube, Leonard nimmt die Schule in letzter Zeit nicht so ernst. Wenn er sich nicht gut genug fühlt, um mehrere Stunden in einem stickigen Klassenraum zu verbringen, dann fährt er einfach schon morgens zu seiner Mutter ins Krankenhaus. Sein Vater schreibt ihm bestimmt für alles eine Entschuldigung, um sein schlechtes Gewissen zu beruhigen, weil er so viel arbeitet.

Wenn es eine Sache gibt, die meinen Eltern das Gefühl gibt, dass alles noch genauso ist wie vor unserem Unfall, dann ist es mein täglicher Gang zur Schule. Dass auch dort nichts mehr so ist wie früher, sehen sie nicht. Für meine Eltern ist in diesen Stunden alles in Ordnung. Levin liegt im Koma, die Polizei ermittelt den Unfallverursacher. Doch auch damit haben meine Eltern nichts zu tun. Sie versuchen, vor diesem Abend wegzurennen, und bevor sie merken, dass sie daran gescheitert sind, laden sie sich noch mehr Arbeit auf.

Tag für Tag vergeht und mein Bruder wird immer noch von Maschinen am Leben gehalten. Ich gehe als Erstes zum Kaffeeautomaten, um mich ein bisschen aufzuwecken. Der gestrige Abend mit Leonard war schön. Aber der Schlaf ist eindeutig zu kurz gekommen. Ich fahre mir einmal über meine müden Augen und reibe mir den Schlaf aus den Augenwinkeln.

»Na, hängt dir die Nacht auch noch in den Knochen?« Leonard steht auf einmal hinter mir. Ich zucke leicht zusammen. Er müsste seit unserem ersten Treffen eigentlich gemerkt haben, dass ich für solche plötzlichen Annäherungen zu schreckhaft bin.

Ich nicke und lächle vorsichtig. Nicht glücklich, eher zustimmend.

»Ich bin so durch. Als ich heute Morgen hier angekommen bin, hab ich erst einmal im Sitzen gepennt. Es gibt zwar kaum etwas Ungemütlicheres und meine Knochen haben danach weh getan wie sonst was, aber ich war echt hundemüde!« Leonard streckt sich demonstrativ. »Meiner Mutter geht es immer schlechter, Ella. Sie hat heute noch kein einziges Mal die Augen aufgemacht, und sie … sie atmet, als ob sie einen Marathon gelaufen wäre.«

Der gequälte Ausdruck in Leonards Augen spricht Bände, und mein Herz wird plötzlich unheimlich schwer. Es tut mir so weh, ihn so zu sehen. Im Krankenhaus haben seine Worte etwas Bedrückenderes. Ich fand es schon gestern Abend schlimm, aber in diesem Gebäude kommt es mir noch dramatischer vor. Hier liegt seine Mutter. Hier wird sie sterben. Wir befinden uns an dem Ort, der ihr Ende bedeuten wird.

Es läuft mir eiskalt den Rücken runter, als mir das bewusst wird. Plötzlich habe ich das Gefühl, ich wäre eingequetscht zwischen zwei Eisblöcken. Ich nippe an meinem Kaffee. Für einen kurzen Moment sehe ich Leonard in sein nachdenkliches Gesicht. Mein Herz zieht sich schmerzhaft zusammen. Von mir wird er keine aufbauenden Worte oder Tipps bekommen, wie er die letzten Tage mit seiner Mutter durchstehen kann, obwohl ich nichts lieber machen würde, als mit ihm zu sprechen. Ich bin so eine miese Freundin, wenn ich überhaupt je eine für ihn gewesen bin. Er braucht jetzt jemanden, der ihm zur Seite steht und ihm nicht nur zuhört, sondern ihm auch Mut macht. Ich wäre gerne dieser Mensch für ihn, aber ich schaffe es einfach nicht.

Die Worte habe ich zwar fertig aus meinem Gehirn zusammengekramt, aber ich bringe es nicht übers Herz, sie auszusprechen.

»Na ja, dann wird sie bestimmt immer einen Kaffeeklatsch mit den Engeln machen und über den neusten Himmelstratsch lästern. Über Engel, deren Haare nicht richtig sitzen oder deren Kleider zu klein sind. Das ist genau das Richtige für meine Mutter. Dazu noch ein Tässchen guten Kaffee und der Tag ist gerettet!« Er lacht. Ein bitteres Lachen. Galgenhumor.

Ich könnte in seiner Situation keine Scherze reißen; ich glaube, ich würde mich in meinem Zimmer verschanzen und mir die Augen aus dem Kopf heulen. Doch ich glaube, genau dieser Humor ist es, der Leonard über Wasser hält. Dadurch wird es erträglich, seine Mutter so sehr leiden zu sehen. Und eigentlich ist das die beste Möglichkeit, die letzten Momente mit ihr zu genießen.

Ich lache, weil ich weiß, dass es das ist, was er jetzt hören will.

»Sie wird auf mich herunterschauen und belehrend den Zeigefinger heben, wenn ich etwas tue, was ihr nicht in den Kram passt, und sich mit mir freuen, wenn ich glücklich bin. Es ist, als wäre sie auf Weltreise, aber ihr Reiseziel ist eben der Himmel. Das Netz ist leider so schlecht, dass das Telefonieren dort oben nicht möglich ist, aber sie ist in Gedanken bei mir. Und ich trage sie für immer in meinem Herzen!«

Er geht einen Schritt näher an den Kaffeeautomaten und lässt sich einen Kaffee einlaufen. Niemand ist da, der uns stört. Niemand, der auch einen Kaffee haben will. Wir sind ganz für uns, mitten unter Menschen, die an uns vorbeigehen. Wer füllt eigentlich diesen Automaten auf? Vielleicht die Geister der Verstorbenen, die hier ihr Ende gefunden haben? Ich habe noch nie jemanden gesehen, der das macht. Vielleicht sind Leonard und ich aber auch einfach die Einzigen, die sich hier bedienen. Ich presse meine Lippen aufeinander und weiß nicht so richtig, wie ich mit der Situation umgehen soll.

Er seufzt. »Ich geh dann mal wieder zurück zu ihr. Die Zeit wird ja immer knapper.« Er nimmt seinen Becher in die Hand.

Wir gehen gemeinsam zum Aufzug, und er drückt auf die Knöpfe, die uns zu unseren Stationen bringen. »Hier auf der Erde leidet meine Mutter. Im Himmel wird sie befreit sein. Ich freue mich für sie, wenn sie erlöst ist«, sagt Leonard nachdenklich.

Ich finde es unglaublich, wie gut er mit der Situation umgeht. Er ist so stark.

Der Aufzug hält an. »So, ich wünsche dir einen schönen Tag, Ella. Wir sehen uns!« Er lächelt. Ich nicke. Und dann steigt er aus und verlässt den Lift.

Ich fahre noch eine Etage weiter, dann steige auch ich aus. In meinem Bauch liegt ein schwerer Kloß. Leonard tut mir so leid und es tut mir weh, ihn so zu sehen, auch wenn er versucht, seinen Kummer mit Humor zu überspielen. Er hat es nicht verdient, seine Mutter zu verlieren. Trotzdem geht er perfekt mit seiner Lage um. Ich bewundere ihn dafür. Wie gern würde ich ihm das auch sagen.

Ich gehe die sterile Station entlang. Hannes kommt an mir vorbei, er grüßt mich fröhlich. Ich grüße ihn lächelnd zurück, aber ich weiß nicht, ob es richtig ist, glücklich zu sein. Levin ist nicht das Problem, bei ihm weiß ich, dass er sich nichts anderes wünschen würde, als dass ich glücklich bin. Und auch nicht Leonards Mutter. Ich glaube, auch für sie gibt es nichts Beruhigenderes als das Wissen, dass ihr Sohn glücklich ist. Aber diese Räume hier sind so farblos wie das Leben der Patienten, die sie füllen. Es liegen keine Zettel herum, keine dreckige Wäsche. Es sieht nicht so gemütlich aus wie zu Hause. Man fühlt sich nicht wirklich wohl, und jeder, der hier liegt, wünscht sich nichts mehr, als endlich wieder in seine eigenen kuscheligen vier Wände zu kommen. Ich habe die Chance, dort zu wohnen. Ich genieße ein Privileg, das die Patienten hier nicht genießen können. Und ich weiß nicht, ob es ihnen gegenüber fair ist, glücklich zu sein. Aber ich muss einfach lachen, wenn ich Leonard sehe. Ich kann gar nicht anders, als mich über seine Anwesenheit zu freuen, auch wenn wir uns hier an einem so düsteren Ort befinden. Das entscheidet mein Herz, nicht mein Kopf.

Ich betrete das Zimmer meines Bruders. Dr. Sommerfeld ist auch da und betrachtet die Maschinen. Er ist völlig vertieft in das Klemmbrett in seiner Hand. Als er fertig ist, fragt er mich kurz, wie es mir geht, dann verabschiedet er sich auch schon und verlässt mit zügigen Schritten den Raum.

Der Arzt, der Levin behandelt hat, bevor Dr. Sommerfeld hier aufgetaucht ist, hat sich nicht mehr blicken lassen. Vielleicht ist er jetzt erst einmal in Urlaub gefahren, wenn er schon Unterstützung bekommen hat. Ich habe ihn jedenfalls seit Tagen nicht mehr auf der Station gesehen.

Während in meinem Bruder langsam wieder Leben aufflammt, erlischt es aus Leonards Mutter. In einem Krankenhaus weißt du nie, was passieren wird. Es sterben Leute, von denen du nie erwartet hättest, dass sie sterben würden, und es werden Menschen geheilt, denen der Arzt kaum Chancen ausgerechnet hat. Du weißt nie, was dich als Arzt am nächsten Tag erwartet. Vielleicht ist das der Grund, warum die Medizin so spannend ist. Immer etwas Neues.

Ich gucke aus dem Fenster und mache Levins Lieblingslied an. Nachdenklich lausche ich der rockigen Stimme des Sängers, während ich den ersten Vögeln beim Zwitschern zusehe und das Gefühl habe, Levins Wärme spüren zu können. Bald wird alles gut werden, da bin ich mir sicher. Und vielleicht werde ich auch eines Tages die Kraft haben, wieder mit Fremden zu sprechen. Und dann werde ich für Leonard endlich die Freundin sein können, die er in diesem Moment am meisten braucht.

Kapitel 25

Es klingelt an der Haustür. Ich warte einen Moment ab, um zu sehen, ob meine Mutter aus dem Bad kommen wird. Sie putzt gerade. Da sie keine Anstalten macht, sich zur Tür zu bewegen, öffne ich sie. Mir gegenüber stehen zwei Männer, die ich besser kenne, als mir lieb ist. Ich sehe an ihnen herab und mustere sie. In meinen Magen breitet sich sofort ein ungutes Gefühl aus.

»Hallo.« Der Ältere der beiden Polizisten streckt mir seinen Dienstausweis entgegen. Als ich nicke, packt er ihn hastig wieder weg. Ich hätte auch ohne dieses unvorteilhafte Foto gewusst, dass er ein Polizist ist, schließlich steht er nicht zum ersten Mal vor mir.

»Dürfen wir kurz reinkommen? Wir stören auch nicht lange«, bittet er vorsichtig. Ich habe gar nicht gewusst, dass er so viel sprechen kann. Bisher hat er die Befragungen ja immer seinem jungen Kollegen überlassen. Meine Mutter kommt aus dem Bad und stellt sich hinter mich.

»Oh, guten Tag«, sagt sie überraschend gefasst und reicht den Beamten die Hand. Es ist erstaunlich, wie gut sie vor anderen schauspielern kann. Sie lächelt freundlich, als würde sie sich richtig darüber freuen, die beiden zu sehen.

»Hallo, Frau Berendt!«, begrüßen die Polizisten sie.

Meine Mutter klammert sich an dem Putzlappen fest, den sie in der Hand hält.

»Wir würden gerne noch einmal kurz mit ihnen sprechen, es gibt gute Neuigkeiten!«, sagt diesmal der junge Beamte. Sein Kollege hat sein Soll an Gesprächen für heute erfüllt.

Meine Mutter seufzt. Die Sorgenfalte auf ihrer Stirn wird ein bisschen tiefer. Weil ich sie so gut kenne, sehe ich ihr an, dass sie den Beamten am liebsten die Tür vor der Nase zuknallen würde, aber sie lässt sich kaum etwas anmerken. Schließlich nickt sie widerwillig, weil ihr bewusst wird, dass sie es sowieso nicht verhindern kann. Sie kann nicht vor unserem Unfall wegrennen. Er ist passiert, und wir müssen mit den Folgen leben.

Ich betrachte meine grauen Socken. Ich werde diejenige sein, die von den Polizisten ausgequetscht wird, nicht meine Mutter. Ich werde diejenige sein, die diesen Abend wieder von vorne aufrollen muss. Aber die Polizisten haben gesagt, dass es gute Nachrichten gibt. Vielleicht haben sie den Fahrer ja endlich gefunden und festgenommen. Er hat Fahrerflucht begangen, das gibt bestimmt eine saftige Strafe. Aber ich wünsche mir noch immer, er müsste dasselbe durchmachen wie wir gerade.

Wir gehen ins Wohnzimmer und setzen uns aufs Sofa.

»Möchten Sie etwas trinken?«, fragt meine Mutter. Sie sucht eine Beschäftigung, einen Grund, aus diesem Raum fliehen zu können und sich nicht den Fragen der Beamten stellen zu müssen.

»Nein, danke«, antworten die beiden und lächeln dankbar.

Meine Mutter atmet tief durch. Sie versucht, ihre Enttäuschung zu verbergen. Kurz sieht sie mich an.

Ich nutze diesen kurzen Moment, um ihr zu signalisieren, dass ich gerne etwas trinken möchte. Es wäre so leicht, jetzt einfach einen Satz zu sagen, aber kaum sind die Beamten da, klappt es nicht mehr. Zum Glück versteht sie mich sofort. Ihr Gesicht erhellt sich ein wenig und sie macht sich sofort auf den Weg in die Küche. Sie gibt mir nicht einmal mehr eine Antwort. Wahrscheinlich wird sie jetzt viel länger dort bleiben, als es eigentlich nötig wäre, vielleicht noch das Geschirr zu Ende spülen oder eine Lasagne machen, aber ich habe sie ja auch nur um das Wasser gebeten, um ihr eine Beschäftigung zu geben. Sie soll sich so viel Zeit nehmen, wie sie braucht.

Ich betrachte meine Hände, die ineinander verschränkt auf

meinen Oberschenkeln liegen. Sie werden mit jeder Sekunde feuchter und ich muss mich darauf konzentrieren, tief durchzuatmen. Ich weiß auch nicht, warum ich plötzlich so nervös bin, aber ich habe Angst vor dem, was die beiden Polizisten gleich sagen werden. Sie haben zwar gesagt, dass es gute Nachrichten gibt, aber vielleicht werde ich gleich auch etwas zum Unfallumstand erfahren, das ich überhaupt nicht wissen wollte.

Der junge Polizist räuspert sich. Dieses Geräusch bedeutet immer, dass er in den nächsten Sekunden anfangen wird, zu sprechen. Es bedeutet, dass es kein Zurück mehr gibt. Ich nehme einen tiefen Atemzug, um mich für alles zu wappnen, was er jetzt gleich auf mich loslassen könnte.

»Also, Ella, wie wir ja an der Tür schon erwähnt haben, gibt es neue Ermittlungsergebnisse.« Er sucht meinen Blick. »Beim letzten Mal haben wir dir gesagt, dass wir diesem Luca Müller einen Besuch abstatten werden. Das haben wir getan.« Wieder macht er eine Atempause, als wollte er sichergehen, dass mein Gehirn verarbeitet, was er sagt. »Zu Beginn hat er die Tat verleugnet und gesagt, dass er an dem Abend mit Freunden zu Hause gewesen ist, doch dann ist sein Alibi geplatzt. Er hat gemerkt, dass die Beweislage so erdrückend ist, dass es keinen Sinn macht, noch weiter zu lügen.«

Auf meiner Stirn bildet sich ein dünner Schweißfilm. Der Täter hat plötzlich wirklich einen Namen. Es gibt einen Menschen, den wir dafür verantwortlich machen können, dass mein Bruder im Koma liegt. Die Polizei hat den Typen tatsächlich gefunden.

»Er hat schließlich gestanden und bei weiteren Befragungen Reue gezeigt. Am Tatabend hat er Fahrerflucht begangen, das wird seine Strafe noch einmal erhöhen.«

Der ältere Polizist sitzt mit einem aufgeschlagenen Notizbuch vor mir und wartet darauf, dass er irgendwas notieren kann. Nur was? Vielleicht hofft er, dass ich endlich anfange, mit ihm zu sprechen. Die Hoffnung stirbt ja bekanntlich zuletzt.

Ich atme einmal tief durch. Mein Gehirn verarbeitet die Informationen, die ich gerade bekommen habe. Es gibt Fragen, die ich ihnen gerne stellen würde, aber ich kann nicht. Sie sind mir so fremd, obwohl wir uns in den letzten Wochen schon so oft gesehen haben.

Meine Mutter kommt mit einem Glas Wasser zurück ins Zimmer. Sie hat noch gespült. Vielleicht hat sie auch geputzt oder gekocht, aber sie hat niemals nur das Glas Wasser eingeschenkt.

Ich nehme es dankend entgegen und trinke einen Schluck. Es tut gut, das kühle Wasser auf meiner Zunge zu spüren. Die Kohlensäure prickelt meinen Hals entlang. Die beiden Polizisten erzählen auch meiner Mutter, was sie mir gerade gesagt haben. Sie hört ihnen genau zu. Sie sieht erleichtert aus. So, als würde auch in ihr wieder ein wenig Hoffnung aufflammen. Und vor allem sieht sie so aus, als würde dieser Zustand nicht nur von kurzer Dauer sein. Es macht sie glücklich, dass der Schuldige jetzt einen Namen hat. Der, der dafür verantwortlich ist, wird jetzt seine gerechte Strafe bekommen. Das steht fest.

»Luca Müller ist nicht vorbestraft und erst zwanzig Jahre alt. Ein Gutachter wird entscheiden, ob er noch nach Jugendstrafrecht verurteilt wird«, fährt der Polizist fort.

Er ist erst zwanzig Jahre alt. Ich betrachte die Sache plötzlich aus einem anderen Blickwinkel. Wir sind das Opfer eines dämlichen Jugendlichen geworden. Zwar hat er eine Strafe verdient, aber es tut mir leid für ihn, dass er sich damit seine Zukunft verbaut hat.

»Und wie wird es jetzt weitergehen?«

Ich bin froh, dass meine Mutter sich dazu entschlossen hat, diese Frage zu stellen. Ich hätte mich nicht getraut, sie auszusprechen, aber die Antwort erwarte ich genauso gespannt wie sie.

»Die Ermittlungen sind für uns hiermit abgeschlossen und der Fall wird an die Staatsanwaltschaft weitergeleitet. Von denen werden Sie dann zu gegebener Zeit ein Schreiben erhalten. Ihr Sohn liegt ja im Augenblick noch im Koma, das heißt, wir können ihn noch nicht vernehmen. Das wird das Verfahren natürlich nach hinten verschieben. Wenn Ihr Sohn aus dem

Koma aufgewacht ist, wird es zu einer Verhandlung kommen. Und dann wird der Unfallverursacher seine gerechte Strafe bekommen.« Der junge Polizist redet ganz ruhig und zuversichtlich. Er wirkt, als wollte er alles perfekt machen und als hätte er sich bestens auf dieses Gespräch vorbereitet. Wie ein Referendar, der eine Lehrprobe hat.

Meine Mutter nickt. »Vielen Dank, dass Sie den Täter gefunden haben.«

»Das ist unser Job!«, erwidert der jüngere Polizist.

Ich betrachte wieder meine Hände, die auf meinen Oberschenkeln liegen. Sie sind ganz blass.

Zum Glück haben die beiden Polizisten heute keine weiteren Fragen mehr. Vor Gericht werde ich ihnen noch ein einziges Mal Rede und Antwort stehen müssen, und dann wird es vorbei sein. Endlich. Dann werde auch ich langsam mit diesem Abend abschließen können. Das wird mir guttun. Ich nehme noch einen Schluck von meinem Wasser, damit es so aussieht, als sei ich mit irgendetwas beschäftigt.

Der gesprächige Beamte räuspert sich. »Gut, das war's dann auch schon. Wir wollen Sie nicht länger stören!«, sagt er mit einem entschuldigenden Unterton.

Meine Mutter nickt. Die beiden erheben sich vom Sofa.

»Ich begleite Sie noch mit nach draußen«, sagt sie und steht ebenfalls auf. Ich folge ihr.

Als wir an der Tür angekommen sind, drehen sich die beiden noch einmal zu uns um, geben uns die Hand und verabschieden sich. Dann verlassen sie unser Haus.

Nachdem meine Mutter die Tür hinter sich geschlossen hat, bleiben wir noch einen Moment stehen und verarbeiten das Gespräch. Es fühlt sich seltsam an, dass der Täter jetzt einen Namen hat. Es war tatsächlich Luca Müller. Das klingt so normal. Müller – mehr nullachtfünfzehn geht nicht. Doch dieser Mensch hat eine ganze Familie zerrüttet und nicht einmal den Mut gehabt, dazu zu stehen. Klar, er ist noch jung, aber er wird dafür geradestehen müssen. Levin wird weiterhin im Koma liegen, aber es steht fest, dass dieser Typ seine gerechte Strafe bekommen wird, und das beruhigt meine Mutter und irgendwie auch mich. Ihre blassen Gesichtszüge bekommen ein bisschen Farbe.

Kapitel 26

Bevor ich meinen Bruder besuche, lasse ich meinen Blick über den Park schweifen. Vielleicht ist Leonard ja zu sehen und spielt mal wieder mit seiner Mutter *Wer bin ich?*. Bei dem Gedanken an ihn muss ich grinsen. Aber plötzlich verharren meine Augen. Leonard sitzt auf einer Bank und weint. Hemmungslos. Meine Freude verfliegt schlagartig und ich spüre einen schmerzenden Knoten in meinem Magen. Neben ihm sitzt eine mir unbekannte Frau, die beruhigend auf ihn einredet. Seine Mutter ist heute Nacht gestorben. So sieht es zumindest aus.

Ich beiße mir auf die Unterlippe. Es versetzt meinem Herz einen messerscharfen Stich, dass ich ihn so bitterlich weinen sehen muss, aber ich weiß nicht, ob ich diejenige bin, die er jetzt um sich haben möchte. Die Frau ist bestimmt seine Tante oder die beste Freundin seiner Mutter, jemand, der ihn schon von klein auf kennt und genau weiß, was ihn jetzt aufmuntern könnte. Wahrscheinlich gibt es im Augenblick eigentlich gar nichts, was ihn aufmuntern könnte, aber sie kann ihn immerhin trösten. Es tut ihm mit Sicherheit gut, dass sie mit ihm redet. Mir kommen wieder die Witze in den Sinn, die er über den Tod seiner Mutter gemacht hat. Sie sitzt jetzt dort oben bei den Engeln und trinkt Kaffee, hat Leonard gesagt. Vielleicht tut sie das in diesem Moment auch und weint, weil es sie so mitnimmt, ihren Sohn so zu sehen.

Im Augenblick schützt ihn kein Galgenhumor dieser Welt vor dem Einsturz seines Kartenhauses. Er muss es einfach mit ansehen. Ich habe keine Ahnung, wie es sich anfühlt, seine Mutter zu verlieren, aber jeder halbwegs empathische Mensch kann sich vorstellen, dass es kaum etwas Schmerzhafteres gibt. Vielleicht hilft es ihm, wenn er die aufgestauten Emotionen aus sich herausweinen kann. Vielleicht ist es am besten, wenn er jetzt einfach trauert. Ab heute ist er für immer auf sich allein gestellt. Er kann sie nicht mehr fragen, welche Blumen Frauen am liebsten mögen oder wo es die leckersten Pralinen gibt. Er muss für sich alleine kämpfen. Klar, sein Vater ist noch da, aber es gibt Dinge, über die möchte man nur mit seiner Mutter reden. Das wird Leonard jetzt nie mehr können.

Ich muss mich zusammenreißen, damit ich nicht auch anfange zu weinen. Vielleicht wäre es besser, meinen Blick von ihm zu lösen, aber ich kann nicht. Mein Herz blutet sowieso, wenn ich daran denke, dass er seine Mutter verloren hat. Und Leonard hat recht gehabt: Egal wie lange du dich von ihr verabschieden und dich seelisch auf diesen Tag vorbereiten kannst, wenn es so weit ist, trifft es dich wie ein Schlag. Die Welt geht unter und nichts ist mehr so, wie es gestern noch war.

Ein älterer Mann mit schneeweißem Haar geht an mir vorbei und sieht mich abschätzend an. Ich fühle mich von ihm ertappt und löse meinen Blick schnell von Leonard. Charlotte würde jetzt wahrscheinlich mit einem frechen Spruch kontern und ihn fragen, ob sie ihm irgendwie helfen kann, aber ich schaffe es ja noch nicht einmal, *irgendwas* zu sagen. Deshalb tue ich einfach so, als würde ich das Schild mit dem Namen des Krankenhauses lesen.

Der Mann sieht weg. Ich drehe mich noch einmal zu Leonard um, der seine Beine inzwischen angewinkelt hat und sein Kinn auf seine Knie stützt. Sein Gesicht ist ganz rot, aber es fließen keine Tränen mehr. Wahrscheinlich hat er alle Tränen vergossen, die aus ihm rauskommen konnten. Noch einmal flammt der Gedanke in meinem Kopf auf, auf ihn zuzugehen und ihm zumindest eine Schulter zum Anlehnen anzubieten, aber ich entscheide mich dagegen. Er braucht jetzt die ermutigenden Sätze seiner engsten Angehörigen und kein Mädchen, das er erst seit ein paar Wochen kennt und das noch kein einziges Wort zu ihm gesagt hat. Als ich sehe, dass Leonard aufsteht und sich in Bewegung setzt, drehe ich mich schnell um und mache mich auf den Weg ins Krankenhaus. Die Frau bleibt auf der Bank sitzen. Wahrscheinlich holt er sich etwas zu trinken.

Ich drücke auf den Knopf des Aufzugs und betrachte das Metall der Tür, als wäre es das Interessanteste auf der Welt. Als hätte ich diese Tür nicht schon oft genug gesehen.

»Ella!«, ruft Leonard hinter mir.

Ich zucke zusammen. Er möchte doch mit mir reden? Ich drehe mich zu ihm um. Seine Stimme klingt belegt und heiser vom Weinen, und doch versucht er, stark zu bleiben.

Ich nähere mich ihm ein paar Schritte. Ich spüre, dass sich der Lift inzwischen hinter mir geöffnet hat und zwei Menschen ihn verlassen. Sie gehen an mir vorbei. Leonard macht auch ein paar Schritte auf mich zu. Und dann steht er mir direkt gegenüber. Ich weiß nicht, ob ich ihn umarmen soll. Die Frage, ob ich etwas sagen soll, erübrigt sich bei mir ja zum Glück.

»Meine Mutter ist heute Morgen gestorben. Sie ist jetzt bei den Engeln. Ich glaube, sie ist froh darüber.« Leonard überspielt seine Trauer mit der Anspielung auf seinen Witz von vor ein paar Tagen, aber ich merke, dass er innerlich weint.

»Ich habe wirklich geglaubt, dass ich irgendwie damit klarkommen werde, aber mein Leben fühlt sich so leer an ohne sie. Plötzlich ist das Bett in ihrem Zimmer nicht mehr belegt und jemand anderes wird dort einziehen. Ich weiß nicht, ob es schlimmer ist, dass meine Mutter nicht mehr dort liegt oder dass es so viele andere Kinder gibt, denen es so geht wie mir!«

Er senkt seinen Blick. Ich fühle mich, als würde es keine Worte mehr geben. Ich bin nicht die, die er jetzt braucht. Doch er hat genau gewusst, dass ich nicht mit ihm sprechen kann und hat mich trotzdem angesprochen – vielleicht möchte er in diesem Moment einfach nur jemanden an seiner Seite haben, der ihm zuhört. Vielleicht ist eine stille Schulter am besten, wenn man trauert.

Es entsteht ein kleine, wortlose Pause. Seine Gedanken fliegen sofort in die Ferne. Ich kenne das von meiner Mutter. Das ist der Moment, in dem seine Welt endgültig zusammenbricht. Er fängt wieder an zu weinen und fällt mir in die Arme. Ich fange ihn vollkommen perplex auf.

»Verdammt, Ella, sie ist noch keine zwölf Stunden tot und ich vermisse sie so sehr, wie ich in meinem Leben noch nie jemanden vermisst habe. Und sie wird nie wiederkommen!«

Ich drücke ihn ein bisschen fester, damit er merkt, dass ich ihn festhalte. Doch eigentlich habe ich gar keine Ahnung, wie man einem Menschen Halt gibt. Eigentlich weiß ich überhaupt nicht, was in diesem Moment richtig und was falsch ist. Ich schlucke.

Ein paar Minuten stehen wir einfach so da. Leonards Kopf liegt immer noch auf meiner Schulter. Ich glaube, er weint nicht mehr, aber er macht auch keine Anstalten, sich von mir zu lösen. Hier, mitten im Krankenhaus, guckt uns niemand komisch an. Jeder weiß, dass Menschen an diesem Ort ihre Liebsten verlieren. Kaum jemand betritt dieses Gebäude lächelnd; nur die, die jemanden abholen, weil er entlassen wird, aber auch diese Leute haben einen langen Weg hinter sich und wissen, wie es sich anfühlt, wenn man das Gefühl hat, die Geschichte wird kein schönes Ende nehmen. Jeder hier kann sich vorstellen, was im Moment in Leonard vorgeht.

Zähneknirschend und mit mitleidigen Blicken gehen die Leute an uns vorbei. Eigentlich ist es mir unangenehm, dass uns alle ansehen, doch ich weiß, dass Leonard meinen Halt braucht, deshalb bleibe ich einfach stehen und schließe meine Augen.

Als er das Gefühl hat, genug geweint zu haben, löst er sich von mir.

»Danke, Ella. Danke, dass du einfach für mich da bist. Ich kann mir vorstellen, dass es für dich nicht leicht ist, hier auf dem Flur zu stehen und die Blicke der anderen auf dich zu ziehen.«

Er lächelt gequält. Sogar in diesem Moment denkt er daran,

wie es mir geht. Ich lächle auch, und wahrscheinlich sehe ich dabei genauso gequält aus wie er.

»Meine Tante redet so viel.« Er seufzt. »Sie hat schon hundertmal erwähnt, dass ich mich melden soll, wenn ich irgendwas brauche. Aber das Einzige, was ich brauche, ist meine Mutter. Und die kann sie mir nicht zurückbringen!«

Er betrachtet seine schwarzen Schuhe mit den weißen Schnürsenkeln. Seine Worte versetzen meinem Herzen einen weiteren Stich. Er sagt die bittere Wahrheit. Seine Mutter wird nie mehr von ihrer Reise in den Himmel zurückkehren. Und es gibt keine Telefonverbindung dorthin.

»Zum ersten Mal seit wir uns kennen, bin ich wirklich froh darüber, dass du nicht sprichst. Meine Mutter hat immer gesagt, dass man allem Negativen auch etwas Positives abgewinnen kann. Ich hätte nie geglaubt, dass Mutismus auch eine schöne Seite hat, aber da ist sie!« Es folgt ein weiteres gekünsteltes Lächeln. »Nachdem meine Mama dich kennengelernt hat, hat sie zu mir gesagt, dass ich dich niemals gehen lassen soll, auch wenn sie stirbt. Denn manchmal ist ein guter Zuhörer so viel mehr wert als jemand, der dir vermeintlich gute Ratschläge gibt. Sie hat wie immer recht gehabt.«

Ich atme tief durch. Zu gerne würde ich ihm mein Mitgefühl aussprechen oder ihm sagen, dass seine Mutter bestimmt eine tolle Frau gewesen ist. Aber vielleicht ist es gut so, dass ich das nicht kann. Ich denke an den Tag, an dem ich seine Mutter zum ersten Mal im Aufzug gesehen habe. Jetzt muss er seine Wäsche tatsächlich alleine waschen. Ich weiß nicht einmal, wie viel Wäsche in eine Waschmaschine passt, und er wird sie nie wieder um Rat fragen können, wenn seine Klamotten eingelaufen sind.

Meine Gedanken wandern weiter zu meinem Bruder. Vielleicht werden die Ärzte ihn bald aus dem Koma wecken. Und während Leonard im Moment die härteste Zeit seines Lebens durchmachen muss, werde ich dieses Krankenhaus mit einem Lächeln verlassen. Ist das nicht unfair? Doch ich kann nicht anders, als mich darüber zu freuen, dass die Ärzte meinen Bruder bald wieder ins echte Leben zurückholen werden.

»Ich geh dann mal wieder raus zu meiner Tante. Es ist lieb von ihr, dass sie sich so um mich kümmert, bis mein Vater von seiner Geschäftsreise aus Hamburg zurückkommt. Er hat sich heute Morgen natürlich sofort auf den Heimweg gemacht, als er erfahren hat, dass Mama gestorben ist.«

Ich nicke und presse meine Lippen aufeinander. Vielleicht wäre es gut für ihn, jetzt das Krankenhaus zu verlassen. Hier erinnert ihn alles an die härtesten Zeiten seiner Mutter. Der Park, in dem sie immer mit ihm gesessen hat; der Kaffeeautomat, aus dem die Plörre gekommen ist, mit der er seine Mimik aufrechterhalten hat. Immer wieder laufen ihm glatzköpfige Menschen über den Weg, vor allem im Krankenhauspark, in dem sich alle mischen. Das Bild seiner Mama wird immer wieder vor seinen Augen aufflammen. Er sollte nach Hause fahren. Oder am besten ans Meer. Weit weg. Ich glaube zwar nicht, dass es irgendwas gibt, das seine Trauer in diesem Moment lindern könnte, aber es ist kontraproduktiv, sich hier aufzuhalten.

»Danke, Ella!«, sagt er und drückt noch einmal meine Hand, bevor er sich umdreht und geht.

Kapitel 27

Ich atme noch einmal tief durch, als wäre ich eine Schauspielerin, die eine große Bühne betritt, dann öffne ich die Tür und gehe in das Zimmer meines Bruders. Mir ist klar, dass er nicht sehen kann, wie fertig ich bin, aber trotzdem habe ich das Bedürfnis, ihm das Gefühl zu geben, dass es mir gut geht. Deshalb setze ich ein Lächeln auf, auch wenn mir überhaupt nicht nach Lachen zu Mute ist.

Ich setze mich auf einen der Stühle. Meine Gedanken fliegen immer wieder zu Leonard. Ich frage mich, ob es ihm mittlerweile besser geht. Diesen Gedanken verwerfe ich sofort wieder, denn es wird Wochen dauern, bis er sich daran gewöhnt haben wird, dass seine Mutter nicht mehr da ist. Vielleicht ist er mittlerweile nach Hause gefahren und hat sich in seinem Zimmer verschanzt. Am Anfang wird ihn alles an sie erinnern, aber ich halte es für wichtig, sich nicht länger an dem Ort aufzuhalten, an dem sie gestorben ist. Zu Hause verbindet er bestimmt auch viele schöne Dinge mit ihr.

Mein Blick schweift nach draußen, in den Himmel. Es fühlt sich komisch an, dieses kühle Blau zu betrachten und zu wissen, dass Leonards Mutter jetzt dort oben ist. Natürlich ist das nur ein Sinnbild, aber ich glaube, es hilft jedem Trauernden, sich vorzustellen, dass der Verstorbene von nun an auf einen hinunterschauen wird.

Seine Mutter war eine so starke Frau, und ich hoffe, dass es ihr jetzt besser geht, wo auch immer sie sich befindet. Der Kloß in meinem Hals drückt schmerzhaft gegen meine Haut, als wolle er ausbrechen. Ich wünschte, er könnte das, dann wäre ich ihn endlich los. Tränen bahnen sich ihren Weg über meine Wangen. Ich lasse sie einfach fließen. Zum Glück hat mein Bruder seine Augen noch geschlossen.

Es klopft an der Tür und ich löse meinen Blick vom Fenster. Ich habe keine Lust, mit jemandem zu reden. In einem Krankenhaus kann man sich jedoch nicht aussuchen, wann man mal für sich sein kann. Es könnte jederzeit klopfen.

»Hallo, Ella«, begrüßt Hannes mich. Er lächelt wie immer, aber er sieht sofort, dass etwas nicht stimmt, und seine Miene wird ernst. Manchmal ist es eben auch ganz gut, dass Mascara verwischt, wenn man geweint hat. Er atmet tief durch.

»Ich hab das mit Leonards Mutter mitbekommen. Der arme Junge, Mensch. Es trifft immer die Falschen!« Er wirft einen nachdenklichen Blick zu Boden. Er hat es tatsächlich bemerkt. Er hat gemerkt, dass Leonard und ich mehr als nur gute Bekannte sind. Hannes ist ein so guter Pfleger.

Ich fühle mich wie Trance, als würde ich Hannes' Gestalt nur durch einen Schleier sehen. Es fällt mir schwer, ihm zu folgen. Leise, aber sicher spricht er weiter.

»Dann freust du dich über das, was ich dir jetzt sage, wahrscheinlich nur noch halb so stark, weil dir dein Freund so leid tut.« Er macht eine kurze, bedeutende Pause.

Mein Freund? Leonard ist nicht mein Freund! Aber der Gedanke gefällt mir. Gespannt sehe ich Hannes an. Hoffentlich sagt er irgendwas Positives über meinen Bruder! Das bräuchte mein Herz jetzt.

»Levin wurde nach eurem Unfall ja ins künstliche Koma versetzt, weil er ein Schädel-Hirn-Trauma erlitten hat. Durch den Aufprall ist eine Schwellung in seinem Gehirn entstanden«, erzählt Hannes noch einmal.

Als hätte ich das nicht schon oft genug gehört. Wieso machen das Ärzte und Pfleger eigentlich? Wollen sie damit die Spannung steigern?

»Die Schwellung ist vorbildlich zurückgegangen und er hat sich gut erholt. Wir haben die Medikamente, die ihn ins Koma versetzt haben, abgesetzt. Er wird im Laufe der nächsten Stunden aufwachen.« Hannes strahlt jetzt über das ganze Gesicht, glücklich, aber doch vorsichtig, weil er weiß, wie schlecht es mir gerade geht.

Ich kann in diesem Moment nicht anders, als ebenfalls zu strahlen. Mein Bruder hat es tatsächlich geschafft. Er wird aus dem Koma aufwachen.

»Na, da freut sich ja doch wer!« Jetzt traut Hannes sich, wirklich zu lachen.

Ich nicke.

»Melde dich bei uns, wenn er seine Augen geöffnet hat, okay?«

Ich nicke wieder. Und dann falle ich Hannes um den Hals und beginne in seinen Armen bitterlich zu weinen, weil mir alles zu viel wird. Es sind so viele verschiedene Gefühle, die heute auf mich einprasseln, und mein Herz hat alle Mühe, sie zu verarbeiten. Hannes stellt keine Fragen, er hält mich stumm in seinen starken Armen und wartet, bis ich aufhöre zu weinen. Einen Moment sehen wir uns an, doch er sagt kein Wort. Und das ist gut so.

Wochenlang habe ich gehofft, dass Levin endlich wieder aufwacht, und mir immer eingeredet, dass er es schaffen wird, aber es fühlt sich überwältigend an, dass es jetzt tatsächlich so weit ist. Bald wird Levin wieder mit uns am Abendbrottisch sitzen. Meine Mutter wird aufhören zu rauchen und mein Vater wird keine blutigen Krimis mehr gucken. Mit jedem Tag werden wir immer mehr in unsere gewohnten Routinen zurückfinden. Und heute fällt der Startschuss.

»Levin wird wahrscheinlich erst einmal nicht in der Lage sein, zu sprechen. Das Beatmungsgerät hat seinen Hals beschädigt. Das wird sich in ein paar Wochen aber gelegt haben, keine Sorge«, klärt Hannes mich auf.

Ich nicke wieder. Es ist okay. Ich bin froh, dass er überhaupt aus dem Koma aufwachen wird. Mir ist egal, ob er essen, laufen oder sprechen kann. Hauptsache, wir gehen den nächsten Schritt in Richtung Ziel.

Hannes verabschiedet sich und geht, und mein Blick wendet sich meinem Bruder zu. Es fühlt sich so unglaublich an, dass er seine Augen jede Sekunde öffnen könnte. Ich mache sein Lieblingslied an. Vielleicht hilft ihm das beim Aufwachen. Ich versuche, mich so normal wie möglich zu verhalten. Ich erzähle ihm von meinem heutigen Schultag und davon, dass die Mutter eines guten Freundes heute früh gestorben ist.

Und plötzlich öffnet er seine Augen. Ganz langsam flattern seine Lider, während sein Blick langsam versucht, sich im Raum zu orientieren. Im ersten Moment stockt mir das Herz. Obwohl ich drauf vorbereitet war, erschrecke ich mich.

»Levin! Levin!«, rufe ich und beuge mich über ihn. Er sieht mich vollkommen ausdruckslos an; er muss erst einmal darüber nachdenken, was mit ihm geschieht. Wahrscheinlich fühlt er sich wie in einer anderen Welt. Er starrt mich an. Mir laufen die Tränen übers Gesicht. Ich will sie gar nicht zurückhalten. Levin ist aufgewacht. Er hat es geschafft.

»Ich hole einen Arzt!«, sage ich zu ihm und lasse ihn los. Es kommt keine Reaktion von ihm, aber das ist okay. Er muss sich erst einmal wieder an das Leben gewöhnen.

Auf dem Flur sehe ich mich hektisch nach Dr. Sommerfeld um. Als ich ihn gefunden habe, ziehe ich ihn schnell zu Levins Zimmer. Er sieht mich erschrocken an, aber bestimmt kann er sich schon denken, was passiert ist. Er weiß ja, dass heute die Medikamente abgesetzt wurden. Mein Herz schlägt mir bis zum Hals. Levin! Levin ist wach!

»Was ist denn los, Ella? Wieso bist du so stürmisch?«, fragt Dr. Sommerfeld perplex.

Als wir im Zimmer meines Bruders ankommen, zeige ich auf seine geöffneten Augen. Meine füllen sich schon wieder mit Tränen.

Er versteht. »Herzlichen Glückwunsch! Ihr habt es geschafft!« Er zwinkert mir zu. »Natürlich wird es noch eine lange Zeit dauern, bis er wieder komplett gesund ist. Aber ab jetzt geht es bergauf. Levin wird in etwa zwei Wochen wieder sprechen können, dann wird er zur Reha und zur Physiotherapie gehen und dort wieder lernen zu laufen. Aber die schwerste Hürde habt ihr schon genommen!« Er hat recht. Ab heute wird es nur noch besser werden.

»Deine Eltern haben wir schon informiert, sie sind auf dem Weg ins Krankenhaus!«

Wieder nicke ich. Und obwohl ich eben noch so traurig war, kann ich nicht aufhören zu lächeln. Mein Gefühl sagt mir, dass es Leonard und seine Mutter nicht anders wollen würden.

Und dann verschwindet Dr. Sommerfeld auch schon wieder. Er hat dazu beigetragen, dass Levin einen zweiten Geburtstag haben wird. Das macht ihn zu einem ganz besonderen Arzt für mich, Sympathie hin oder her.

Eine halbe Stunde später sitzen meine Eltern und ich gemeinsam an Levins Bett. Es fühlt sich komisch an, dass er zwar wach, aber doch irgendwie immer noch abwesend ist. Meine Mutter fängt sofort an zu weinen und drückt seine Hand, als hätte sie Angst, dass er sonst wieder einschlafen könnte. Sie ist so glücklich, dass er es endlich geschafft hat. Man sieht ihr an, dass eine große Last von ihr abfällt. Vielleicht wird sie jetzt endlich aufhören zu rauchen, denn von nun an gibt es keinen Grund mehr, sich um irgendwas Sorgen zu machen. Es kann nur besser werden.

»Bald wird endlich wieder alles sowie früher werden!«, sagt mein Vater. Er blickt überglücklich zu meiner Mutter. »Er hat es geschafft, Eva!«

Ich sehe meine Eltern strahlend an. Es ist so schön, sie so gelöst zu erleben. Ich erzähle ihnen, was Hannes mir vorhin über Levins Zustand erklärt hat. Sie nicken nur. Alles nicht so wichtig. Hauptsache, er lebt.

Bestimmt wird Dr. Sommerfeld auch noch einmal vorbeikommen und alles Weitere mit meinen Eltern besprechen. Aber jetzt müssen wir als Familie erst einmal feiern, dass wir bald wieder komplett sind. Die Reha und die Physiotherapie wird mein Bruder auch meistern.

Wir betrachten Levin, als wäre er ein Neugeborenes. Er zeigt keinerlei Reaktion und weiß wahrscheinlich gar nicht, was gerade passiert, aber wir sind einfach nur glücklich. Herzlich willkommen zurück auf dieser Welt. Herzlich willkommen in deinem zweiten Leben.

Dr. Sommerfeld betritt den Raum.

»Guten Tag, Familie Berendt!«, begrüßt er uns.

Selbst dem Arzt sieht man seine Freude an. Er hat einen Erfolg zu verzeichnen – einer seiner Patienten ist geheilt.

»Ihr Sohn hat es jetzt also tatsächlich geschafft und ist aus dem Koma aufgewacht!«

Mein Herz schlägt immer noch ein bisschen zu schnell. Ab heute wird mein Bruder wieder an unserem Alltag teilnehmen. Was Levin wohl darüber denken wird, wenn er eines Tages mitbekommt, dass ich nicht mit fremden Menschen spreche? Er wird mich bestimmt für verrückt halten.

»Ja, er hat es geschafft!«, stimmt mein Vater ihm überglücklich zu.

Dr. Sommerfeld räuspert sich und wirft einen Blick auf sein Klemmbrett. Das ist bei der Visite wohl obligatorisch, denn ich bin mir sicher, dass er ganz genau weiß, was er sagen möchte. Er sieht erst mich an, dann meinen Vater und dann meine Mutter. Schließlich bleibt sein Blick bei meinem Bruder hängen.

»Natürlich liegt jetzt ein sehr langer Weg vor Ihrem Sohn. Er wird sich erst langsam wieder daran gewöhnen müssen, wach zu sein. Es kann zwei bis drei Wochen dauern, bis er wieder sprechen kann, weil sein Hals von dem Beatmungsgerät beschädigt ist. Auch das Schlucken wird erst einmal nicht so einfach für ihn sein. Damit er wieder so laufen kann wie früher, wird er eine

Reha besuchen müssen. Aber ich bin mir sicher, er wird das alles meistern.«

Dr. Sommerfeld erzählt nur negative Dinge über Levins Zustand, aber meine Eltern sehen aus, als hätten sie gerade im Lotto gewonnen.

»Ich lasse Sie jetzt auch wieder mit Ihrem Sohn allein. Feiern Sie noch ein bisschen, aber bleiben Sie nicht zu lange. Es ist besser, wenn Sie ihm jetzt ein bisschen Ruhe gönnen. Köpfen Sie die Sektflasche lieber erst zu Hause!«, sagt er.

Wir nicken verständnisvoll. Levin muss sich erst an all die Eindrücke gewöhnen, die gerade auf ihn einprasseln. Da tut ihm ein bisschen Ruhe sicherlich gut. Es ist das erste Mal, dass auch ich der Meinung bin, dass ihm ein bisschen Alleinsein guttun würde. Doch es ist ja auch das erste Mal seit 70 Tagen, dass ich in seine wunderschönen, eisblauen Augen sehen kann.

»Das ist eine gute Idee«, sagt mein Vater. Er erhebt sich von seinem Stuhl. Ich stehe auch auf.

»Ich wünsche Ihnen noch einen schönen Tag!«, sagt Dr. Sommerfeld.

»Danke! Und noch einmal vielen Dank dafür, dass Sie sich so gut um unseren Sohn gekümmert haben«, antwortet meine Mutter.

»Das ist mein Job, dafür bin ich da!«

Der Arzt lächelt, dann verlässt er den Raum und wir sind wieder mit Levin alleine. Schließlich steht auch meine Mutter auf. Sie kann es immer noch nicht fassen, dass Levin tatsächlich nach so vielen Tagen voller Hoffen und Bangen aus dem Koma aufgewacht ist. Und wenn er wieder sprechen kann, wird er mir sicher verraten, ob er gespürt hat, dass ich ihm immer sein Lieblingslied vorgespielt habe. Es könnte auch passieren, dass er diese Musikrichtung jetzt überhaupt nicht mehr mag und ab morgen immer Helene Fischer hören will. Manche Menschen haben sich nach dem Koma ja sehr stark verändert. Aber im Moment zählt nur, dass er über den Berg ist.

Wir verabschieden uns ausführlich von ihm. Vielleicht bilde

ich mir das nur ein, aber ich habe das Gefühl, dass er seine Augen leicht bewegt. Und auch wenn er sonst keine Reaktion zeigt, ist das für uns schon das größte Glück. Jetzt können wir uns sicher sein, dass er spürt, dass wir für ihn da sind und dass wir ihn umsorgen. Für uns ist es das Größte, dass er weiß, wer wir sind. Und als seine Schwester spüre ich, dass er das ganz genau weiß.

Obwohl ich glücklich darüber bin, dass mein Bruder aus dem Koma aufgewacht ist, denke ich immer wieder an Leonard. Ich würde ihm in diesem Moment so gerne zur Seite stehen, vor allem jetzt, wo es in meinem Leben wieder bergauf geht. Ich will es unbedingt schaffen, mit ihm zu reden. Vielleicht hat mir Levin ein Zeichen damit senden wollen, dass er ausgerechnet heute aufgewacht ist. Vielleicht wollte er mich damit anstupsen und mir klarmachen, dass jetzt der richtige Moment ist, um auch wieder gesund zu werden. Der heutige Tag hat so tieftraurig begonnen und endet so wunderschön. Daran sieht man, wie eng Glück und Unglück in einem Krankenhaus beisammen liegen. Erschreckend nah, zu nah. Man weiß nie, wann man wovon getroffen wird. Man muss jederzeit auf alles vorbereitet sein. So funktioniert das Spiel hinter diesen weißen, unscheinbaren Mauern.

Kapitel 28

Als wir zu Hause ankommen, beginnt meine Mutter zu kochen. Routine. Obwohl wir gerade Levins zweiten Geburtstag erlebt haben, müssen wir etwas essen.

»Ella, hilfst du mir dabei, den Tisch zu decken?«, fragt mein Vater. »Mama kocht!«

Das ist der Satz, auf den ich seit Wochen gewartet habe. Endlich werde ich wieder dazu aufgefordert, beim Decken des Tisches zu helfen. Es geht mir nicht darum, die Teller in den richtigen Winkel zu stellen. Ich will einfach nur unsere Routine zurück. Diese Aufforderung ist, als wäre ich wieder in mein altes Leben gefallen. Jetzt muss ich es nur noch schaffen, mit Leonard zu sprechen, und alles ist perfekt. Ich gehe in die Küche und nehme einen Stapel Teller aus dem Schrank.

»Nimm lieber die mit dem Blumenmuster!«, sagt meine Mutter gedankenverloren. Sie schneidet gerade den Schinken in Würfel.

»Okay.« Ich stelle die weißen Teller zurück in den Küchenschrank. So ganz kann sie sich noch nicht von ihren alten Verhaltensweisen lösen. Das braucht wahrscheinlich einfach ein bisschen Zeit.

»Was gibt es heute zu essen?«, frage ich, während ich nach den Tellern greife.

»Es gibt Spaghetti Carbonara!«, antwortet sie.

Ich nicke. Endlich gibt es wieder das Essen, das ich gewohnt bin. In mir flammt die leise Hoffnung auf, dass meine Mutter wieder ganz die Alte werden wird, wenn es meinem Bruder besser geht. Und dafür musste ich noch nicht einmal Quinoa-Gemüsepuffer essen. Vielleicht sind die Spaghetti eine Art erstes Zeichen ihrerseits. Nicht zu auffällig, aber wer sie kennt und zwischen den Zeilen liest, erkennt es.

Ich sehe den Nudeln für einen Moment beim Kochen zu. Alles wird gut werden. Als ich aus meinem Freudentaumel erwache, fällt mir auf, dass die Zigaretten immer noch hier liegen. Mit dem Rauchen kann sie nicht einfach so aufhören, aber ich hoffe, dass ab heute der Wille dazu da ist. Das ist das Wichtigste, wenn man irgendwas erreichen will.

Mein Blick fällt auf ihren Aschenbecher. Er ist sauber. Vielleicht soll das ein zweites Zeichen von ihr sein, für all die Veränderungen, die ab heute anstehen. Gute Veränderungen. Veränderungen, auf die ich seit Wochen gewartet habe.

»Wirst du jetzt aufhören zu rauchen?«, frage ich sie.

»Ja, vielleicht«, antwortet sie knapp.

Ich merke, dass sie jetzt nicht darüber sprechen will. Das ist okay. Diese Antwort reicht mir. Endlich wird unsere Küche wieder nach frischem Essen riechen und nicht nach Tabak und Rauch.

Ich muss an Leonard denken. Seine Mutter ist an Lungenkrebs gestorben. Heute. Auch bei ihm werden jetzt viele Veränderungen anstehen. Unschöne Dinge, die er nie verändern wollte. Doch seine Mutter hat aufgehört zu atmen. Auch meine Mutter hätte an Krebs erkranken und sterben können. Doch sie ist dem Tod noch einmal von der Schippe gesprungen.

Ich nehme den Stapel mit den Blümchentellern und gehe zurück zu meinem Vater. Er sitzt am Esstisch und bastelt kleine Kunstwerke aus den Servietten. Irgendwie kommt mir diese Situation sehr komisch vor, als wäre ich in der falschen Familie gelandet. Wieso bastelt mein Vater plötzlich Tierchen aus Servietten? Das hätte er in der Zeit machen sollen, in der Levin im Koma gelegen hat, aber doch nicht heute? Ich schüttle innerlich den Kopf.

»Schöne Servietten!«, erwähne ich beiläufig, während ich das erste Tierchen auf einem der Teller drapiere.

Mein Vater lächelt nur.

Vielleicht erwartet er ja Besuch. Aber das hätte er spätestens jetzt erwähnt. Außerdem wohnen meine Großeltern zu weit weg, um einfach mal vorbeizukommen. Und welche Familienmitglieder sollten sonst vorbeikommen, um mit uns zu feiern, dass mein Bruder wieder aufgewacht ist? Meine Mutter würde für Gäste auch etwas Gehobeneres kochen als Spaghetti, vor allem jetzt, wo sie all diese außergewöhnlichen Rezepte kennt.

Mein Papa bastelt diese Tierchen also anscheinend nur zum Spaß. Vielleicht ist das seine Art und Weise, seine Freude mit uns zu teilen. Jeder hat sogar ein anderes Tier gebastelt bekommen. Zum Glück kann ich mir heute absolut sicher sein, dass bei ihm alles in Ordnung ist. Irgendwie ist es ja auch echt süß, dass er das macht. Ich frag mich nur, wo er so was gelernt hat.

Ich gehe noch einmal in die Küche, um Besteck für uns zu holen. Meine Mutter rührt in der Carbonarasoße herum. Sie sieht nachdenklich aus. Wahrscheinlich fragt sie sich, was Levin gerade macht. Aber was soll er schon machen? Wahrscheinlich ist er noch genauso benommen wie heute Nachmittag und nimmt die Welt nur wie durch ein milchiges Glas wahr. In der Zwischenzeit hat Dr. Sommerfeld bestimmt noch einmal bei ihm vorbeigesehen. Vielleicht schläft Levin im Augenblick auch. Doch dieses Mal schläft er wirklich nur. Er wird in ein paar Stunden wieder aufwachen. Dieser Gedanke fühlt sich beruhigend an.

Als ich zurück zu meinem Vater komme, sind alle Serviettentiere fertig. Ich setze mich neben ihn und will ein Gespräch anfangen, um die Stille mit Worten zu füllen. Manchmal habe ich das Gefühl, ich müsste zu Hause all das nachholen, was ich in der Öffentlichkeit nicht aussprechen kann. Obwohl das eigentlich Quatsch ist, denn das, was ich mit Leonard versäume, kann ich ja nicht bei einem Gespräch mit meinen Eltern aufholen. Trotzdem tut es gut, mal mit meinem Papa zu reden.

Ich suche seinen Blick. Er atmet laut und schwer. Trotzdem

sehe ich ihm an, dass es ihm besser geht. Vielleicht wird er am Sonntag wieder den ZDF-Fernsehgarten gucken. Vielleicht wird er wieder der werden, der er bis vor wenigen Wochen noch war. Auch mein Vater hat mit den Serviettentierchen ein Statement gesetzt. Er hat Spaß gehabt und mal nicht nur an seinen Sohn, sondern auch an sich gedacht und sich ein bisschen Freude gegönnt. Ich lächle und überlege, wie ich eine Unterhaltung beginnen könnte.

»Wo hast du gelernt, diese Tierchen zu formen?«, frage ich.

Er zuckt mit den Schultern. »Das hat mir als Kind mal meine Oma beigebracht.«

Ich nicke anerkennend. »Und das weißt du nach so vielen Jahren noch?«

Er sieht mich beleidigt an, doch ich weiß, dass das nur Show ist. »Möchtest du mir damit etwa sagen, dass ich alt bin?«

Ich lege eine ernste Miene auf. Auch nur Show. »Nein, natürlich nicht. Aber es sind ja doch schon ein paar Jährchen, die du auf dem Buckel hast!« Ich grinse. Es ist so schön, dass die Stimmung bei uns endlich ein bisschen gelöster ist. Ohne jegliche Hintergedanken. Einfach mal ein lautes, ehrliches Lachen. Wie sehr habe ich das vermisst.

»Ach, weißt du, so was vergisst man nicht. Das ist ja auch kein riesengroßes Kunstwerk, das ich da gebastelt habe! Ich habe einfach Lust darauf gehabt.« Er betrachtet eins der Tierchen, das er in der Hand hält.

Und dann versinken wir für einen kurzen Moment in der Stille und hängen unseren eigenen Gedanken nach. Es ist keine unangenehme Stille wie sonst immer, sondern wir genießen sie. Wir sitzen lächelnd am Tisch und warten darauf, dass meine Mutter mit dem Essen hereinkommt. Es ist erstaunlich, wie schnell das Leben eine neue Richtung einschlagen kann.

Beim Essen herrscht allerdings eine seltsame Stimmung. Auf der einen Seite sehen meine Eltern so ungewohnt losgelöst von allen Sorgen aus, aber gleichzeitig drehen sie schweigend ihre Nudeln auf ihren Löffeln. Sie sind genauso schweigsam wie in den letzten Tagen auch. Das passt überhaupt nicht zu dem lockeren Gespräch, das ich noch vor ein paar Minuten mit meinem Vater geführt habe.

»Was ist los? Freut euch doch mal, dass Levin aus dem Koma erwacht ist!«, werfe ich in den Raum. Erstens möchte ich wissen, wieso sie so ruhig sind, und zweitens möchte ich sie dazu bringen, zu sprechen.

Meine Mutter sieht von ihren Nudeln auf. »Natürlich freuen Papa und ich uns, dass Levin aus dem Koma aufgewacht ist – das ist schließlich das, was wir uns die ganze Zeit gewünscht haben!«

Ich schaue sie skeptisch an, damit sie sieht, dass ich es ihr nicht abkaufe.

»Ella, dein Bruder ist zwar aus dem Koma aufgewacht, aber das heißt noch lange nicht, dass alles so wie früher wird! Er könnte Sprachstörungen haben oder nie mehr richtig laufen können, all das kann passieren!« Sie zerstört das Tier, das mein Vater so mühevoll gebastelt hat, und wischt sich mit der Serviette über ihre Mundwinkel.

»Natürlich wird es dauern, bis er wieder der Alte ist. Aber jetzt müsst ihr erst einmal feiern, dass er überhaupt noch lebt!« Ich sehe meine Mutter vorwurfsvoll an.

Mein Vater kaut vor sich hin und verfolgt unser Gespräch. Zum ersten Mal fällt mir auf, dass seine Haare in den letzten Wochen ziemlich grau geworden sind. Die Situation hat an seinen Nerven genagt und ihn alt gemacht.

»Das kannst du jetzt vielleicht noch nicht nachvollziehen, Ella, aber als Mutter macht man sich immer Sorgen – wenn ich mir jetzt keine Sorgen mehr darum machen muss, dass er stirbt, muss ich mich jetzt darum Sorgen machen, dass mein Sohn lebenslang auf Hilfe angewiesen sein wird, obwohl er alles noch vor sich hat!« Meine Mutter redet mit mir, als würde sie einem kleinen Kind etwas erklären.

Ich seufze theatralisch. »Aber das hast du doch früher auch

nicht getan! Und da bist du auch schon seine Mutter gewesen«, kontere ich.

»Früher ist dein Bruder auch nicht schwer krank gewesen!«, sagt sie mit erhobener Stimme.

Diese Worte treffen mich mitten ins Herz. Levin ist krank. Auch jetzt, wo er nicht mehr im Koma liegt, ist er noch krank. Ich habe es die ganze Zeit über gewusst. Aber trotzdem tut es weh, wenn meine Mutter es so deutlich ausspricht. Vielleicht wird mein Bruder für immer ein Pflegefall bleiben. Vielleicht wird er nie mehr der werden, der er vor dem Unfall gewesen ist. Ich senke meinen Blick und konzentriere mich auf das Aufrollen meiner Spaghetti. Es folgt eine erdrückende Stille, in der ich das Gefühl habe, dass jeder im Raum mit den Tränen kämpft und droht, in der Stille zu ertrinken.

Mein Vater ist der Erste, der wieder Worte findet. »Alles wird gut, Eva. Levin schafft das. Er ist dein Sohn, er hat denselben starken Willen wie du. Er wird das alles meistern, komme, was wolle!« Mein Vater sieht meine Mutter aufmunternd an. Er gibt sich überraschend optimistisch, und ich weiß nicht, ob ich ihm glaube. Vielleicht sieht er es wirklich so, und das ist der Grund, warum er sich auch mal wieder seinen eigenen Spaß gegönnt hat; vielleicht sagt er das aber auch nur, weil er wie so oft in den letzten Wochen alles dafür tut, dass meine Mutter lacht. Sie antwortet ihm nicht, aber man sieht ihr an, dass seine Worte bei ihr angekommen sind und dass sie darüber nachdenkt.

Ich versuche, mich auf den Geschmack meiner Nudeln zu konzentrieren, aber ich muss an Leonard denken. Ob sein Vater schon zu Hause angekommen ist? Vielleicht sitzen sie gerade beisammen und schwelgen in Erinnerungen. Er bekommt heute wohl keinen Bissen mehr runter. Seine Gedanken sind sicher den ganzen Tag bei seiner Mutter. Doch vielleicht erinnert er sich daran, was er mir erzählt hat, und vielleicht ist dieser Gedanke im Moment ein kleines Licht in der Dunkelheit für ihn.

Mein Herz schmerzt, als ich an ihn denke. Ich bin im Moment keine gute Freundin für ihn. Ich muss wieder anfangen zu sprechen. Ich muss jetzt für ihn da sein. Doch ich habe Angst, dass wir uns wegen meines Schweigens aus den Augen verlieren und nie wiedersehen werden. Ich muss mit ihm reden. Egal, wie schwer es wird. In der mündlichen Prüfung habe ich es auch geschafft. Also werde ich es vor ihm auch hinbekommen, obwohl es mich sehr viel Überwindung kosten wird. Leonard hat es verdient.

Nach dem Essen bringe ich die Teller in die Küche. Im Aschenbecher glüht eine Zigarette. Ich tue so, als hätte ich sie gar nicht gesehen und hole noch die Pfanne aus dem Esszimmer. Meine Mutter raucht immer noch. Es war klar, dass sie nicht von heute auf morgen damit aufhören kann, aber trotzdem lässt mich das schlucken. Genauso wie Levin nicht sofort wieder gesund wird, nur weil er jetzt wach ist, wird auch meine Mutter nicht von heute auf morgen wieder die Alte werden. Das alles braucht seine Zeit.

Ich stehe mit der Pfanne in der Küche.

»Danke, den Rest schaffe ich alleine!«, sagt meine Mutter und nimmt sie mir aus der Hand.

Es liegt ein langer und steiniger Weg vor uns. Doch jeder Weg beginnt mit dem ersten Schritt, und den hat Levin heute endlich gemacht. Als ich auf dem Weg in mein Zimmer einen Blick ins Wohnzimmer werfe, sehe ich, dass sich mein Vater eine Folge des ZDF-Fernsehgartens ansieht. Er sieht dabei viel entspannter aus als mit den Krimis. Das ist das Bild, das ich sehen will. Wir gehen in die richtige Richtung, aber wir sind noch lange nicht am Ziel. Das wird noch dauern.

Kapitel 29

Ich erzähle meinem Bruder von den letzten Wochen. Ich erzähle ihm von meinen Eltern und von mir, von unseren Sorgen und Ängsten und von der Freude darüber, dass er gestern endlich aufgewacht ist. Es fühlt sich komisch an, hier zu sitzen und zu wissen, dass er alles hört, was ich sage. Er zeigt keinerlei Reaktion, und doch verraten mir seine Augen, dass er genau registriert, was ich sage. Das Glas, durch das er die Welt wahrnimmt, ist immer noch milchig. Und das wird auch noch ein paar Tage so bleiben.

Ich habe seine Augen so vermisst. Ich erinnere mich an die Worte von Leonards Mutter: An jeder negativen Sache ist auch etwas Positives. Selbst daran, dass ich meine Freizeit wochenlang in diesem Krankenhaus verbringen musste, um meinem Bruder nahe sein zu können, gibt es etwas Positives: Ich hätte Leonard sonst nie kennengelernt.

Für einen Moment verstumme ich und denke an gestern. Seine Mutter ist jetzt schon über vierundzwanzig Stunden tot. Er musste die erste Nacht ohne sie verbringen. Mit Sicherheit hat er kaum geschlafen. Immer wieder wird er wachgeworden sein, klatschnass geschwitzt und mit lauter Gedanken im Kopf. Nachts, alleine im Bett, wird er durch die Hölle gehen. Und dann musste er das erste Mal zur Schule gehen mit dem Wissen, dass er danach nicht ins Krankenhaus fahren wird. Denn da ist niemand mehr, der auf ihn wartet.

Es bricht eine Zeit lauter erster Male an. Erste Male, die ich ihm gerne erspart hätte. Es ist sein erster Nachmittag ohne sie. Leonard ist stark. Er schafft das. Doch auch er braucht jemanden, der ihm zur Seite steht. Und ich wäre so gerne dieser Mensch, aber ich bekomme meine Zähne einfach nicht auseinander. Und das versetzt meinem Herzen einen so festen Stich, dass ich mir reflexartig an die Brust fassen und es festhalten möchte. Ich möchte gar nicht wissen, wie oft Leonard diese Bewegung in Zukunft noch machen wird. Sein Herz wird noch so oft bluten, wenn er an seine Mutter denkt.

Ich muss mich irgendwie ablenken. Ich richte meinen Blick wieder auf meinen Bruder, der mich weiterhin so ansieht, als wüsste er noch nicht so ganz, was er von der Welt halten soll.

Ich erzähle ihm davon, dass Mama angefangen hat zu rauchen. Und davon, dass Papa plötzlich Krimis geguckt hat. Levin wird sich bestimmt noch an die Moderatorin des ZDF-Fernsehgartens erinnern können. Ihre Stimme hat sich in unsere Köpfe gebrannt.

Doch ich erzähle ihm auch von gestern Abend. Von der gelösten Stimmung meines Vaters und den Serviettentierchen. Ich lächle, als ich daran zurückdenke. Es war so schön, ihn einmal dabei zu sehen, wie er Spaß hat.

Ich erzähle meinem Bruder auch von dem leeren Aschenbecher meiner Mutter und davon, dass sie sich trotzdem noch Sorgen um ihn macht und deswegen eine geraucht hat. Natürlich machen wir uns alle Sorgen. Niemand weiß so genau, was noch alles auf uns zukommen wird. Vielleicht wird er nie mehr der Alte werden. Und das nur wegen eines jungen Kerls, der ausgerechnet an diesem Abend sein Lenkrad nicht unter Kontrolle hatte. Doch wir müssen im Hier und Jetzt leben. Und im Jetzt zählt, dass Levin nach 71 Tagen endlich aufgewacht ist. Ich sehe aus dem Fenster und betrachte die Blumen beim Wachsen. Die ersten Blüten bahnen sich den Weg aus ihren Knospen.

Hinter mir ertönt eine Stimme. »Darf ich reinkommen?«

Ich zucke erschrocken zusammen. Hannes. Ich habe sein

Klopfen überhaupt nicht gehört! Wahrscheinlich war ich viel zu sehr in meine Gedanken versunken. Ich nicke.

Er nimmt sich einen Stuhl und setzt sich mir gegenüber. Ich frage mich, ob er diese Art von Besuchen nur mir abstattet, oder ob er das bei jedem seiner Patienten macht. Auf die Dauer würde ihn das ziemlich viel Zeit kosten. Aber es hilft den Angehörigen sehr. Mir zumindest.

»Bist du froh, dass Levin wieder aufgewacht ist?«, fragt er mich. Eine rhetorische Frage, denn ihm ist klar, dass ich froh darüber bin, und doch sind solche Fragen irgendwie gut geeignet, um ein Gespräch anzufangen.

Sein Blick huscht kurz zu meinem Bruder, dann sieht er wieder mich an und wartet auf die entsprechende Kopfbewegung. Vielleicht erwartet er auch gar keine Antwort, denn diese Frage kann er sich eigentlich selber beantworten. Ich glaube nicht, dass er damit rechnet, dass ich den Kopf schüttle. Doch ich gebe ihm trotzdem eine Antwort und nicke. Diese Kopfbewegung ist eine Antwort auf so viele Fragen – auf gute und auf schlechte, auf lustige und auf traurige. Alle lassen sie sich durch ein Nicken beantworten, wenn der Frager sich die Mühe macht, sie entsprechend zu formulieren. Nichts Besonderes. Nichts besonders Aussagekräftiges. Einfach nur eine Bewegung.

Ich möchte endlich wieder sprechen können. Ich möchte zu jeder Frage die passende Antwort geben. Meine Lippen sollen Buchstaben zu Worten zusammenfügen und meinem Gegenüber genau sagen, was ich denke und fühle. So ein Nicken drückt überhaupt nicht aus, was in mir vorgeht. Wenn ich sprechen könnte, würde ich Hannes erzählen, wie überrascht ich war, als mein Bruder gestern aufgewacht ist. Ich könnte ihm von dem komischen Gefühl erzählen, dass er wach, aber dennoch abwesend ist. Doch ich kann nicht. Und deshalb muss ein Nicken ausreichen.

Hannes sieht Levin in die Augen. »Das kann ich mir vorstellen!« Er lacht. Dann wird er sofort wieder ernst. »Aber das mit Leonards Mutter beschäftigt dich bestimmt ganz schön, oder?«

Sofort bildet sich ein schmerzhafter Kloß in meinem Hals. Ich senke meinen Blick und beiße mir auf die Lippe. Ich nicke.

»Das ist eine wirklich tragische Geschichte. Wenn man im Krankenhaus arbeitet, stellt man sich darauf ein, dass immer wieder Menschen sterben werden, aber sie ist noch so jung gewesen. Und der arme Junge!« Hannes schüttelt fassungslos den Kopf.

Ich presse meine Lippen aufeinander.

»Wärest du jetzt nicht gerne für ihn da?« Er sieht mich fragend an. Seine Worte treffen mich mitten ins Herz.

Ich nicke bedrückt.

»Dann sei es! Ella, fang wieder an zu sprechen! Irgendwann wird es zu spät sein und du wirst es bereuen, dass du ihm nicht zur Seite gestanden hast. Du hast nur einmal die Chance, ihm zu beweisen, was dir an ihm liegt. Nutze sie. Sprich!«

Wieder zieht sich bei seinen Worten mein Herz schmerzhaft zusammen. Er hat recht. Eines Tages wird es zu spät sein, und ich werde meine Chance nicht genutzt haben. Entweder bin ich jetzt für Leonard da oder ich werde ihn verlieren.

Ich nicke. Der Kloß in meinem Hals schmerzt.

Er steht auf und schiebt seinen Stuhl an den Tisch zurück.

»Du hast nicht unendlich viel Zeit, Ella. Nutze jetzt deine Chance! Dir steht nichts mehr im Weg – Levin ist aus dem Koma aufgewacht. Das Einzige, was dir noch den Weg versperrt, bist du selbst!« Er wirft mir einen langen, intensiven Blick zu. »Sei für Leonard da, wenn er dich am meisten braucht!«

Ich nicke wieder und gucke dabei nachdenklich auf meine Hände. Ich fühle mich wie erschlagen von seinen Worten. Das merkt Hannes und steht auf.

»Ich wünsche dir noch einen schönen Tag!« Er lächelt. »Und dir natürlich auch, Levin.« Jetzt sieht er zu meinem Bruder, als hätte er ganz vergessen, dass Levin nun ansprechbar ist.

Nachdem Hannes den Raum verlassen hat, entspanne ich mich ein bisschen. Hannes' Worte liegen mir schwer im Magen. Irgendwann wird es zu spät sein. Irgendwann wird Leonard meine Worte nicht mehr brauchen. Jetzt ist meine einzige Chance. Und die muss ich nutzen.

Ich erzähle meinem Bruder von Leonard. Es fühlt sich immer noch komisch an, dass er mich mit offenen Augen ansieht und doch nicht mit mir spricht. Vielleicht möchte er mir damit einen Spiegel vorhalten und mir zeigen, wie sich die Menschen fühlen, die sich mit mir unterhalten. Ich antworte auch niemandem, obwohl ich dazu in der Lage wäre. Levin würde das vielleicht auch gerne tun, aber kann es noch nicht. Doch im Gegensatz zu mir können Medikamente ihm helfen. Mir kann nur ich selber helfen. Meine Gedanken lassen mich schlucken. Ich will endlich wieder sprechen können. Ich will den Menschen um mich herum etwas erzählen, Fremde nach dem Weg fragen oder neue Bekanntschaften knüpfen. Ich möchte endlich wieder richtig leben.

Hannes hat recht. Ich muss für Leonard wieder sprechen. Ich will ihn nicht verlieren. Obwohl er gesagt hat, dass er es im Augenblick gut findet, dass ich nicht mit ihm rede, bin ich mir sicher, dass ihm die aufbauenden Worte seiner Tante auch gutgetan haben. Gestern ist alles noch so frisch gewesen, aber eigentlich ist er bestimmt froh, dass er sie an seiner Seite hat. Manchmal tun Worte eben gut, und manchmal ist man froh, wenn jemand schweigt. Doch jetzt braucht Leonard mich. Er braucht meine Worte, und wenn ich ihn nicht verlieren möchte, muss ich anfangen zu sprechen. Jetzt. Sofort.

Plötzlich habe ich das Bedürfnis, ganz schnell an die frische Luft zu kommen. Ich habe das Gefühl, hier drinnen würde ich von meiner eigenen erdrückenden Stille erschlagen werden, die mir den Hals zuschnürt und mich am Atmen hindert. Eigentlich sind es immer die Worte, die mir die Kehle zuschnüren, doch jetzt ist es die Stille. Ich bekomme keine Luft mehr. Ich muss hier raus.

Schnell verabschiede ich mich von meinem Bruder und stürme aus dem Zimmer. Ich laufe durch das Treppenhaus, als wäre ich vor jemandem auf der Flucht. So schnell ist hier wahrscheinlich noch nie jemand entlanggestürmt. Es tut gut, meinen Körper zu spüren.

Als ich unten ankomme, gehe ich zügig zur Tür. Heute kommt mir die Drehtür besonders langsam vor. Und dann stehe ich endlich draußen. Endlich spüre ich frische Luft auf meiner Haut. Leichte Kühle schlägt mir ins Gesicht. Sie tut so gut. Ich fühle mich, als wäre ich aus einer Luftblase ausgebrochen. Endlich kann ich wieder atmen, endlich bin ich frei.

Kapitel 30

Die Menschen sammeln sich vor dem Eingang des Krankenhaues. Ich bin gespannt, wie oft ich noch nach der Schule hierher fahren werde. Es wird sich bestimmt komisch anfühlen, wenn ich von der Schule aus auf einmal nach Hause fahren kann.

Im Krankenhaus schlägt mir sofort wieder dieser sterile, leicht stickige Geruch in die Nase. Als Erstes gehe ich zum Kaffeeautomaten. Vielleicht ist Leonard ja hier irgendwo zu sehen. Dann könnte ich meine Chance nutzen. Bei dem Gedanken daran beginnt mein Herz zu rasen und mir wird flau im Magen, dabei gibt es für Leonard doch gar keinen Grund mehr, hier zu sein.

Während ich mit meinem Kaffeebecher in der Hand auf den Aufzug warte, betrachte die Menschen, die sich hier aufhalten. Plötzlich entdecke ich auch Leonard in der Menge. Er trägt eine graue Reisetasche in der Hand. Die Sachen seiner Mutter. Seine Augen sind zu Boden gesenkt; er sieht so aus, als wolle er niemanden sehen oder hören. Doch ich muss jetzt mit ihm sprechen. Vielleicht wird er das Krankenhaus ab heute nie mehr betreten, und ich hätte meine Chance verpasst.

Ich gehe mit zügigen Schritten auf ihn zu. Jetzt, Ella. Jetzt. Ich atme noch einmal tief durch und nehme meinen ganzen Mut zusammen. Mein Herz schlägt mir bis zum Hals, mein Kopf dröhnt. Ich wische meine feuchten Hände an der Jeans ab. Ich habe das Gefühl, mein Körper spielt vollkommen verrückt. Wir verlassen das Krankenhaus. Frische Luft tut gut. Ich fühle mich wie ein Stalker, der ihn verfolgt, aber das ist mir egal. Ich muss das jetzt hinter mich bringen. Heute noch.

Ich öffne meinen Mund, forme seinen Namen, doch es kommt kein Ton heraus. Ich versuche es noch einmal, doch wieder passiert nichts. Leonard kommt dem Ausgang des Krankenhausgeländes immer näher. Verdammt. Wieso kommt denn kein Ton aus meiner Kehle? Ich muss ihn aufhalten. Ich muss jetzt mit ihm sprechen. Noch einmal setze ich an und rufe seinen Namen.

»Leonard!«, rufe ich. Doch es klappt nicht. Der Ton schafft es nicht aus meinem Mund heraus. Meine Kehle fühlt sich an wie ein ausgetrockneter See.

Ich gehe noch ein bisschen schneller, damit ich direkt hinter ihm gehe. Nichts passiert.

Mein Blick fällt auf die Reisetasche, die er in seiner Hand trägt. Plötzlich spüre ich in meinem Herz wieder dieses unangenehme Stechen. In der Tasche befinden sich all die Erinnerungen an seine Mutter. All die Dinge, die sie jetzt nicht mehr braucht, weil im Himmel andere Regeln gelten. Auf die Reise dorthin darfst du nichts mitnehmen, du brauchst keinen Koffer mit Kleidern oder Schmuck.

Vielleicht ist es falsch, Leonard anzusprechen, geht es mir durch den Kopf. Er ist im Moment bestimmt mit anderen Dingen beschäftigt. Immerhin hat er gerade das Zimmer seiner Mutter leergeräumt. Doch dann erinnere ich mich wieder an Hannes' Worte von gestern. Ich muss jetzt für ihn da sein. Gerade jetzt. Sonst wird es eines Tages zu spät sein. Aber nicht nur für uns zusammen, sondern auch für mich allein. Es reicht nicht mehr, dass ich einfach nur beobachte, ich muss endlich wieder anfangen, mein Leben so zu leben, wie es mich wirklich erfüllt.

Ich atme noch einmal tief durch, wie ein Sportler, der auf den Startschuss wartet, bevor er das Rennen seines Lebens bestreitet. Ein bisschen fühle ich mich, als wäre ich bei den Olympischen Spielen. Ich möchte unbedingt die Goldmedaille ergattern. Deshalb setze ich noch ein weiteres Mal an, um seinen Namen zu sagen. Irgendwann muss es doch klappen. Bei meinen Eltern klappt es doch auch. Wieso weigert sich meine Kehle, ein Gespräch mit Leonard anzufangen? Ausgerechnet jetzt. Ausgerechnet mit ihm. Meine ganze Erkrankung ist psychisch bedingt, haben meine Eltern gesagt. Doch meine Psyche will mit diesem Jungen sprechen. Er ist nicht fremd. Er ist nett. Wir kennen uns. Es gibt keinen Grund, irgendwelche Bedenken zu haben. Ich hole noch einmal tief Luft, dann spreche ich seinen Namen aus.

»Leonard«, wiederhole ich dieses Mal ein wenig leiser, weil ich mich direkt hinter ihm befinde. Wir sind mittlerweile direkt an der Bahnstation angekommen. Jetzt muss es klappen. Sonst wird er gleich in die Bahn einsteigen, und der Zug wird im wahrsten Sinne des Wortes abgefahren sein.

Es hat geklappt.

Er hat mich gehört.

Er dreht sich zu mir um. Als er sieht, dass tatsächlich ich diejenige gewesen bin, die ihn gerufen hat, weiten sich seine Augen.

»Du … du kannst sprechen!«, ruft er. Zum Glück sind keine anderen Leute auf dem Bahnsteig. »Ella, du hast gerade meinen Namen gesagt!« Er sieht so stolz aus wie ein Vater, wenn sein Baby das erste Mal »Papa« gesagt hat.

Ich gucke beschämt zu Boden. So viel Aufmerksamkeit mag ich nicht. Zum ersten Mal seit drei Tagen sehe ich Leonard wieder lachen. Schon allein deshalb hat es sich gelohnt, den Schritt zu wagen und den Mund aufzumachen. Ich nicke verlegen.

»Wow! Das hat dich bestimmt sehr viel Überwindung gekostet!« Er lächelt.

Ich nicke wieder.

»Schade, dass meine Mutter nicht mehr sieht, dass du doch sprechen kannst.« Er beißt sich auf die Lippe. Ich spüre förmlich den Kloß, der sich gerade in seinem Hals bildet, und wie die Traurigkeit droht, seine Augen zu überschwemmen.

Ich nicke wieder. »Hmm.«

»Na ja, sie guckt ja von dort oben auf uns runter und quatscht bestimmt gerade mit den anderen Engeln über uns.«

»Bestimmt tut sie das!« Meine Kehle fühlt sich staubtrocken

an und die Worte, die aus meinem Mund kommen, klingen, als würde jemand anders sie aussprechen. Aber ich muss jetzt reden. Eigentlich wollte ich Levin besuchen gehen, doch jetzt stehe ich hier mit Leonard an der Bahn und muss die eine Chance nutzen, die mir noch bleibt. Dann kann ich meinem Bruder später davon erzählen.

Der Zug fährt ein. »Kommst du mit?« Leonard sieht mich fragend an. Ich nicke.

»Wir können ja später gemeinsam zu deinem Bruder fahren! Wie geht's ihm eigentlich?«, fragt er.

»Er ist aus dem Koma aufgewacht«, sage ich. »Natürlich liegt jetzt ein langer Weg vor ihm, aber er kann wieder alleine atmen.« Wir steigen gemeinsam in den Zug ein.

»Was? Das sind ja tolle Neuigkeiten. Ich freue mich so für dich!« Wenigstens hat einer von uns Glück im Leben, denkt er jetzt bestimmt.

Ich beiße mir auf die Lippe. Er tut zwar so, als würde er sich total freuen, aber eigentlich glaube ich, dass es seinem Herzen einen Stich versetzt, dass Levin ein neues Leben geschenkt bekommen hat, während das seiner Mutter zu Ende gegangen ist. Doch Leonard überspielt das gut.

Er lässt sich auf einen von zwei freien Sitzplätzen fallen. Ich bin froh, dass er sich nicht in einen Viererplatz gesetzt hat. Auch wenn wir uns in einer Bahn befinden, in der hundert andere Menschen sitzen, habe ich auf unseren Plätzen das Gefühl, dass wir für uns sind. Ich werfe einen Blick aus dem Fenster. Wir fahren an Vorgärten vorbei, in denen Wäsche an der Leine hängt, und an verlassenen Feldern. Ich genieße es, der Natur da draußen zuzusehen.

Plötzlich räuspert Leonard sich. »Ella?«, fragt er.

Ich wende ihm meinen Blick zu und hebe die Augenbrauen. »Ja?«

»Magst du mir vielleicht erzählen, warum du aufgehört hast zu sprechen? Das hat mich schon die ganze Zeit interessiert, aber ich konnte dich ja nie fragen!« Er guckt mich an. »Also, bei unserem ersten Treffen hast du ja angedeutet, dass du seit dem Tag des Unfalls nicht mehr sprichst. Ist der Unfall der Grund dafür gewesen?«, fragt er.

Ich sehe, dass ihm seine Frage unangenehm ist. Für einen kurzen Moment wird mir schlecht. Es war klar, dass er früher oder später diese Frage stellen würde, aber trotzdem muss ich erst einmal schlucken. Sofort schwirren wieder die Bilder dieses Abends vor meinem inneren Auge. Eigentlich möchte ich nicht darüber reden. Die Wunde ist noch zu frisch und unbehandelt. Gleichzeitig möchte ich mit diesem Abend abschließen. Leonard hat es verdient, den Grund für mein Schweigen zu erfahren. Und ich kann ihm jetzt schlecht entgegnen, dass ich es ihm nicht erzählen möchte. Er hat so viel Zeit mit mir verbracht, obwohl ich nicht gesprochen habe. Das will ich ihm jetzt vergüten.

»Nicht wirklich«, antworte ich. Ich atme tief und lange ein und wieder aus. Am liebsten würde ich die Bahn fluchtartig verlassen. Doch das geht nicht. Hier bin ich gefangen. Wir fahren und die Türen öffnen sich erst, wenn der Zug zum Stehen kommt. Hier muss ich mich Leonards Fragen stellen. Also nehme ich noch einen tiefen Atemzug und warte einen Moment, bis ich wieder ausatme. Leonard soll ruhig merken, dass es mir nicht leichtfällt, über das Geschehene zu sprechen, aber das kann er sich bestimmt auch denken. Ich werfe ihm noch einen Blick zu, dann senke ich meine Augen auf meine ineinander verschränkten Finger und beginne, von dem Abend zu erzählen.

»Ich bin mit meinem Bruder und ein paar Freunden in einen Club gefahren, und wir haben alle zusammen gefeiert. Irgendwann bin ich zur Bar gegangen, weil ich Durst hatte und aus der tanzenden Menge rauswollte. Einer der Freunde meines Bruders ist mir gefolgt. Erst haben wir uns super unterhalten, er hat mir Komplimente gemacht. Ich habe mir nichts dabei gedacht und mich einfach darüber gefreut, dass er so nett zu mir ist. Doch irgendwann wollte er immer mehr und ist mir nähergekommen. Das ist mir alles zu viel geworden. Er war nett, ja, aber ich wollte nichts von ihm, und das wollte er nicht akzeptieren.« Ich mache eine kleine Pause, damit Leonard die Informationen verarbeiten kann.

»Mistkerl«, zischt er.

Ich nicke und fange wieder an zu sprechen.

»Ich hab ihm dann gesagt, dass ich ganz dringend auf die Toilette muss, und hab ihn alleine an der Bar stehen gelassen. Ich musste von ihm weg. Als ich auf der Toilette ankam, stand vor einer der Kabinen ein Typ, der seine Freundin gegen die Tür gedrückt und bedrohend auf sie eingeredet hat. Ihre Nase hat schon geblutet, und ich glaube, sie hatte rote Streifen am Hals, weil er sie gewürgt hat. Ich habe mich dann bemerkbar gemacht, weil ich gehofft habe, er hört damit auf, wenn er sieht, dass jemand anderes im Raum ist. Und tatsächlich. Er hat sie losgelassen, hat sie als Schlampe bezeichnet und ist gegangen.« Es fühlt sich komisch und befreiend zugleich an, ihm alles zu erzählen.

Leonard stockt der Atem. Es entsteht ein Moment des Schweigens. Wir brauchen beide unsere Zeit, um das, was ich gerade erzählt habe, zu verdauen. Ich hätte nie gedacht, dass ich noch einmal über diesen Abend sprechen würde. Doch plötzlich ist es einfach aus mir herausgesprudelt, und es hat sich so leicht angefühlt, Leonard davon zu erzählen. Ich habe das Gefühl, dass er mich für das, was ich ihm erzähle, nicht verurteilen wird. Er nimmt mich so, wie ich bin: mit all meinen kleinen und großen Päckchen, die ich auf dem Rücken trage.

»Du …« Er sucht nach den richtigen Worten. »Du hast dieser Frau vielleicht das Leben gerettet!« Er sieht mich mit großen Augen an.

»Ja, vielleicht.« Ich zucke mit den Schultern. Es fühlt sich seltsam an, dass Leonard mir seine volle Aufmerksamkeit schenkt und Respekt vor dem hat, was ich getan habe. »Krass«, stößt er hervor.

Ich nicke. »Hmm.«

Ich schlucke einmal schmerzhaft. Die Szene flammt wieder vor meinem inneren Auge auf. Ich spüre die Hände von Levins Kumpel auf meinem Oberschenkel und die stickige Luft auf der Toilette. Es bildet sich ein dünner Schweißfilm auf meinem Gesicht. Mir wird warm. Ich habe das Bedürfnis, hier schnell rauszukommen, aber es geht nicht. Die Station, an der ich hätte aussteigen müssen, ist schon lange vorbei, aber wir sind einfach weitergefahren. Zu tief habe ich im Sumpf der Erinnerungen gesteckt. Und jetzt fahren wir einfach weiter und ich bin wieder gefangen. Ich überlege, was ich noch sagen könnte, damit ich meinen Drang, hier rauszukommen, überwinden kann.

»Na ja, und dass ich nicht spreche, ist dann einfach so gekommen. Mir ist die ganze Welt plötzlich so fremd vorgekommen, und ich habe jeden Menschen, dem ich begegnet bin, hinterfragt. Selbst meine Klassenkameraden kommen mir auf einmal so unbekannt vor. So sehr ich auch mit den Leuten reden will, meine Kehle fühlt sich zu trocken an, und ich kann den Mund einfach nicht aufmachen. Und immer wieder habe ich mich gefragt, welche Geschichte wohl hinter dem Gesicht steckt. Das kann man nie wissen.« Ich atme tief durch. Leonard sieht sehr nachdenklich aus. Ich sehe ihm an, dass er versucht, mich zu verstehen. Er atmet laut aus. Ich rede weiter.

»Ich hätte auch nie gedacht, dass der Freund meines Bruders so drauf sein würde.« Ich beiße mir auf die Lippe. »Von da an war mein Hals wie zugeschnürt.«

Leonard nickt verständnisvoll.

»Und dann bist du in mein Leben getreten. Am Anfang fand ich es noch nicht so schlimm, dass ich nicht mit dir gesprochen habe, ich habe mich zwar dafür geschämt, aber dieses Gefühl ist für mich normal gewesen. Doch an dem Tag, an dem deine Mutter gestorben ist, ist mir klargeworden, dass ich meine Angst vor dem Sprechen endlich überwinden muss. Sonst könnte es eines Tages zu spät sein und ich würde dich verlieren.«

Noch einmal atme ich tief durch. Ich fühle mich so befreit, dass ich endlich mit Leonard spreche. Es fühlt sich so gut an. Endlich bin ich aus meiner Luftblase ausgebrochen. Ich fühle mich, als würde ich erst jetzt wieder so richtig am Leben teilnehmen.

»Und ich habe es geschafft!«, sage ich. Es huscht ein kleines Lächeln über meine Lippen.

»Das ist so krass, was du mir gerade erzählst.« Er atmet laut aus. »Ich bin so stolz auf dich, Ella. Ich weiß gar nicht, was ich sagen soll!« Er sieht mich vollkommen geplättet an.

»Sag am besten nichts. Das ist manchmal am besten!« Ich lege meinen Kopf auf seine Schulter. Es fühlt sich gut an, seinen Atem auf meiner Haut zu spüren. Mein Herz schlägt ein bisschen schneller, so wie immer in seiner Gegenwart.

Er atmet tief durch und lässt sich tiefer in seinen Sitz sinken. »Okay.«

Ich spüre, dass er sich langsam wieder entspannt. Seine warme Hand umschließt meine. Ich lasse es einfach geschehen.

Ich lächle. Es hat so gut getan, mit ihm zu sprechen. Ich fühle mich plötzlich viel erleichterter, weil ich mein Päckchen nun nicht mehr alleine herumtrage. Endlich habe ich mit jemandem darüber gesprochen. Wir sagen kein Wort mehr, sondern denken beide über das Gespräch nach und genießen die Stille, die zwischen uns herrscht, obwohl um uns herum so viel los ist.

Und so fahren wir weiter durch die Stadt und steigen nicht aus. Das Leben zieht vor dem Fenster an uns vorbei, während ich mich mit Leonard fühle, als wäre ich in meiner eigenen kleinen Welt. Und meine eigene kleine Welt wird Stück für Stück wieder zu einer werden, in der ich gerne lebe – mit all ihren Ecken und Kanten. Denn ich habe in all den Wochen, in denen mein Bruder im Koma gelegen hat, eins verstanden: Perfekt ist das Leben nicht, wenn alles in bester Ordnung ist und jedes Teil an der richtigen Stelle sitzt. Perfekt ist das Leben erst, wenn du das Teilchen entdeckt hast, das mit all seinen Ecken und Kanten perfekt in dein Leben hineinpasst. Und das habe ich mit Leonard gefunden.

Epilog

Ein Jahr nach dem Unfall

»Lass uns noch auf Mama und Papa warten.« Levin legt seine Gabel zur Seite. Ich nicke, den Mund schon voller Marmorkuchen.

Levin ist seit dem Unfall ein totaler Familienmensch geworden. Das hätte man sich früher überhaupt nicht vorstellen können. Wahrscheinlich hat er in den letzten Monaten gemerkt, wie wichtig es ist, eine Familie zu haben, denn er hat an Leonard gesehen, dass das nicht selbstverständlich ist. Und man kann ja nie wissen, wann man sie mal ganz dringend brauchen wird. Auf die Station für Komapatienten hätten gar keine Freunde gedurft. Ohne uns wäre Levin ganz alleine gewesen.

Das letzte Jahr hat uns alle verändert. Wir sind enger zusammengewachsen. Es ist nicht leicht, mit Levins Krankheit umzugehen, aber wir meistern jeden Tag aufs Neue. Dafür ist eine Familie schließlich da.

Heute vor einem Jahr haben Levin und ich den Unfall gehabt. Mittlerweile hat sich viel verändert. Meine Mutter hat es tatsächlich geschafft, mit dem Rauchen aufzuhören, und mein Vater hat seit dem Tag, an dem mein Bruder aus dem Koma aufgewacht ist, nie wieder einen Krimi geguckt. Fast ist wieder alles so wie früher. Mein Bruder sitzt zwar noch im Rollstuhl und lernt erst langsam wieder zu laufen, aber er kann wieder sprechen, auch wenn es ihm ab und zu noch ein bisschen schwerfällt.

Auch ich habe mein Schweigen voll und ganz überwunden und kann endlich wieder alleine zum Bäcker oder in den Kiosk gehen. Der Abend des Unfalls ist in meinem Herzen verankert, und ich denke genau darüber nach, welche Geschichte die Person neben mir in sich trägt. Der Unfall steckt uns allen noch in den Knochen, und mein Bruder erinnert uns tagtäglich daran. So etwas vergisst man nicht. Aber wir haben gelernt, damit umzugehen und das Beste aus der Situation zu machen.

Mein Bruder nimmt Stück für Stück wieder alte Formen an. Ganz vergessen werden wir die vergangene Zeit nie. Sie wird immer ein Teil von uns und dessen, was uns ausmacht, bleiben, aber trotzdem habe ich meinen Bruder wieder für mich, so wie er mir vertraut ist. Zarte Spuren wird dieser Abend immer in unserer Seele hinterlassen. Auch die Szene im Club. Aber es kommt darauf an, wie man seine Lage meistert. Wir haben einen langen, harten Weg hinter uns. Umso stolzer können wir sein, wenn wir im Ziel ankommen.

Meine Eltern kommen mit Leonard ins Wohnzimmer. »Ihr beiden habt Post bekommen!«, sagt meine Mutter. Mein Bruder und ich sehen uns verwundert an. Meine Mutter reicht uns den Umschlag.

Leonard drückt mir einen Kuss auf die Lippen und lässt sich neben mich sinken. In den letzten Monaten haben wir uns gegenseitig unterstützt; er ist ein toller Freund. Natürlich hat er lange Zeit mit dem Tod seiner Mutter zu kämpfen gehabt. Aber wir haben viele Gespräche geführt und ich habe versucht, ihm beizustehen.

»Mach du ihn auf, Ella!«, sagt Levin.

Ich nehme den Umschlag. Meine Hände zittern. Ich öffne den Brief, falte das Papier auseinander und lese den Text laut vor.

Liebe Ella, lieber Levin,
ich habe nie die Möglichkeit gehabt, mich persönlich bei euch zu entschuldigen. Bei der Gerichtsverhandlung habe ich mich so dreckig gefühlt, dass ich es nicht geschafft habe, euch an-

zusprechen. Aber ihr hättet wahrscheinlich sowieso nicht mit mir reden wollen. Und ich hätte es gut nachvollziehen können. Es ist euer gutes Recht, ich habe so viel in eurer Familie zerstört.
Deshalb möchte ich heute, ein Jahr nach dem Unfall, die Chance nutzen und mich bei euch entschuldigen. Es tut mir so unglaublich leid, dass ich an dem Abend vom Unfallort geflohen bin, aber ich habe nur an mich gedacht. Ich habe gedacht, nur so entkomme ich einer Strafe. Vollkommener Blödsinn, aber ich war betrunken und wütend. Das entschuldigt natürlich noch lange nicht mein Verhalten, aber es erklärt es vielleicht. Ella, du weißt, ich bin der Mann, der im Club seine Freundin bedroht hat. Das bereue ich sehr. Es tut mir leid, welche Folgen das für dich gehabt hat. Danke, Ella, dass du meine Exfreundin vor mir gerettet hast. Ich möchte mir gar nicht ausmalen, was ich ihr hätte antun können. In dem Moment habe ich gebrodelt vor Eifersucht und bin einfach losgerast. Ich habe nicht auf den Straßenverkehr geachtet.
Ich weiß, dass es nichts gibt, was meine Tat wiedergutmachen könnte, und meine Geldstrafe ist eine Lappalie im Gegensatz zu dem, was ihr durchmachen musstet. Ich kann nichts anderes tun, als mich aufrichtig bei euch zu entschuldigen. Es tut mir leid.
Ich hoffe, euer Leben findet allmählich wieder in seinen alten Rhythmus zurück. Vielleicht könnt ihr mir eines Tages verzeihen.

Luca Müller

Mir stockt der Atem, und auch meinem Bruder sehe ich an, dass ihm das Herz rast. Zwei schlimme Taten, die Leben für immer verändert haben, an einem Abend. Zwei Mal hat er riskiert, dass seine Opfer nie wieder die sein werden, die sie vor dem Abend waren. Eifersucht. Eifersucht kann so viel zerstören. Doch etwas in mir drin hat Mitleid mit ihm. Er scheint es wirklich zu bereuen. Und vielleicht können wir ihm eines Tages verzeihen.

»Er ist ganz schön mutig. Ich hätte mich an seiner Stelle nicht getraut, uns zu schreiben!«, sagt mein Bruder anerkennend. Er stößt einen Pfiff aus und schüttelt den Kopf.

Ich nicke. »Stimmt!«

»Außerdem hättet ihr beiden euch ohne den Unfall nicht gefunden – das wäre doch wirklich schade!« Er zwinkert und sieht zu Leonard und mir. Ich denke an Leonards Mutter. Wir denken oft an sie. Sie ist immer bei uns, und auch wenn sie nicht mehr auf der Erde ist, ist sie genau wie ihr Sohn ein Teil unserer Familie geworden.

»Da hast du recht!« Leonard legt seinen Arm um mich.

»Ich verzeihe ihm«, sagt mein Bruder bestimmt.

Er ist so stark. Ich wüsste nicht, ob ich das an seiner Stelle könnte. Immerhin hat er wegen ihm mehrere Monate seines jungen Lebens verpasst und musste alles wieder neu lernen. Auch ein Jahr nach dem Unfall sitzt er noch im Rollstuhl und muss wieder lernen, seine Beine zu bewegen. Das lässt sich nicht so einfach wiedergutmachen, auch nicht durch Reue. Außerdem sind wir nicht die einzigen Opfer, die dieser Abend gefordert hat, und ich möchte nicht wissen, was seine Exfreundin nach diesem Clubbesuch durchgemacht hat. Das einzig Positive an der Sache ist, dass ich ohne diesen Unfall vielleicht nie so glücklich geworden wäre, wie ich es jetzt mit Leonard bin. Und das wäre wirklich schade gewesen.

»Ich auch. Alles Negative hat eben auch eine positive Seite!« Ich sehe Leonard in die Augen und lächle.

»Stimmt.« Er nickt. Es wäre so schön, wenn seine Mutter jetzt hier sein könnte. Wir sind oft bei ihr am Grab, und er erzählt mir von seinen Erinnerungen an sie. Ich genieße diese Momente. Nur wir beide, die Natur und die Erinnerungen. Da habe ich fast das Gefühl, wir würden mit ihr und den anderen Engeln am Tisch sitzen und uns über den neusten Klatsch und Tratsch unterhalten. Ich hätte sie gerne besser kennengelernt, aber vielleicht hätte ich ohne ihren Tod nie mehr angefangen zu sprechen.

Das Leben wird nie perfekt sein. Doch vielleicht muss es das auch gar nicht sein. Denn es gibt Momente, in denen man das Gefühl hat, es sei fast perfekt.

Jetzt zum Beispiel.

Ich sehe zu Leonard herüber und nehme lächelnd seine Hand.

– ENDE –

Danksagung

Mein größter Dank gilt Andreas Müller. Ohne ihn hätte ich wahrscheinlich nicht einmal den ersten Roman geschrieben. Danke für all die motivierenden und aufbauenden Worte in den letzten Jahren. Der Weg war lang, hart und steinig, aber gemeinsam haben wir es geschafft. Weil die Welt auch Spinner wie uns braucht.

Auch du, Christoph, hast ein fettes Danke verdient. Danke für alles, was du in den letzten Jahren für mich getan hast. Ich seh mich in dir. Öfter, als du denkst.

Ein riesengroßes Danke für alles geht an Nina MacKay – bester Schreibbuddy der Welt! Was wäre nur ohne dich aus mir geworden?

Ein ganz großes Dankeschön auch an Julia W., Viktoria G., und Petra Renée M. Ihr seid die tollsten (und talentiertesten) Autorenfreunde, die man sich wünschen kann. Danke für eure Freundschaft.

Danke auch an meine Oma Hella dafür, dass sie immer an mich geglaubt hat.

Ein riesiges Danke an Jennifer Waschke – meine supertolle Testleserin, die mir viel geholfen hat und mit der ich auch sonst immer wieder einen sehr interessanten Austausch habe. Auf noch viele weitere Projekte mit dir an meiner Seite!

Ein superliebes Dankeschön geht auch an Hildegard Gensior, die mir nicht nur beigebracht hat, was Desoxyribonukleinsäure ist (dieses Wort werde ich nie wieder vergessen), sondern die sich auch total süß darüber gefreut hat, dass sie eine Autorin in ihrem Büchereiteam hat, und die mir in all den Jahren bewiesen hat: Deine Wünsche werden wahr, wenn du nur fest genug an sie glaubst. Danke dafür. Und für alles andere auch.

Auch Eva Hermanns bekommt hier ihren Platz. Einer der nettesten Menschen, die ich kenne, und eine ganz besondere Frau, die immer mit ein paar zum Lächeln bringenden Worten zur Stelle ist. Danke für jedes einzelne dieser Worte.

Ein ganz, ganz großes Dankeschön auch an meine Lektorin Kathrin Wallner für ihre hervorragende Arbeit. Zusammen haben wir alles aus *Deine Worte in meinem Herzen* herausgeholt. Du warst eine wunderbare Lektorin und ich hatte viel Freude mit dir. Danke, dass du mir und meinem Manuskript diese Chance gegeben hast!

Natürlich auch ein riesengroßes Danke an das gesamte Team von Forever für eure tolle Arbeit!

An dieser Stelle ist es auch einmal an der Zeit, Danke zu sagen an Johannes Strate und die anderen Revolverhelden. Ich habe mir immer geschworen, dass ich auch all den Musikern danken möchte, die mich auf meinem Weg begleiten und auf der Etappe *Deine Worte in meinem Herzen* habt ihr mich supported. Ich liebe eure Musik (genauso wie Ella) und bin froh, dass ihr mich auch während des Lektorats wie so oft unterhalten habt. Jungs, das kann uns keiner nehmen, lasst uns die Gläser heben.

Natürlich danke ich auch dir. Ja, genau DIR. Danke, dass du Ella und Leonard die Chance gegeben hast, dich von sich zu überzeugen. Ich hoffe, sie haben es geschafft, und freue mich darauf, von dir zu hören.

Danke an all meine Leser auf Wattpad und Instagram! Ihr habt mich immer wieder dazu ermuntert, nie mit dem Schreiben aufzuhören. Danke! Ich liebe all eure Kommentare!

So, und zum Schluss möchte ich noch einem ganz besonderen Mädchen danken. Danke dir, Janne! Du bist die beste Freundin, die man sich wünschen kann, und ich bin so glücklich, dass es dich gibt. Danke dafür, dass du immer ein Licht für mich aus deiner Tasche zauberst, wenn ich meins gerade einmal verlegt habe.